1950년대 시와 전통주의

1950년대 시와 전통주의

전 해 수

도서출판 역락

머리말 ■ ■ ■

　많은 연구자들이 시의 근대성을 논하던 시기에 필자가 전통주의에 관심을 갖게 된 것은 한국시의 전통은 무엇인가라는 원론적인 물음의 해답을 찾지 못해서였다. 이와 동시에 전통과 변혁, 지속과 변화는 항상 등을 돌리고 서 있는 운명을 타고난 것은 아닐 것이라는 막연한 자기부정과 치기가 보태져 이 글을 쓰게 된 것이다. 물론 많은 시 연구자들이 공감하는 바와 같이 한국시의 근대화는 서구적 근대화였으며, 전통시로 불리워지던 한국시는 참으로 모호하기 짝이 없는 잣대에 의해 오랫동안 평가절하되고 있었던 사실과 전통시는 고리타분한 과거의 것을 추앙하는 퇴행적 산물로 여겨졌다고 봐도 지나친 말은 아니었던 그간의 고답적 연구태도와 연구결과에 대한 불만도 필자의 연구력을 자극하였던 것이 사실이다. 비록 1990년대 들어 재평가의 필요성 및 연구가 간헐적으로 진행되었지만 그 성과는 빙산의 일각으로 미흡했다.

　이 글의 중요한 논의를 짚어보면, 헤럴드 블룸의 "시적 영향"에 힘입은 바가 크다. 헤럴드 블룸의 저서 『시적 영향에 대한 불안』은 일종의 비교문학적인 접근방법으로 논의를 펼친 것인데, 필자는 권위와 실력을 갖춘 전통주의적인 선대시인의 시 경향을 후대시인이 어떤 방식으로 계승, 재창조하고 있는지를 살펴봄으로서, 계승되고 있는 한국시의 전통주의적 요소를 구체적으로 추출해 보려는 의도에서 헤럴드 블룸의 "시적 영향"을 차용하여 연구방법론으로 채택한 것이다. 필자가 대상으로 삼은 선대시인으로는 김소월, 서정주, 조지훈 등이 거론되었으며 후대 시인으로는 김관식, 박재삼, 이동주가 선별되었다. 시적 영향의 세목으로는 시인의식의 영향, 언어의식의 영향, 전통적 삶의 제례와 율격의 영향 등이 성과물로 추론되었다. 그런데 주의를 요하는 것은 헤럴드 블룸의 시적영향에 따른 불안은 논외로 하였다는 사실이다. 그 이유는, 한국시의 경우 전통주의적 시인들은 불안의 기제보다는 오히려 선대의 시적 영향을 긍정적으로 받아들이고 있으며 이를 재변용, 재창조하여 선대의 시적 전통을 뛰어넘으려는 방법론적 모색을 꾀하고 있었기 때문이다. 그러므로 이 글의 중요한 연구의도는 "시적 영향"과 함께 "전통주의"로 표상되는 '전통'에 대한 긍정적이며 미래지향적인 자리매김에 대한 요구일 것이다.

부끄러운 고백이지만 이 글은 필자의 박사학위 논문을 다시 엮어낸 것이다. 이 글이 2001년 8월에 쓰여진 것이라고 말할 때, 필자의 의욕만 앞선 연구태도나 서툰 문장력이 다소나마 옹색한 변명을 찾게 될 것이지만, 왜 5년이나 지난 글을 새삼 들고 나왔냐는 질책을 면하기는 어려울 것이다. 그러나 옹색한 변명에 몇 가지 더 보탤 수 있다면, 필자가 이 글을 쓰고 곧장 프랑스로 유학을 가게 되었던 당시의 현실과, 이 글을 쓰던 시절의 야심찼던 연구자로서의 의욕, 즉 한국시의 전통주의traditionalism를 서구의 모더니즘modernism에 맞서는 하나의 이슈로 끌어내고 그 정체성을 새롭게 조명하려는 의도를 기억했기 때문이다. 물론 필자의 우둔한 연구력이 한계가 되어 1950년대 전후 공간만을 대상으로 삼아 소략한 결과물 밖에 보여주지 못한 것이 아쉽지만, 필자의 논문이 한국시의 전통주의 연구에 일점이라도 보탤 수 있기를 바랬다면 지나친 욕심일까.

어불성설 욕심 덩어리를 책으로 내면서도 고마운 분들이 너무 많다. 그 가운데 특히, 부족한 제자를 20년 동안 한결같은 믿음과 기대로 지켜봐주신 동국대학교의 홍신선 선생님께 필자의 첫 정을 올리고 싶다. 그리고 의기소침했던 필자에게 큰 힘을 실어주신 유임하 선생님이 아니었다면 이 책은 빛을 보지 못했을 것이다. 또한 무명의 필자를 믿고 도서출판 역락의 이름을 흔쾌히 내주신 이대현 사장님과 편집부 여러분의 노고에 진심으로 감사의 마음을 전한다.

2006년 12월
저자

차 례 ■ ■ ■

1950년대 시와 전통주의

제 1 장

서 설 : 1950년대 시문학과 전통주의

1. 문제 제기 및 선행 연구 검토

한국 시문학사의 전개과정에서 1950년대는 한국전쟁을 시작으로 하여 4·19혁명으로 연대기를 마감한 매우 이채로운 시기였다. 이 시기의 시는 전쟁의 직접적인 피해 속에 사회, 정치, 문화 전반의 영향을 지대하게 받았으며, 근대적 질서로 명명되는 변화의 요소를 재구축하여 시적 혁신을 꾀하고자 하였다. 1950년대라는 특수한 시대적 상황은 1950년대 시의 양상, 특히 전통주의(traditionalism)의 제(諸)양상을 부정하는 계기로 작용하였던 것이다. 그 가운데 후반기 동인을 중심으로 한 소위 모더니스트들은 전통주의로 규정되는 현상들을 복고적이고도 퇴영적인 유물로 간주하였다. 이들에 의해 극복의 대상이 된 전통주의는 더 이상 물려받아야 할 필요성이 상실되고 있었다. 예컨대, 당대의 한 평자는 시와 언어 사이의 관계를 논하면서 과거 우리 문단에서 "시를 위한 언어는 한갓 낡은 서정의 포장지 밖에 안 되는"[1]것이라고 일축하였던 것이다. 이는 종래의 시적 전통을 폐기하고자 하는 부박한 모더니즘에의 경도된 모습을 여실히 드러내는 일례라고 할 수 있다.

그러나 이 같은 1950년대의 분위기와 후반기 동인의 비판적 공격에도 불구하고 이 시기의 전통주의 시는 여전히 생산, 전승되고 있었다. 뿐만 아니라 1950년대 전통주의는 과거로부터 비롯된 전통적 요소 가운데 의미 있는 것을 수용하고, 이를 재변용하여 창조적으로 계승하고 있었다. 이같은 사실은 이 시기의 시적 전통주의가 고답적이고도 안일한 방식을 고수했다는 지금까지의 논의가 성급한 판단이었음을 말해준다. 1950년대 시의 전통주의는 후반기 동인과 이 시기의 신세대 비평가들에 의해 그 의미가 폄하되면서 후대에까지 제대로의 구명(究明)없이 답습, 방기되어 왔던 것이다. 하지만 1950년대 시가 직·간접적인 전쟁체험을 배경으로 하고 있다는 필연적인 사실은 오히려 이 시기의 전통주의가 위기에 대응하는 한 방편으로 재구성되었을 가능성을 배제할 수 없게 한다. 한국 근대시 전개 과정에서 중심축을 이루었던 근대주의와 마찬가지로 1950년대 전통주의는 '전통'의 의미를 재확인하고 있으며, 자체 내의 새로운 변화 양상을 점진적으로 보여주면서 시적 전통주의를 재생산하려는 의지를 충분히 보여주고 있기 때문이다. 그러므로 1950년대 전통주의 시의 지속적인 생산과 전승은 전후 상황에도 '왜' 전통을 고집하느냐 하는 사회·문화적 편견을 불식시키고, 전후 전통주의에 대한 보다 구체적인 탐색을 촉구하게 한다.

이 글은 이러한 문제의식에서 출발하였다. 요컨대 '전통'을 둘러싼 다양하고도 혼란한 논의들을 재정리하고, 그동안 간과해온 1950년대 시의 전통주의적 요소와 특질을 재검토하려고 한다. 이어 1950년대

---

1) 김차영, 「현대시의 경위」, ≪문예≫, 1953. 10.

시문학에서 전통주의가 어떤 역할을 수행하였으며, 그 시사적 의의는 무엇인지 살펴 볼 것이다. 이를 통해 우리 시문학사에서 끊임없이 지속되어온 전통주의적 요소의 의의를 찾게 될 것이다.

논의에 앞서, 무비판적으로 혼재되어 쓰인 '전통'과 관련된 용어의 개념 정리가 필요하다고 본다. 기존의 시사에서는 전통파, 전통성, 전통지향성, 전통적 서정시, 전통시, 전통주의 등의 다양한 용어들이 무분별하게 사용된 바 없지 않다. 그 쓰임의 전거를 확인해보면, '전통파'라는 명칭은 김춘수의 『시론』2)에서 처음 등장하였는데, 이후 많은 비평가들에 의해 일반화되었다. 그의 저서에서 '전통파'는 "전통지향적 의식에 기반하여 창작된 근대 서정시"를 일컫는다. 이와 함께 '서정파'라는 용어도 간혹 혼용되었다.3) 특히 1950년대에는 '서정시'가 곧 '전통시'로 인식되었으며, '모더니즘 시'의 대칭적 개념으로 사용되고 있었다. 예컨대 구상은 '모더니즘파'와 '서정파'의 두 주류로 나누고 있으며,4) 정창범은 '모더니즘 시'와 '서정시', '현대시'와 '정통시(전통시)'로 분류하였다.5) 이봉래 또한 서정시를 모더니즘의 대칭적 개념으로 사용하였다.6)

'전통적 서정시'는 "한국적 서정성과 언어의식에 기반하여 창작된 근대 서정시"를 가리키는 것으로, 최근 현대시 연구에서 폭넓게 사용되었다. 다시 말해 이 용어는 특정한 유파나 경향성을 지칭할 뿐만 아니라 그러한 경향의 개별 시인이나 개별 작품을 거론할 때에도 사용되었다. '전통시'의 경우는 '전통지향시'의 약어로도 쓰이지만, 시

---

2) 김춘수, 『시론』(전집 2), 문장사, 1982 참조.
3) 김주연, 「자연과 서정」, 고원 외 저, 『52인 시집』(현대한국문학전집 18), 신구문화사, 1967 참조.
4) 구상, 「우리 시의 이념과 방법」, ≪문학예술≫, 1955. 7 참조.
5) 정창범, 「현대시의 두 경향」, ≪현대문학≫, 1955. 7 참조.
6) 이봉래, 「서정의 변혁」, ≪조선일보≫, 1953. 3. 8.

조·가사와 같은 고전 시가, 즉 전통적 서정 장르를 통칭하는 개념으로 사용하였다. 그러나 일반적으로 전통시는 "미의식이나 세계인식이 전통지향적인 것을 기반으로 하여 창작된 근대시"를 지칭하는 것이다. 그런데, '전통지향성'과 함께 고려되어야 할 것이 '근대지향성'의 개념이다. 김윤식은 문화수용적 맥락에서 '전통지향성'과 '근대지향성'을 구분하였는데[7] 그는 후자를 서구의 외래사조, 특히 영미의 신고전주의를 중심으로 한, 모더니즘 시의 영향을 받은 일련의 시운동을 지칭하는 용어로 사용하였다.

'전통주의'는 전통을 존중하여 이것을 굳게 지키려는 보수적인 생각을 일컫는 협소한 개념으로 이해되어 왔다. 즉 '전통주의'는 과거에 대한 부정보다는 과거에 대한 향수가 강한 성향을 지니고 있는 것이다. 때문에 전통주의를 상고주의, 복고주의, 예술지상주의 등과 동일한 것으로 바라보는 오해가 종종 발생한다. 이어령은 "화전민 의식",[8] "고아의식"[9]으로 집약하여 전후세대의 정신적 공백을 지적한 바 있는데, 이는 당대의 전통에 대한 편향된 인식 혹은 전통을 근대 형성의 장애물로 취급하는 잘못된 관행을 보여주는 대표적인 예이다.

그러나 이제는 과거의 전통을 통해 근대 사회의 위기에 대응하는 일체의 정신적 경향을 지칭하는 것이 진정한 '전통주의'의 의미로 새롭게 규정되어야 한다. '전통주의'는 역사상의 과거를 현재적 관점에서 새롭게 구성하고 그것의 지속을 도모하며, 과거와 현재 사이의 살아있는 관계[10]를 확보하는 현재진행형의 문화기획이라는 인식이 자리잡아 가고 있으며, 이에 따른 보다 구체적인 연구가 요청되고 있다.

---

7) 김윤식, 『한국현대시론 비판』, 일지사, 1986 참조.
8) 이어령, 「화전민 의식」, 『저항의 문학』, 예문관, 1965, pp.15~20 참조.
9) 이어령, 「주어없는 비극」, 위의 책, pp.21~27 참조.
10) 황종연, 「한국문학의 근대와 반근대」, 동국대 박사학위논문, 1991, p.10 참조.

이에 필자는 전통의 중요성을 인식하여 이를 시 창작의 기반과 원류로 채택하고 있는 일련의 경향을 뜻하는 보편적 용어로 '전통주의'를 채택하여 사용하고자 한다.

주지하다시피 1950년대 시사는 해방기와 1960년대 한국시의 통시적 전개과정에서 연속과 전환의 중요한 분기점을 이룬다는 점에서 의미가 크다. 그러나 이 같은 시문학사적인 의의에도 불구하고 1950년대 시가 관심사로 부각된 것은 최근 10년 사이의 일이다. 선행 연구를 검토해보면, 1950년대 시 연구는 오랜 시간 동안 개관의 수준에 머물러 있었다.11) 1990년대에 이르러서야 비로소 활기를 되찾게 되는데, 이 역시 모더니즘 시에 편중된 채 진행되었다.12) 여전히 1950년대 시의 전통주의는 부분적인 검토에 그치고 있는 것이다.13)

---

11) 김춘수, 「전후 15년의 한국시」, 박인환 외 저, 『한국전후문제시집』(세계전후문학전집 8), 신구문화사, 1962.
　　김윤식 · 김현 공저, 『한국문학사』, 민음사, 1973.
　　정한모, 「광복 30년의 한국시 개관」, 『한국현대시의 정수』, 서울대 출판부, 1979.
　　김윤식, 『해방공간의 문학사론』, 서울대 출판부, 1989.
　　권영민, 『한국현대문학사』, 민음사, 1993.
12) 특히 최근 들어 학계의 관심은 1950년대의 시공간으로 이동하고 있는 듯하지만 대부분 모더니즘 시에 관한 논의로 집중되어 있다. 최근의 논문을 소개하면 다음과 같다.
　　윤정룡, 「1950년대 한국 모더니즘 시연구」, 서울대 박사학위논문, 1992.
　　전기철, 「한국전후문예비평의 전개양상에 대한 고찰」, 서울대 박사학위논문, 1992.
　　조영복, 「1950년대 모더니즘시에 있어서 내적체험의 기호화연구」, 서울대 석사학위논문, 1992.
　　이경영, 「한국 전쟁시 연구」, 성균관대 박사학위논문, 1993.
　　하희정, 「1950년대 시에 나타난 부재의식의 형상화 연구」, 서울대 석사학위논문, 1995.
　　한수영, 「1950년대 한국 문예 비평론 연구」, 연세대 박사학위논문, 1995.
　　문혜원, 「한국전후시의 실존의식 연구」, 서울대 박사학위논문, 1996.
　　박윤우, 「1950년대 한국 모더니즘 시 연구」, 서울대 박사학위논문, 1998.
13) 한국현대문학연구회, 『한국의 전후문학』, 태학사, 1990.
　　문학사와비평연구회, 『1950년대의 문학』, 예하, 1992.
　　송하춘 · 이남호 공편, 『1950년대의 시인들』, 나남, 1994.

그러나 1950년대는 모더니즘에 입각한 근대주의와 함께 생명파와 청록파의 뒤를 잇는 전통적 세계인식에 기반한 전통주의가 혼재하던 시기였다. 그럼에도 불구하고 1950년대 시의 한 축을 형성한 전통주의의 논의가 이처럼 부진했던 이유는 무엇 때문일까. 몇 가지의 견해가 제시되었다. 그것은 우선, 전후 전통주의가 동시대의 시대정신을 대변하기 어렵다는 선입견을 들 수 있다. 또 다른 이유로 후반기를 결성하여 변혁을 꾀한 모더니스트들에 비해 전후 전통주의 시인들은 뚜렷한 유파를 형성하지 않았다는 사실을 지적한다.[14] 어떤 평자는 특정 이데올로기에 함몰된 그간의 문학연구 태도, 즉 실현의 정치적 상황에 치중한 연구경향과 무관하지 않다는 점을 지적하기도 했다.[15]

그러나 1950년대 시의 전통주의 연구가 부진했던 보다 궁극적인 요인은 전통시에 대한 연구자들의 평가 절하된 인식 때문으로 여겨진다. 문학사에서 새로움에 대한 지향은 늘 주목받아 온 것이었으며, 문학의 변화 국면은 평자들의 지속적인 관심거리였다. 반면에 연구자들에게 '과거'와 별반 다르지 않은 것으로 인식되어온 소위 '전통'적 요소는 무관심의 대상이었다. 그러므로 '전통'적 요소의 실제적인 특성을 구명하는 작업보다는 변화의 물결을 재단하고 해명하는 일이 한층 흥미롭고 의욕적인 것으로 받아들여졌다. 이러한 안일하고도 구태의연한 연구자들의 모더니즘에의 편향은 1950년대 시문학을 절름발이로 만드는 결과를 낳았다. 1950년대 시 논의는 전통주의가 구현한 시적

구인환, 『한국전후문학연구』, 삼지원, 1995.
조건상 편, 『1950년대 문학의 이해』, 성균관대 출판부, 1996.
한국문학연구회, 『1950년대 남북한 시인 연구』, 국학자료원, 1996.
14) 남기혁, 「1950년대 시의 전통지향성 연구」, 서울대 박사학위논문, 1998의 <서론> 참조.
15) 황인원, 「1950년대 시의 자연성 연구」, 성균관대 박사학위논문, 1998의 <서론> 참조.

성과와 의미를 언급하지 않고서는 언제나 한계를 지닐 수밖에 없는
것이다. 1950년대 시의 전통주의는 당대의 시적 경향을 주도하던 한
줄기로서 분명히 인식될 필요가 있는데 1950년대 시의 중요한 특성을
내장하고 있기 때문이다.

  1950년대의 시에 관심을 보인 시발적인 연구는 김재홍, 최동호에
의해서였다.16) 특히, 김재홍의 『한국전쟁과 현대시의 응전력』은 1950
년대 전통시에 대한 선구적인 논의로 의의가 있다. 김재홍은 민족 분
단의 비극적 현실을 극복하기 위한 노력의 일환으로 전후 문학에 대
한 진지한 탐색의 필요성을 제기하였다. 그는 해방공간에서 1950년대
에 이르는 전후문학이 식민지 시대의 문학과 1960년대 문학을 연결시
켜주는 문학사의 중요한 고리이며, 해방이후 한국인의 정신사적 변모
와 굴절을 보여주는 단서를 제공한다고 언급하였다. 그러나 위 글을
포함한 1990년대 이전의 시문학 연구는17) 여전히 모더니즘 문학 연구
에 경도되어 있었으며 전통주의의 언급은 소략하게 개괄하는 방식으
로 취급되었다.

  이 같은 상황에서 그간의 연구 경향을 비판하며 순수문학에 대한

---

16) 김재홍, 『한국전쟁과 현대시의 응전력』, 평민사, 1978.
   최동호, 「1950년대 시적 흐름과 정신사적 의의」, 『한국현대문학사』, 현대문학사,
   1989.
   이들 사이의 10년간이라는 편차는 1950년대 전통시의 연구가 지속적으로 진행
   되지 못하고, 간헐적으로 진행되어 왔음을 보여준다. 더구나 이들의 논의조차 전
   통시의 특질이 심도 있게 규명되지는 못하였으며, 다만 1950년대 시사에서 개론
   적인 언급으로 그친다.
17) 대략적으로 살펴보면 다음과 같다.
   김윤식 · 김현 공저, 앞의 책.
   김윤식, 『한국현대문학사』, 일지사, 1976.
   김용직 외, 『한국현대시사연구』, 일지사, 1983.
   김은전 외, 『한국현대시사의 쟁점』, 시와시학사, 1992.
   오세영 외, 『한국현대시론사』, 모음사, 1992.
   권영민, 앞의 책.

관심을 표명한 홍신선의 「순수문학론 고찰」[18]은 주목된다. 홍신선은
순수문학 논의에 해당하는 실증적인 자료들을 정리하고, 당시의 문학
이론들의 여러 가지 논점과 전체틀을 검토하여 재평가한다. 그는 순수
문학론이 한 시기 우리 문학사를 이끌어 온 문학론임에도 불구하고
본격적인 검토와 탐색을 거치지 못하였음을 지적한다. 그는 순수문학
론에 내장된 전통사상 특히 노장적 생철학이나 무(巫), 동학, 증산 등
이 일정한 연구 성과를 거쳐 과거와는 그 인식 수준을 달리하고 있다
는 점에 주목한 것이다. 순수문학론은 개성의 자유와 생명의 구경적
형식을 핵심으로 삼으면서 그 구체적 실증들을 무(巫)나 풍수(風水) 등
의 전통사상과 전통적인 관념체계에서 빌려온 것이다. 홍신선의 논의
는 순수문학론에 대한 단편적이고 피상적인 이해를 지적하고 있으며,
그동안의 지나친 폄하나 이론적 취약성이 순수문학을 보수적인 이데
올로기의 일종으로 받아들이게 하는 결과를 배태하였다고 보았다. 그
의 문제의식은 우리 시의 전통주의가 보다 긴밀한 연구과정을 거쳐
제대로 구명되어야 할 필요성이 있음을 밝힌 것이다.

　1990년대의 몇몇 논의는[19] 이러한 인식의 전환을 전제하면서 1950
년대 전통시의 특질 구명에 천착하고 있다. 그 중 남기혁의 논문[20]은
본격적인 학술 논문으로, 1950년대 전통지향시의 미의식과 세계인식을
고찰한다. 그는 '전통지향성'을 "근대지향적 문화 일반에 대한 대타의
식에 기반한 것"으로 인식하고 있다. 그는 문학사의 전개 방식을 '전
근대적인 것'의 지배로부터 벗어나 '근대적인 것'의 헤게모니를 관철
하는 과정으로 본다. 또한 전통시는 이념과 가치가 인정되는 전통문화

18) 홍신선, 「순수문학론 고찰」, 『국어국문학논총』, 와우, 1994 참조.
19) 남기혁, 앞의 논문 ; 여지선, 「1950년대 시의 전통성 연구」, 건국대 석사학위논문,
　　1998 ; 황인원, 앞의 논문 등 참조
20) 남기혁, 위의 논문 참조.

를 서정시 창작의 주된 원천으로 삼고 있으며, 이를 통해 근대의 위기에 대응한 것으로 파악한다. 그러나 그의 논의는 1990년대 후반기에 활성화된 '근대성'에 대한 문제의식으로부터 출발하여, 전통시의 특질을 전근대, 근대, 탈근대의 궤도선상에서 자리매김한 것이다. 즉 근대의 제반 특질들을 중심축으로 하여 1950년대 전통시를 규정하고 있는데, 그가 제시한 "전통지향성"은 때로는 전근대와, 때로는 탈근대와 결부된다. 그의 논의는 "전통지향성"의 특질을 재검토하고 있음에도 불구하고, 그 특질이 여전히 근대를 기준으로 평가되거나 폄하되고 만다.

황인원의 연구[21]는 1950년대 전통시 가운데 구자운, 김관식, 박재삼, 이동주의 시에 표상된 자연성을 중심으로 고찰하고 있다. 그는 자연성의 구조를 '동일구조', '동화구조'로 이분화하여 나누는데, 1950년대 전통주의의 주된 양상이 자연친화적이라는 점에 착안하여 시인이 자연을 바라보는 태도에 주목한 것이다. 이 시기의 전통시는 자아와 세계의 관련양상이 대부분 자연을 매개로 투영되거나 확대된다는 것이다. 시인과 자연의 관계를 '동일구조', '동화구조'로 나누었지만 '자연'에 대한 인식은 소박한 선상에 머무는 것으로 보인다. 왜냐하면 현상적 차원을 넘어선 인식론적인 자연관이 함께 규명되어야 할 것이기 때문이다.

요컨대 1950년대 전통시에 대한 이들의 연구는 일차적으로 1950년대 시연구의 균형을 회복하고자 하였다는 점에서 긍정적인 평가를 내릴 수 있다. 그러나 시적 전통주의가 전근대, 근대, 탈근대의 개념에서 규명되는 것은 여전히 '전통'에 대한 보수적이고도 폐쇄적인 태도로 보인다. 또한 전통주의의 일반적인 특성으로 규정되어온 '자연성'

---

21) 황인원, 위의 논문 참조.

을 통해 전통주의의 면면을 고찰하는 것은 전통주의가 현실과는 유리
된 차원의 것이라는 편견을 더욱 굳건히 하는 요인을 제공할 우려가
있다.

이에 본고는 우선 전통주의가 단순히 모더니즘을 역행하는 한 부류
로서 인식되는 것을 인정하지 않는다. 근대의 반대편에 선 것이 전통
이라는 편견은 자칫 현재성이 결여된 과거의 것이 전통의 전부인양
오인될 여지가 있기 때문이다. 또한 본고는 '자연성'을 포괄하면서도
그밖에 전통주의의 요소로 규정할 수 있는 몇 가지 특성을 추출하여
전통주의의 다양한 특질을 검토해 볼 것이다. 즉 1950년대 시의 전통
주의로 묶을 수 있는, 세 시인의 전통주의적 특질들이 시인의 개성적
인 창조적 작업을 거쳐 다양화되고 있음을 살피면서, 현재적 의미를
내포하는 전통주의의 요소를 구체적으로 제시해 보고자 한다.

2. 연구 방법론 및 연구 범위

한국 시문학에서 전통과 관련한 시적 가치의 평가문제는 매우 중요
하다. 돌이켜보건대 한국문학에서 전통에 관한 논의가 의의를 갖는 것
은 일제하, 전쟁 체험 등 한국문학사의 특수성에 기인하는 바가 크다.
한국문학사는 식민지 통치하에서 주체적이고 자주적인 문학 활동이
곤란했던 시기를 지나왔으며, 광복과 전쟁을 거치면서 좌·우익의 대
립과 남북 분단이라는 특수한 현실 속에서 진행되어 왔다. 이러한 역
사전개의 파행적 상황은 한국 근대문학 전개에 있어서 전통에 관한
쟁점을 보다 부각시킨다. 그러나 이미 3차례에 걸쳐 진행되어 온 전
통론[22]은 그 관심에도 불구하고 별다른 성과를 얻지 못하였다. 그 가

운데 1950년대의 전통 논의는 한국문학사에 대한 주체적인 반성을 촉
구하는 것이었다. 백철의 「고전부활과 현대문학」(≪현대문학≫, 1957. 1),
조연현의 「민족적 전통과 인류적 보편성」(≪문학예술≫, 1957. 8), 홍효민
의 「문학 전통과 소설 전통」은 이 시대의 대표적인 전통 논의였으며,
이들 논의의 중점은 단절된 전통을 부활시킬 수 있는가 하는 문제와
전통에 대한 개념 규정으로 모아진다.

> ① 전통이란 위에서도 언급한 바와 같이 連續的인 傳承이 아니고, 價
> 値의 批判에 의한 不連續的인 傳承임을 잊지 말아야 한다. 또한 傳
> 承은 그것이 過去의 再生이나 復活이기는 하지만 그것이 그대로
> 과거의 재생이나 부활이 아니라 變容的인 재생이나 부활인 것도
> 알아야 한다.23)

> ② 가장 통속적인 의미에 있어 전통은 전승되는 독특한 기술이다. 어
> 떤 약재들을 제조하는 방법, 한 가정에서 전래되는 음식 솜씨, 한

---

22) 일차적인 논의는 이미 이광수의 「文學이란 何오」에서 촉발되었다. 즉 "朝鮮文學
은 오직 將來가 有할 뿐이요, 過去는 無하다 함이 합당"하다고 하여 신문학 초창
기의 전통에 대한 부정인식과 반론이 제기되는 근거를 제공하였다. 두 번째는
1920~30년대에 해외문학파의 신문학 유입과 과거 청산의 기치를 계기로 민족의
얼이 집약된 시조를 부흥해야 한다는 나름의 전통론의 움직임이 일어난다. 이
당시 가장 주목할 만한 연구 성과는 임화인데 그는 『개설 신문학사』에서 문학의
전통 문제를 거론하면서 우리 근대문학의 역사가 이식의 역사라는 결론을 유추
한다. 세 번째는 1950년대 중반 이후의 전통담론을 시작으로 1960년대에 본격화
된 전통 논의를 들 수 있다. 해방과 더불어 서양의 새로운 문예사조가 유입되면
서 서구 중심의 근대정신이 촉발하는데 이들의 논의는 전통은 이어받아야 할 그
무엇인가, 아니면 폐기처분해야 할 것인가에 대한 논란이었다. 이러한 인식은 고
전문학과 현대문학의 나눔으로 극단화되었다. 1960년대의 전통논의는 단지 전통
의 소산으로 상정된 고전문학의 특징이 '멋'인가 '은근과 끈기'인가에 대한 단순
한 논의로 진행된 것이 한계였다. 이광수, 「文學이란 何오」, ≪매일신보≫, 1916.
11. 10~11. 23 ; 『이광수전집』 1권, 삼중당, 1962, p.518 및 임화 저, 임규찬・한
진일 공편, 「개설 신문학사」, 『임화 신문학사』, 한길사, 1993 참조
23) 조연현, 「민족적 특성과 인류적 보편성−서정주와 김동리의 전통에 대한 태도를
중심으로」, ≪문학예술≫, 1957. 8 참조.

지방에서 유지되는 건축양식―이런 것들이 모두 다 통속적인 의미
의 전통이다. 이들 실용기술에 있어서 소재와 소재를 다루는 방법
은 확연하게 구별할 수 있기 때문에 기술을 추출하여 규칙화하고
법문화 할 수 있다. 그러나 예술에 있어서 특히 문학에 있어서는
소재와 기교가 서로 분리할 수 없을 정도로 완전히 융합해서 표현
의 내용과 형식을 구분할 수 없기 때문에 그것을 기술화 할 수는
없다. 따라서 문학의 기술을 따로 공부해서 습득할 수는 없다. 어
떤 작가를 모방하려면 직접 그 사람의 작품을 읽는 것 밖에 도리
가 없다. 문학적 전통은 고전을 통해서만 유지된다. 그러나 전통을
다양한 고전들의 다만 축적만은 아니다. 고전들은 한 전통 안에서
종적으로 혈연관계를 맺고 횡적으로 가치체계를 형성한다.[24]

1950년대 전통 논의는 대체로 전통이라는 통념적 실체를 밝혀내는
것으로부터 출발하고 있다. 인용문 ①과 ②에서 전제하고 있는 전통의
개념은 오랜 과거가 현재에 물려준 신념, 관습, 방법 등을 말한다. 그
러므로 전통이란 오랜 역사를 통하여 형성된 한 집단의 문화를 현재
그 집단에 속한 사람들과의 관계 속에서 바라본 실체를 가리킨다. 전
통은 과거가 현재까지 미치는 전반적인 흐름인 동시에 여러 가닥의
흐름들을 포괄하는 것이다.[25]

전통을 지나간 과거의 유산이 아니라 현재에도 살아 움직이는 것,
혹은 새로운 것을 받아들이면서 비약하는 가치 있는 문학 상호간의
질서라고 본다면, 전통은 인용문 ①의 언급처럼 과거의 재생이나 부활
이 아니라 현재에도 면면히 어떤 모습으로든 창조적으로 변용, 계승되
고 있는 것이다. 그러나 인용문 ②의 지적처럼 문학적 전통이란 여타
의 전통과 달리 기술화되기가 어려우며, 가치 있는 고전 작품을 통해

---

24) 최재서, 『문학원론』, 신원도서, 1978, p.95 참조. 참고로 초판은 춘조사(春潮社)에
    서 1947년에 간행되었다.
25) 이상섭, 『문학비평용어사전』, 민음사, 1984, p.253 참조.

서만 유지, 전달되는 규범 일반을 포함한다. 물론 전통이 다양한 고전
들의 축적만을 지칭하는 것은 아니다. 그러나 고전은 그 시대의 가장
가치 있는 것으로 인준된 새로운 전통이며, 선대(先代)와 후대(後代)를
이어주는 혈연적 상호관계를 형성한다. 그러나 현대에 이르면 전통의
문제는 더욱 무시되거나 반대로 강조된다. 다음과 같은 오세영의 지적
은 전통문제의 중요성을 인식한 것이다.

> 현대는 전통적 사회가 급격히 붕괴된 반면, 인간의 삶을 정착시킬 새
> 로운 도덕적 규범은 아직 확립되지 못한 시대이다. 근대 과학주의에서
> 전통적 가치, 기존의 질서, 과거적 체제를 버리는 것이야말로 새로운 이
> 상의 건설이라고 믿었던 현대인들이 얻은 것이라곤 그 결과 비극적 세계
> 관뿐이었다. 그들이 체험한 것은 인간성 상실, 재해주의, 정신적 도덕적
> 황폐, 그리고 암담한 세계 종말론이었다. …… 한마디로 르네쌍스 이후
> 서서히 붕괴되기 시작하여 19, 20세기 과학주의의 세계관에 의해 급속히
> 붕괴되고 있는 인간성을 전통의 복귀에 의해 회복하려는 의지가 문학적
> 으로 반영된 것이 20세기 문학에 대두한 전통론이다.[26]

오세영의 지적은 현대에 전통이 대두될 수밖에 없는 사회적 이유를
든 것이다. 역설적으로, 근대화의 과정을 거치면서 전통의 문제는 한
층 부각되어 왔다. 전통이 고정불변의 재보가 아니라 생성, 변모를 겪
는 유기적인 질서라는 사실은 거듭 강조될 필요가 있다. 전통이 강한
보수성을 지니는 것이라는 편견과, 전통은 고정적인 것이며 오랜 시간
을 동반한 것이라야 한다는 전제는 바뀌어야 한다. 전통은 이질적인
외래적 영향을 무조건 거부하지 않고 부분적으로 받아들여 수용, 조화
하여 가치 있는 질서체계로 변용시키고, 과거와 미래를 이어주는 역할
을 한다. 과거와 현재, 미래 사이의 구심력인 전통은 단순한 과거지향,

---

26) 오세영, 『문학연구방법론』, 시와시학사, 1993, p.365 참조

과거복귀가 아니며, 미래를 수용하고 미래를 건설하는 힘이 된다. 그러나 실질적 논거를 확보하지 못한 채로 진행되는 전통 논의는 문학작품들에 나타난 소재적 동일성, 주제적 유형을 가려내는 단순하고 인상적인 차원의 것에 불과한 것이다. 전통에 대한 재발견과 중시는 궁극적으로 연구방법론의 전환을 요구한다.

조동일[27])은 한국문학 전통론의 문제점이 전통론의 방향전환과 관련되어 있으며, 구체적인 사안으로 한국문학의 범위를 재검토할 것을 주장한다. 그에 따르면 지금까지 한국문학은 고전문학과 현대문학으로 나누어진 상태에서 한편에서는 고전문학 내부의 전통만을 문제 삼고, 다른 한편에서는 고전문학과의 관련성은 되도록 배제한 채 현대문학만의 전통을 다루고 있다는 것이다. 따라서 한국문학이 하나라는 명제는 전통 논의의 방향전환을 가능하게 하는 출발점이 된다고 지적한다.

전통은 같으면서도 다른 양상에 대한 시간적인 인식이라고 할 수 있다. 같으면서 전통이 이어지고, 다르므로 전통이 이어질 때 반드시 변모가 일어난다. 이어지면서 변모하는 양상이 한국문학의 전 영역에서 파악되어야만 전통이 드러날 수 있는데, 그 영역을 축소시켜놓고 전통을 논할 수는 없다. 그런데 한문학, 구비문학, 고전문학, 현대문학을 하나로 파악할 수 있는 시야는 아직 확보되지 않았으므로, 전통론의 본격적인 진전은 아직 기대하기 어렵다고 할 수 있다.[28])

이질적인 것들을 하나로 맺는 관련이야말로 전통의 가장 기본적인 개념을 이룬다는 조동일의 포괄적이고 개방적인 전통관은 매우 시사적이다. 현대문학이 우리 전통과는 관계없는 서양적인 것이라고 말할 때, 전통은 미궁에 빠지게 되며 왜소해지고 왜곡된다. 또한 한국적인

---

27) 조동일, 「한국문학 전통론의 문제점」, 『한국 시가의 전통과 율격』, 한길사, 1982.
28) 조동일, 위의 책, p.19 참조.

것만 찾아가는 전통 논리는 전통론을 특질론으로 변색시킬 우려가 있다. 전통은 의식의 문제와도 관련이 깊은 것이다. 주관적인 것이어서 까다로운 문제가 발생하는 것인 만큼 현상에 대한 객관적인 인식의 필요성이 강조될 수밖에 없다. 전통을 논하면서 계승과 대립으로 바라보는 이분법은 전통이 근대에 반하는 반근대적 특질을 지닌다는 주장으로 쉽게 이어지곤 한다.

1990년대 후반에 발표된 홍기삼의 「한국문학의 전통과 현대적 계승」29)이란 글에서 이러한 문제의식이 제기되고 있다. 이 글은 전통성과 근대성을 양극의 사회현상으로 보고, 전통성이야말로 사회발전을 가로막는 장애요인으로 지목하여 비판하는 것은 서구 계몽주의 사상 이후 줄기차게 지속된 서구의 형편을 답습한 것이라고 지적한다. 이 같은 영향은 곧바로 파급되어 근대정신, 근대문제를 논의하는 경우 어김없이 적용되는 준칙이 되고 있다는 것이다. 또한 전통성과 근대성이 이분화된 것은 고전문학, 현대문학으로 나뉘는 고질적인 우리문학의 이원론적 통념에서 생성된 것이며, 이는 한국문학사의 기점 문제와도 관련된다. 즉 자생적이냐 이식적이냐를 따져 물으면서 한국의 근대기점을 영ㆍ정조로 소급하는 일 또한 전통성을 규명하는 문제와 관련된다는 것이다. 홍기삼은 '전통'이 우리 문화의 고유한 가치를 새로운 창조 속에서 부활하게 하는 지속적인 힘임을 임화의 이식문학에 대한 재해석에서 찾고 있다.

이 글은 이러한 전통에 대한 비판적 인식을 토대로 삼으면서, 1950년대 시의 전통주의를 '시적 영향 관계', 즉 선배시인이나 재래 장르의 영향과 수용, 변용을 중심으로 분석하고자 한다. '시적 영향'을 매

---

29) 홍기삼, 「한국문학 전통과 현대적 계승」, 《한국문학연구》 20집, 동국대 한국문학연구소, 1998 참조.

개로 한 방법론의 채택은 전통주의가 어떤 방식으로 시인의 내적 영역을 차지해 왔는가에 대한 설명과 시적 표현 방식을 검토하는데 효과적일 것이라는 판단에 의해서이다.

'영향'의 사전적 의미를 살펴보면 "한 가지 사물로 인하여 다른 사물에 미치는 것 혹은 다른 사물에 작용하여 반응이나 변화를 일으키는 일"로 정의된다. 그러므로 '영향'에 관한 연구는 곧 전거(source) 연구로서, 원천, 모방, 전파의 수단이나 평판을 다루는 것이다.

이론적으로 검토해보면, '영향'의 문학적 의미와 중요성은 초기 프랑스 비교문학자인 발당스뻬르제나, 방 티겜, 기야르, 까레 등에 의해 제기되었다. 방 티겜과 기야르를 중심으로 한, 전통적 의미에서의 영향 연구는 문학작품의 배경에 해당하는 외적 요소를 곧 문학작품의 본질을 형성하는 내적 영향에 관계된다고 보는 것이다. 이러한 내외적인 요소를 문학에 적용하여 비교할 수 있는 장치를 마련하여야 하는데, 이러한 장치를 방 티겜은 "활동영역의 확대와 제한"으로 규정하고,[30] 기야르는 "둘 혹은 그 이상의 문학 간의 주제와 사상과 서지와 감정의 교류"로 파악한다.[31] 방 티겜은 자신의 장치에 있어서 영향의 영역을 "본질적인 문학적 차용"과 "그 이행적 방법"으로 구분해서 설명한다. 이 가운데 장르, 문체, 주제 및 사상과 감정 등은 차용의 범위에 해당하고, 발신자, 수신자 및 전신자는 그 이행 방법에 해당한다. 이에 비하여 기야르는 그 영역을 세계주의의 전달자, 장르의 운명, 작가의 운명, 원천, 사상의 이동 및 한 나라에 관한 해석 등으로 보다 세밀하게 구분하고 있다.

---

30) 방 티겜(Van Tieghem) 저, 『비교문학 *La Littérature comparée*』, 김동욱 역, 신양사, 1959 참조.
31) M. F. 기야르(M. F. Guyard) 저, 『비교문학 *La Littérature comparée*』, 전규태 역, 정음사, 1974 참조.

이와 같이 비교문학자들에 의해 제기된 영향과 수용 관계는 '영향
-수용-변형'의 모델로 변형, 제시될 수 있다.[32]

영향	매체	수용	변형
발신자	전신자	수신자	재창조
원저자	직접사사 간접사사	직접반영 간접반영	모방1 유사성1
원작품	직접활용 간접활용	직접인용 간접인용	모방2 유사성2

위의 도표에서 '영향-수용'에 관계되는 것은 '발신자-수신자'이다.
이는 곧 '영향-수용-변형'으로 구체화되며 여기에 전신자인 매체가
추가되어, 작용하는 관계를 설명한 것이다. 문학작품을 문학작품 자체
로 간주하기보다는 여러 가지 상이한 요소의 총체로 간주하는 경향은
방 티겜이 말한 "입은 영향"과 "끼친 영향"으로 구분된다.[33] 전자는
귀결점으로서의 영향으로, "수용으로서의 영향"을 의미하고, 후자는
출발점으로서의 영향으로, "영향으로서의 영향"을 의미한다. 결국 이
두 요소는 문학작품의 주제, 사상, 형태의 원천과 차용을 이해하는데
중요하다.[34]

---

32) 윤호병, 『비교문학』, 민음사, 1994, p.92 참조.
33) 방 티겜, 위의 책 참조. 프랑스에서의 이러한 영향론을 바탕으로 방 티겜은 "입
   은 영향 influence recue"과 "끼친 영향 influence exercee"을 구분하였다. 그에 의하
   면 이 두 요소는 문학작품의 주제, 사상, 형태의 원천과 차용이 무엇인가를 이해
   하는 데 결정적인 역할을 하게 한다. 방 티겜의 영향론이 협의적이라면 기야르
   의 영향론은 광의적이다. 기야르의 '영향론'은 프랑스 작가가 외국문학에 끼친
   영향과 외국작가가 프랑스문학에 끼친 영향으로 대별된다. 아울러 기야르는 영
   향 연구에서의 '간섭'과 '인과관계'를 혼동하지 말 것을 강조하였다. 여기서 주
   의할 점은 '간섭'이 블룸의 진보적인 '영향론'에 관계된다면 '인과관계'는 분명
   하고 직접적인 영향과 수용 관계를 중요시하는 기야르의 전통적인 '영향론'에
   관계된다는 점이다.

보충할 것은 변형의 문제인데, 모방과 유사성을 거친 재창조의 과정이 변형에 속한다. 그러므로 비교문학자들에 의한 '영향'이라는 것은 문학작품의 본질적인 요소에 대한 외적 요소라고 이해되는 종교적 신화에서부터 역사적 사건까지의 모든 것에 대한 연구를 뜻한다. 이들 외적 요소는 전통적으로 문학작품의 생산은 물론 그 수용에 대해서도 많은 영향력을 행사하는 것이다.35)

그런데, 이러한 초기의 보수적인 '영향-수용-변형'의 관계는 블룸에 이르러 보다 진보적으로 재해석된다. 필자가 채택한 "시적 영향"이란 용어는 이들의 영향론을 광의적으로 대입시킨 해럴드 블룸의 "시적 영향"과 "영향의 불안"36)에서 차용한 것이다. 블룸이 이 용어들을 통해 수행하는 작업은, 앞 세대의 영향을 입고 있는 후대(後代)시인들의 선대(先代)와의 상관관계를 규명하는 일이다. 물론 블룸은 시인 자신이 자신의 선대 시인으로부터 받은 영향관계를 감추려고 하는 심상의 양식, 곧 영향의 관계보다는 불안의 심리기제에 보다 천착하고 있다.37) 이는 "강한 시인"일수록 자신이 영향 받은 시인에 불안을 느끼

---

34) 윤호병, 앞의 책, p.93 참조. 위 도표는 방 티겜과 기야르 등 전통적인 의미에서의 영향 관계를 윤호병이 나름대로 정리한 것이다. 외적 요소와 내적 영향의 관계가 명시적으로 나타나 있다.

35) 예를 들면 단군, 김수로왕, 동명왕 등의 탄생신화와 건국신화에서부터 구한말의 문호개방과 외국문물의 도래, ≪태서문예신보≫와 프랑스 상징주의의 유입, 일본제국으로부터의 해방과 이데올로기의 대립, 한국전쟁과 전쟁문학에 이르기까지 신화와 역사는 비교문학의 대상이 되어왔다. 윤호병, 앞의 책, p.92 참조.

36) 해럴드 블룸(Harold Bloom) 저, 『시적 영향에 대한 불안 The Anxiety of Influence : A Theory of Poetry』, 윤호병 역, 고려원, 1991 참조.

37) 블룸은 시인과 시인 간의 상호관계성을 프로이트의 「가족 로망스」에 기대어 다루고 있다. 즉 프로이트가 「가족 로망스」에서 언급한 바 있는 것으로 "모든 인간은 무의식적으로 스스로를 잉태하고자 하며, 아버지의 자리에 자신이 아버지가 되고자 하는 것 혹은 그렇게 함으로써 파멸에서 자신의 어머니를 구출하고자 한다는 것"이다. 이와 마찬가지로 시인, 엄격하게 말해서 신인인 시인도 할 수만 있다면 스스로가 자신의 선배시인이 되고자 한다는 것이다. 즉 선배시인으로부터 받는 시적 영향에 대한 위협이 불안의 정신기제로 나타난다는 것이다. 니체

며 이를 거부하려고(혹은 극복하려고) 한다는 것이다. "강한 시인"일수
록 이러한 시적 영향의 문제를 적극적으로 수용하고 6단계의 수정주
의 과정을 겪으면서 보다 뛰어난 시인으로 재탄생한다.[38]

　그러므로 블룸이 말하는 '영향'이란 단순히 후대시인으로 이어지는
이미지나 아이디어에 관계하는 것으로 그치지 않는다. 그는 시 해석과
정에서 나타나는 재판단(한계, limitation), 재평가(보충, substitution), 재조준
(표상, representation)의 3단계를 거치면서, 텍스트와 텍스트의 관계를 새
롭게 규명하고 있다.[39]

의 "훌륭한 아버지가 없을 때에는 필연적으로 훌륭한 아버지를 창조해야 한다"
는 가설 또한 해럴드 블룸의 견해에 영향을 끼친 바 있다. 보다 자세한 내용은
S. 프로이트(S. Freud) 저, 『성욕에 관한 세 편의 에세이』(전집 9), 김정일 역, 열린
책들, 1996 참조.

38) 해럴드 블룸이 제시한 수정 비율 6단계는 다음과 같다.
　　1단계 "궤도 이탈clinamen" : 후배시인이 선배시인으로부터 받은 영향권에서 점
　　　차 벗어나는 단계로 시적 기만행위에 해당한다.
　　2단계 "깨진 조각tessera" : 후배시인이 선배시인의 영향력을 성취한 후 이를 점
　　　차 극복하는 단계로 시적 성취와 선배시인과의 대조에 해당한다.
　　3단계 "자기 비하kenosis" : 후배시인이 자신과 선배시인과를 비교한 후 자신의
　　　역량을 바로 인식하는 단계로 자기표현의 반복과 선배시인과의 단절에
　　　해당한다.
　　4단계 "악마화daemonization" : 후배시인이 선배시인의 장엄화에 대응하는 단계로
　　　반장엄화에 해당한다.
　　5단계 "금욕적 고행askesis" : 선배시인의 영향권에서 벗어나기 위해서 고독한 상
　　　태를 지향하는 단계로 자기 정화와 유아론(唯我論)에 해당한다.
　　6단계 "환생apophrades" : 후배시인이 선배시인의 영향권에서 완전히 벗어나 스
　　　스로의 시세계를 구축하는 단계로, 죽은 자가 자신이 살던 옛집으로 되돌
　　　아오는 회귀에 해당한다.
39) 이러한 특성은 크리스테바가 언급한 바 있는 텍스트와 텍스트의 상호관계, 즉
　　상호텍스트적 비교와도 관련된다. 크리스테바는 텍스트 특성의 상호작용을 상호
　　텍스트성이라고 명명하면서 상호텍스트성이란 하나의 텍스트가 그 자체의 역사
　　를 밝히고 그 텍스트 자체가 역사 속에 삽입되는 방법을 지칭하게 되는 개념이
　　라고 말한다. 즉 하나의 텍스트에서 상호텍스트성을 정확하게 실천하는 구체적
　　인 방법은 텍스트 구조상의 사회적·미학적 주요 특성을 밝히는 것이다. 크리스
　　테바가 처음 제기한 상호텍스트성은 바흐친의 대화중심주의를 소개함으로써 널
　　리 알려진 것으로, 현재는 다양한 의미를 띠게 되었다. 이제 하나의 텍스트가 지

블룸은 "강한 시인"이란 선대시인의 유산을 창조적으로 오독함으로써 극복하게 되지만 "약한 시인"은 그러한 죄의식을 회피하고자 한다고 말한다. 물론 그는 강한 시인의 오독에서 비롯되는 "영향문제"를 중시하고 있는데, "시적 영향─그것은 강력하고 권위 있는 두 시인에 관계될 때 선대시인의 시에 대한 오독, 다시 말하면 사실상 필수적으로 잘못된 해석인 창조적 수정주의"40)에 의해서 지속된다는 것이다. 후대시인과 그에 대한 이상적 모델로 작용하는 선대시인과의 관계는 프로이트 심리학에서 말하는 자식에 대한 부친의 위협적인 역할을 전제로 한다. 자식으로서의 후대시인은 부친으로서의 선대시인의 존재를 언제나 인정해야만 하고, 선대는 후대의 작품에서 드러나는 상상력에 의해서 시신(詩神) 뮤즈와 언어적으로 성적 결합을 하게 된다.41) 따라서 자신의 거세된 선대시인과 오이디푸스적인 대립관계에 놓여 있는 후대시인은, 선대시인의 작품을 수정하고, 대체하고, 재정리함으로써 시작활동을 하게 되고, 내부로부터의 적대관계를 유지함으로써 선대시인의 세력을 약화시키고자 한다.42) 결국 '영향'이란 작가의 존재가 어떤 것에 의해 점유되거나 변형되는 것 또는 그러한 변화가 이루어지는 원인인 것이다.

또한 '영향'의 출발점은 기존의 '시가'이기 때문에 다음에 계속되는 시의 생성에 반드시 영향을 미치게 된다. 이러한 성격을 설명해주는

니고 있는 의미의 무수한 확산 작용과 텍스트 출처에 대한 비원천적인 요소들에 의해 문학의 텍스트를 무한히 재해석하고자 한다. 줄리아 크리스테바(Julia Kristeva) 저, 『시적 언어의 혁명 *La Révolution du Langage Poétique*』, 김인환 역, 동문선, 2001 참조.

40) 해럴드 블룸, 앞의 책, p.38 참조.
41) S. 프로이트, 앞의 책 참조.
42) 이렇게 볼 때에 모든 시는 다른 시에 대한 재기술로, 다른 시에 대한 오독이나 기만행위로 파악할 수 있으며, 시인이 자신의 독창적인 상상력 공간을 정화할 수 있도록 하기 위하여 지배적인 세력을 제거하기 위한 시도로 모든 시를 읽을 수 있다.

블룸의 인식체계는 본 논의를 전개하는 기술방법으로 상정하고자 한다. 물론 이 글에서 보다 중요한 것은 어떤 개념에 대한 성급한 규정이 아니라 그 개념을 둘러싼 문학 내적인, 혹은 외적인 '시적 영향'의 관계를 실질적으로 규명하는 데 있다.

1950년대 시인들의 전통관에 많은 영향을 끼친 엘리어트의 "원숙한 시인의 정신은 미숙한 시인의 정신과는 다른 것이다. 이것은 어떤 '개성'의 가치에 있는 것이 아니고…… 원숙한 시인의 정신은 특수하거나 다양한 감정을 자유자재로 결합하여 새로운 복합체를 만들 수 있게 하는 한층 더 섬세하게 완성된 매체가 되는데 있음"이라는 언술은[43] 후대작가가 자신의 기준이 되는 선대작가로부터 영향을 수용하고자 한다는 의미를 내포하는 것이다. 실제로 이들 선대작가는 자신들의 작품에서 문화적 초월성과 어떤 불변의 권위를 제기하였으며, 그러한 초월성과 권위에 의해서 자신이 받은 또 다른 선대작가로부터의 영향을 합법화하고 정당화한다.[44]

이처럼 시간적으로 앞선 작품은 뒤따르는 작품에게 영향을 끼친다는 인식은 문학작품을 "연속적인 관계"로 바라보게 한다.[45] 이런 점에서 모든 문학작품은 의식적인 모방의 한 형식으로 과거의 특정한 문

---

43) T. S. 엘리어트(T. S. Eliot) 저, 황동규 역,「전통과 개인의 재능 Tradition and the Individual Talent」, 황동규 편,『엘리어트』, 문학과지성사, 1978/1986, 재판, p.149 참조.

44) 단테의『신곡』에 영향을 끼친 버질의 가계나, 밀턴의 서사시에 영향을 끼친 성경의『창세기』를 비롯한 고전작품과 단테의 작품, 소로의『월든』형성에 미친 영향으로 제퍼슨의『독립선언문』등을 들 수 있다. 윤호병, 앞의 책, p.97 참조.

45) 월터 잭슨 베이트(Walter jackson bate)는 작가가 "과거의 유산에 대한 부담"을 작가는 "자신의 인지대상과 과거의 문학 유산과 풍부한 예술을 비교"함으로써 스스로를 무력한 존재로 파악하게 되었다. 베이트의 이 말은 시간적으로 뒤에 출현하게 되는 후배작가는 소재의 빈곤 혹은 무엇을 어떻게 쓸 것인가에 대한 "자신없음"을 인식할 수밖에 없다는 점을 의미한다. 작가의 자신 없음은 바로 선배작가로부터의 무의식적인 영향에 대한 불안을 반영한다. 해럴드 블룸, 앞의 책 참조.

학작품이나 장르를 출발점으로 하여 그것의 각색을 현재적 문맥에 대입시키는 문학적 전략46)에 가깝다. 이 말은 근대이후 생성된 해체의 특성으로 새로운 기법의 범주가 텍스트간의 열린 소통을 지향하고 있음을 의미한다. 그러나 후대시인이 선대시인에게 받은 영향의 정도는 '고정된 전통'이라는 획일화된 범주에서 처리되거나 무시되어 왔다. 단순히 이를 "닮은 시"로 규정하거나 전통시의 특성으로 폄하시킨 것이다.

시적 영향의 문제는 텍스트간의 관련성에 주목하여 "다시 쓰기"와 "다르게 쓰기"의 긴장관계 속에서 형성된다. 텍스트를 생산물이 아니라 생산하는 과정으로 이해한다면, 이는 한 텍스트가 외부의 다른 텍스트를 흡수, 변형하거나 치환하며 창조적으로 재구성한다는 것을 뜻한다. 실제로 '텍스트'는 언어기호의 체계와 그 실현일 뿐 아니라 텍스트가 그리고 있는 실제의 사회상이나 역사를 포함하는 광범위한 개념인 것이다. 따라서 한 텍스트와 그 밖의 다른 선행텍스트들 사이의 관계뿐 아니라 개별 텍스트와 특정한 시대의 다양한 문화형태의 관계까지도 포괄하는 것이 시적 영향의 범주가 된다.47) 이처럼 시적 영향이란 넓게는 텍스트와 텍스트 상호관계, 시인과 시인간의 영향관계, 장르와 장르간의 교체, 혼합까지도 포괄한다.

또한 한 시인의 창작 과정에서 '시적 영향'은 독서의 체험이나 선대시인들의 창작 방식에 대한 수용을 전제로 한다. 영향력 있는 기성 시인의 시적 경향과 타 장르의 차용 등 기존의 문화적 요소가 새로 데뷔하는 신인을 배출할 때 어떤 영향을 미치는가에 대한 문제의 설

---

46) 린다 허천(Linda Hutcheon) 저, 『패러디 이론 *A Theory of Parody : The Teachings of Twentieth-Century Art Forms*』, 김상구·윤여복 공역, 문예출판사, 1992 참조.

47) 김진권, 「상호텍스트성-챠우더의 거시텍스트이론을 중심으로 하여」, 《텍스트언어학》 4, 텍스트언어학회, 1997, p.207 참조.

정은 전통주의의 특성을 밝히는 데 매우 유용한 것이다.

A가 B에게 영향을 주었다고 할 때 우리가 의미하는 것은 문학적 또는 심미적 분석을 통하여 A와 B의 작품 간의 여러 개의 유사점이 확실히 인정된다는 것이다. 그것으로는 아직 영향관계를 규명한 것이 아니다. 단지 소위 유사성을 증명한 것에 불과한 것이다. 영향이란 인과관계의 어떤 방식을 전제로 하기 때문이다.[48]

물론 비교문학적 관점에 의거하여 고전문학과 현대문학의 표면적인 일치나 유사성, 예컨대 모티프나 소재, 추상적인 민족적 정서 등이 바로 전통 계승의 전부라고 믿는 것은 아니다. 이보다는 설득력 있는 논리의 구축이 선행되어야 함은 말할 것도 없다. 영향과 원천의 관계를 지적한 위 글은 과거의 문학이란 작가 체험의 총체라기보다는 적어도 체험의 일부이며, 다른 체험과 마찬가지로 다른 작가로부터 배운다는 점을 인식한 것이다. 그들이 배우는 것은 기교의 문제에 그치지 않고 삶의 한 부분으로서의 예술의 총체적인 체험의 문제를 포괄한다. 영향관계의 제일차적인 목표는 "외면적인 관계"의 구명이라기보다는 영향의 움직임이 "작가로부터 작가"가 아니라 "작품으로부터 작품"으로 이행하는 "내면적 관계"를 더욱 중시하며, 외적인 자료는 그와 같은 관계를 보충하고 또 강화시킬 수 있도록 돕는 데 있다. 이때 전통적 자료는 결코 소홀히 다루어지지 않는 영향관계를 형성한다. 그 영향관계는 본질적인 역할을 감당할 뿐만 아니라 미학적인 상호작용을 거치는 것이다.[49]

---

48) U. 바이스슈타인(U. Weisstein), 『비교문학론 *Comparative Literature and Literary Theory*』, 이유영 역, 홍성신서, 1981, p.54 참조.
49) 하스켈 불록(Haskell Bock) 저, 이혜순 역, 「비교문학에서의 영향과 개념」, 『비교문학 논문선』, 중앙출판인쇄, 1980 참조.

그러므로 1950년대의 전통주의 시들이 함유하고 있는 전통의식의 상당부분이 선대(先代)와의 관련 하에 수용, 변용을 거치는 영향관계를 형성하고 있다는 가설은 '전통주의'라는 관념적이고 추상적인 인식체계를 보다 명증하게 분석하는 데 사용될 것이다. 그러나 블룸이 제기한 '불안'의 관계는 보다 철학적인 사유를 요구하므로, 이 글에서는 논외로 삼을 수밖에 없다. 다시 말해 이 글은 '시적 영향'의 관계를 비중 있게 천착하여 선대(先代)의 전통주의가 어떤 변화의 과정을 거쳐 후대(後代) 시인의 사유체계를 형성하게 되며, 어떠한 시적 형식으로 표출되는가에 논의의 중점을 두고자 한다. 이러한 방식의 채택은 시문학적 전통주의의 요소가 과연 무엇인가라는 난제를 해결하는 한 방안이 될 수 있을 것이다.[50]

필자가 분석 대상으로 삼은 시인들은 1950년대에 등단하여 각자의 독창적인 시세계를 펼쳐나간 김관식, 박재삼, 이동주 등이다. 1950년대에 등장한 전통주의 시인들 가운데 특히 김관식, 박재삼, 이동주를 선정한 이유는 이들의 작품세계에서 살펴볼 수 있는 전통주의가 긍정적인 차원으로 계승, 발전한 의의가 인정되기 때문이다. 세 시인들의 시세계를 통해 전통주의로 규정할 수 있는 요소는 크게 시인의식의 전통, 언어의식의 전통, 전통적 삶의 의례(儀禮)로 나눌 수 있다.

---

50) 전통주의에 관한 영향의 관계는 김준오의 글에도 언급되어 있다. 그 일부분을 인용하면 다음과 같다. "구비문학의 현대화는 가장 일반적인 상호텍스트적 현상이다. 전통주의자에게 구비문학은 언제나 중요한 원천이다. 현대시사에서 서정주만큼 구비 장르에 의존하고 있는 시인은 드물다. 30년대 『화사집』에서 그는 다분히 모더니즘적 경향으로 출발했지만 『귀촉도』이후부터 장르적 문제를 제기한 연작 산문시 『질마재 신화』를 정점으로 그의 시편들은 문헌설화, 불교연기설화, 민담 등 온갖 설화들을 도입함으로써 가장 전통적인 시인으로서 자리를 굳혔다. 그는 설화적 세계를 왜곡시키지 않고 해학적으로, 심미적으로 변용시켜서 여기에 형이상학적 의미를 부여했다. 그는 설화의 해석자, 곧 원형의 해석자이고 따라서 그의 전통시는 전형적으로 상호텍스트적이다." 김준오, 「문학사와 패러디 시학」, 김준오 외 저, 『한국현대시와 패러디』, 현대미학사, 1996, p.36 참조.

아래의 도표는 프랑스의 비교문학자들과 해럴드 블룸이 설명한 영
향과 수용 방식, 변형의 과정을 명시적으로 보여준 앞의 도표를 참조
하여, 이들 세 시인을 통해 규명되는 전통주의의 세목(稅目)을 유추해
본 것이다.

대상시인	영향(원저자)	매체(원작품)	수용(반영, 인용)	변형(재창조)
김관식	시인의식의 전통 (서정주, 조지훈)	한시 및 한학의 독서체험	① 『화사집』: 관능미 ② 동양적 자연관 : 노·장자의 자연 의식과 조지훈의 전통적 자연관	시의 장르적 소통 : 한시, 동양고전
박재삼	언어의식의 전통 (김소월, 서정주)	고전 소설	① 『춘향전』: 화자와 어조 ② 원형상징 : '물'의 이미지	한국적 언어의 발견과 공동체적 정서의 회복
이동주	전통적 삶의 의례 (농경 사회의 제식)	재래적 장르 및 민속적인 소재	① 판소리, 민요 : 3·4음보 율격 ② 농경사회적 풍습 과 제례	전통적 율격의 현대적 변용, 한과 흥취의 시적 융합

이들의 시세계를 통해 확인되는 전통주의적 성향은 선배시인 혹은
선대(先代)의 문학에서 영향을 받으면서 가치 있는 전통의 계승을 확고
히 하고, 창조적인 시적 변용의 과정을 거쳐서 독자적인 시세계를 정
립한 것이라는 사실이다. 이에 따르는 구체적인 분석은 3장에서 진행
될 것이다.

2장에서는 이러한 가설을 검증하기 위한 예비 작업으로 1950년대
에 제기된 '전통'과 '서정'을 둘러싼 논의들을 검토해 보고자 한다. 모

더니스트들에 의해 촉발된 '전통'에 대한 재인식은 새로운 것에 대한 갈망과 상호충돌하면서 과거의 것을 청산하고자 하는 움직임으로 나타난다. 모더니스트들은 '전통'을 과거의 유물이며 극복해야 할 대상으로 간주하고 있다. 2장에서는 모더니스트들과 전통주의 시인들의 전통관의 차이, 전통주의와 시적 영향의 관련성을 검토하게 될 것이다.

4장은 3장에서 논의된 결과를 바탕으로, 1950년대 시의 전통주의의 의의와 한계를 재검토하고자 한다. 즉 앞장에서 검증된 김관식, 박재삼, 이동주의 시세계를 비교, 분석하면서 1950년대 시의 전통주의가 지니는 특징적 면모와 아울러 1950년대 전통주의의 의미를 재확인한 다음, 향후 이어져야 할 바람직한 시적 전통을 전망해 볼 것이다.

제 2 장

1950년대의 전통 담론과 시적 영향

1. '전통'과 '서정'에 대한 비판적 견해

　1950년대의 시단은 과거의 것을 청산하고 서구의 사조를 유입하여 새로운 문학을 건설하려는 의욕이 충만하였으며, 특히 '전통'과 '서정'에 대한 새로운 인식의 변화가 요청되고 있었다. 후반기 동인을 중심으로 한 신세대들은 기존의 문학 규범이 안고 있는 전통적 요소를 고답적, 병폐적인 것으로 비판하면서 새로운 시적 혁신의 필요성을 강조하였다. 이들에 의해 기존의 시적 전통은 전복되어야 할 봉건적 잔재로 간주되기에 이른다.

　1950년대의 전통과 서정을 둘러싼 논의의 전개는 바로 이들에 의해 진행되었다. 물론 전통주의자들의 전통 회복을 위한 미세한 움직임이 있긴 하였다. 1953년 1월 시조연구회의 ≪시조연구≫를 비롯하여 1955년 1월 ≪조선일보≫ 신년특집으로 기획된 전통에 대한 저널리즘적 관심이 그것이다.[1] 그러나 전통에 관한 주된 논란과 쟁점은 ≪자

---

1) 전기철, 『한국전후문예비평연구』, 도서출판 서울, 1994, p.197 참조.

유문학》, 《문학예술》, 《현대문학》을 통해 활발하게 진행되었는데, 최일수, 이어령, 유종호 등의 신세대 비평가들이 전통에 대한 비판적인 견해를 피력하였다. 또한 《사상계》에서는 1955년 2월 <한국문학의 현재와 장래>란 주제로 좌담회를 개최하여 전통 문제를 전면적으로 재검토하였다. 좌담회에 참석한 백철, 이무영과 김팔봉, 손우성은 전통의 단절론과 계승론, 절충론의 삼각구도를 형성하면서 세대논쟁을 촉발하였다. 2장 1절은 1950년대 신세대 비평가들에 의해 제기되었던 전통과 서정을 둘러싼 비판적 시각을 검토해보고 이들의 인식변화가 전통과 서정의 문제에 어떤 영향을 끼치고 있는지 살펴보고자 한다.

1950년대 전후 시단은 전통주의적 시 창작에 주력했던 문협 정통파 계열의 시와 주지적인 감각을 통해 일대 전환을 모색한 모더니즘시로 크게 대별된다. 주정적인 서정과 주지적 감각의 양립은 리듬의 시와 이미지의 시, 서정과 지성의 시, 재래적 서정시와 현대적 문명시의 대립으로도 규정할 수 있다. 전통시는 1920년대 김소월에서 1930년대 시문학파의 순수서정시로 이어지고, 청록파, 서정주에 의해 정점을 이루다가 1950년대를 맞이한다. 그러나 해방과 전쟁 등 문학 외적인 변화는 문학 내부의 양상에도 영향을 미쳐 전통시의 시적 전통과 권위는 후반기 동인들에 의해 도전 받는다. 1950년대의 시는 새로운 문학 이념의 수립과 시창작의 변화를 모색하고자 한다. 모더니스트들은 구세대 시(전통시)의 주된 특징인 리리시즘, 운율, 감정의 중요성을 부정하고 모더니즘, 이미지, 지성의 필요성을 부각시킨다. 예컨대 김규동, 김경린, 최일수, 홍사중 등은 전통시가 현실에 대한 수동적 태도로 일관하면서, 개인의 생존 방식에 따른 집착을 보이고, 현실을 일탈한 채 자연관조의 세계, 목가적인 리리시즘, 감상주의에 빠져 있다고 비판한다. 이들 가운데 이봉래는 기존의 전통시가 추구한 서정성이 개인적인 감정으로서의 영탄과 비애, 감상에 불과하다고 일갈하면서 "서정의 변혁"을 요구한다.

　　현대시가 당면한 가장 중요한 과제는 서정의 변혁이다. 한국시에 있어
서의 소위 '서정성'이란 대체로 다음과 같은 요소로서 형성되어 왔다. 첫
째로 그것은 극도로 고독한 개성의 집약에 불과하였다. 둘째로 그것은
시인이 현실에 대한 수동적인 자세로써 발산하는 영탄이었고 셋째로는
그것은 좁고 낡은 자기 자신이 지닌 존재방식에 대한 집착과 꿈의 변형
에 지나지 못하였다. 그리하여 한국의 시인은 스스로의 비애와 감상을
자기의 미적 세계를 형성하는 유일의 거점으로 삼았기 때문에 그러한 시
는 반현대적인 초속의 경지로 후퇴하지 않을 수 없었다.[2]

　　인용문을 통해서도 엿보이지만 이봉래는 한국의 '서정성'을 감상주
의로 가치절하 시키고 있다. 그는 서정의 역할을 약화하고 현대적 사
고 형태로서의 지성의 역할을 강조한다. 이봉래가 예시하는 "극도로
고독한 개성", "현실에 대한 수동적 자세", "좁고 낡은 자기 자신이
지닌 존재 방식에 대한 집착과 꿈"은 재래적으로 중시되어온 서정성
을 미련 없이 버려야 할 과거적 요소이자 인습으로 간주한다. 전통시
는 오로지 비애와 감상으로 점철된 감상주의로 가늠될 뿐인 것이다.
그는 서정성의 가치를 "집착과 꿈의 변형"에 지나지 않은 것으로 치
부하고 이를 새로운 모더니즘 시로 대체하고자 한다. 이봉래는 전통시
에 대한 신세대의 인식이 어떠하였는가를 단적으로 보여주고 있다.
　　후반기 동인의 전통시에 대한 비판적 견해는 전통시의 특징이 현실
도피적, 몰비판적 사유체계를 고수하는 것으로 집약되는데, 이때 시인
의 영감, 정서는 구시대적인 유산으로 귀결되며, 현실에 대한 비판적
인식이 더욱 가치를 발한다. 그러나 엄밀한 의미에서 전통시의 성향은
현실 도피적이라기보다는 생의 관조에 가깝다. 일견 비슷해 보이지만,

---

2) 이봉래, 「서정의 변형」, 《조선일보》, 1953. 3. 8 참조.

생의 관조적 자세는 현실에 대한 도피의 측면보다는 현실을 다른 각
도에서 대응하려는 심미적 태도라는 점을 감안한다면 그러한 주장은
매우 피상적인 것으로 판단된다.

> 역사가 있고 과거가 있다고 해서 거기에 반드시 전통이 있으리라고
> 생각하는 것은 큰 잘못이다. 과거의 문화형태에 있어서 가치의 원천이
> 되고 그 낡은 문화형태에 가치의 잔영을 남기고 있는 소위 문화적 유산
> 을 전통이라고 할 수 없기 때문에 나는 서슴지 않고 우리의 문학에 전
> 통이 없다고 주장하는 것이다. 우리의 고전 문학에 있어서 신라향가, 백
> 제시가, 고려장가, 이조가사를 비롯하여 시조 등 시문학형식에 의한 시적
> 유산, 그리고 춘향전으로 대표된 설화전의 소설형식에 의한 문학적 유산
> 은 얼마든지 있지만 솔직히 말해서 우리들은 거기서 '전통의 주체'를 발
> 견할 수 없는 형편이다. 바꾸어 말하면 우리들은 그러한 고전에서 우리
> 의 문학적 유산이나 문학정신이나 또는 문학적 영향이나 하는 것을 조금
> 도 물려받은 적이 없다는 것이다.[3]

위 인용문은 '전통'이 과거에서 비롯되는 문학 유산을 지칭하는 것
이 아니며 더구나 불변하는 문학적 보편성과 일치하는 개념이 아니라
는 사실을 주지시킨다. 1950년대 신진 비평가들은 과거의 것이야말로
이미 전통으로 규정될 만한 가치를 상실하였다는 전제 하에 (재래적)
전통에 대한 부정과 새로운 전통 창출을 통해 과거와의 단절을 주장
한다. 위 인용문은 신라 향가, 백제 시가 등 한국 문학사의 흐름 안에
서 전통의 주체를 발견할 수 없다는 전통 부정의 태도를 견지하고 있
다. 재래적 전통에 대한 거부의 몸짓은 우리 문학사의 전통을 전면
부정하는 입장에 서게 한다. 그러므로 이러한 견해는 우리의 문학사
(文學史)가 문학정신이나 문학적 영향이 전무(全無)한 주체성 상실의 잔

---

3) 이봉래, 「전통의 정체」, ≪문학예술≫, 1956. 8 참조.

영만을 남기게 된다는 것인데, 이는 임화의 신문학사의 방법4)보다도 훨씬 후퇴한 논리적 모순을 드러내는 것이다.

신세대 비평가들의 전통 인식은 기존의 봉건체제에 대한 비판의식을 지녔다는 점에서 시단의 구태의연함을 질책하는 바가 없지 않지만 '현재'로부터 새롭게 전통을 창출하자는 급진적인 사고를 지닌 것이었다. 이들의 관점은 결국 우리문학을 전통이 부재한 '아비 없는 고아'로 전락시키고 만다. 근대를 외면하는 고리타분한 전통은 몰각되어야 한다는 것이다. 그러나 전통을, 근대적인 것을 거부하는 '근대의 장애물'로 인식하는 것은 위험천만한 일이다. 이러한 견해는 유종호에 의해서도 여전히 주장되고 있다.

많은 전통론이 추상론으로 떨어져서 무의미한 공전을 되풀이하고 있는 것은 우스운 일이다. 비근한 곳에서 얘기를 시작하지 않았기 때문이다. 누구보다도 현대적이라고 자타가 공인하고 있는 이십세기의 엘리어트는 십칠세기의 형이상학파 시인들에게서 시작상의 많은 것을 배웠다. 이것이 살아있는 전통의 위력이다. 적어도 과거의 한국문학에 관한 한, 한국의 현대시인, 작가들이 과거의 유산에 대해서 엘리어트가 말한 '역사적 의식'을 전혀 갖지 않고 창작을 해 올 수 있었다는 평범한 사실에 한국현대문학의 한 특수성이 있다. 좀 더 구체적으로 얘기하자면 현대시인의 시작의 실제에 있어 향가나 이조가사가 그 시인의 '역사적 의식'의 구체적인 대상은 되지 않고 있다는 말이다.5)

---

4) 1930년대 후반에 이르러 임화가 제기한 '이식문화론'은 우리 문화를 중심문화와 주변문화로 나누어 바라보는 시각에 의하여 형성된 것이었다. 임화에 의하면 전통의 고수와 서구적 문학 장르 채용과의 관련성은 신문학 형성에 중요한 부분이 된다. 임화의 문학론이 이식문화론으로 고정되어 받아들여져 왔으나 그의 전통에 대한 인식과 시대적 변화를 수용하는 입장은 1950년대 이봉래의 전통부정론과 비교할 때 오히려 설득력이 있는 것이었다. 임화의 이식문화론에 대한 재고찰의 글은 홍기삼의 앞의 글을 참조할 수 있다.

5) 유종호, 「현대시의 50년」, ≪사상계≫, 1962. 5.

유종호는 "전통론자들의 전통론에 대한 입장"이 막연한 추상론에 불과하다고 지적하면서 추상적인 전통 논의는 "무의미한 공전"이라고 일축하고 있다. "역사적 의식"이 부재한 상태에서 전통이란 한낱 명분에 지나지 않으며 이러한 명분은 향가나 이조가사를 전통적 요소로 끌어다 붙이기에 연연할 뿐이라는 것이다. 그리고 유종호는 엘리어트의 "역사적 의식"을 전통의 필연적인 요소로 간주하고 있다. 그는 "역사의식을 전혀 갖지 않고 창작해 온" 것이 "한국현대문학의 특수성"이었다면서 한국문학의 전통을 전면 부정한다. 그러나 그가 전통론자를 힐난하는 근거로 삼은 엘리어트의 「전통과 개인의 재능」은 당시에 반성적 검토 없이 무분별하게 차용된다. 엘리어트의 전통론은 전통 옹호론자들에 의해서도 종종 거론된 바 있다. 전통의 유전(流轉)은 시대를 가로지르는 것이므로, 유기적으로 이어받는 '바통'(Baton)과 같은 것이다. 향가와 조선조 시가 사이를 이어주는 매개항이 존재하며, 조선조 시가와 현대시 사이에도 이를 연속적인 관계로 맺어주는 중간 단계의 문학이 존재하는 것이다. 엘리어트가 언급하고 유종호가 빌려온 "역사의식"은 이러한 시대를 꿰뚫는 질서로서 체득되는 투명한 의식 체계여야 한다. 따라서 단순히 현실 반영의 면모를 지칭하는 것이 아니다. 물론 과거의 것을 무비판적으로 복원하는 것이 전통이 아님은 두말할 나위가 없는 것이다.

① 우리는 화전민이다. 우리들의 어린 곡물의 싹을 위하여 잡초와 불순물을 제거하는 그러한 불의 작업으로써 출발하는 화전민이다. 새 세대 문학인이 항거해야 할 정신이 바로 여기에 있다.[6]

---

6) 이어령, 「화전민 의식」, 앞의 책 참조.

② 우리들의 앞에는 하나의 문장이 끝났다는 이야깁니다. 우리들의 앞에는 거대한 피어리어드, 전 세대의 역사가 종식된 그 흔적의 피어리어드가 있고, 그래서 다음 文章은 우리들에게서부터 시작된다는 이야깁니다. 그러나 우리들은 우리들의 主語를 상실하고 있습니다.7)

③ 우리 민족이 다같이 의지하고 다같이 느낄 수 있는 커다란 정신의 지주가 과연 우리들의 혈맥 속에 존재하는가? 말하자면 우리들에게 전통이라는 사상적 표준어가 존재하였던가? (…중략…) 우리들에겐 돌아갈 전통이 없다. 당면한 시대의, 문화를 비판하고 균제하는 전통 그것이 없다.8)

반전통론자들은 전통을 과거에 대한 향수를 지닌 보수주의적 사고에 다름 아닌 것으로 취급한다. 이어령의 견해 또한 이와 유사한데 그는 전후세대의 전통과의 단절을 보다 분명한 어조로 단언하고 있다. 인용문 ①의 '화전민', 인용문 ②의 '하나의 문장', 인용문 ③의 '전통이라는 표준어'의 명명과 그에 대한 거부의 태도가 그것이다. '화전민', '하나의 문장', '전통이라는 표준어'가 의미하는 것은 인용문 ③에서 제시된 "돌아갈 전통이 없다"는 전통의 부재와 "문화를 비판하고 균제 하는" 것이 '전통'이라는 사실과 통한다. 이러한 단절의식은 전후 신세대의 정신적 위상을 대표하면서 선대(先代)의 것을 물려받지 못했다는 자기 모멸적 인식을 드러낸 것이다. 이어령은 조연현의 전통에 대한 긍정적 입장을 '향토성'이나 '지방성'에 지나지 않는 것으로 비판하는 등 철저한 전통부정론의 입장을 견지한다.9) 물론 전통 부정론자들이 주장하는 것과 같이, 전후세대의 단절감, 일체의 규범적 가치

---

7) 이어령, 「주어없는 비극」, 위의 책, pp.21~22 참조.
8) 이어령, 「신화없는 민족」, 위의 책, p.31 참조.
9) 이어령, 「토인과 생맥주」, 위의 책, pp.46~54 참조.

의 파탄, 전후 사회가 복원 불가능한 것으로 보이게 만든 도덕적 질
서의 붕괴, 일제시대 식민지 및 교육을 통해 전통적 기원을 이루는
과거문학에 대한 학습기회의 상실과 그에 따른 이해 부족, 급격한 외
래사조 유입 등 실제로 전통적 가치를 되돌아볼 상황은 아니었다. 전
통은 차라리 조국 상실과 식민지 경험, 이데올로기와 조국의 분단이라
는 비참한 경험을 물려준 죄업의 원천으로 인식될 만한 것이라는 입
장도 있을 수 있다.

> 과거로 돌아갈 수는 도저히 없는 일이 아니냐? 벌써 과거로 돌아갈
> 수 있는 아무런 여유도 우리에게는 허용되어 있지 못하다. 자연의 풍물
> 에 교체된 현 문명 자체의 인상, 한오리 초하의 바람결 대신에 우리의
> 머리 위를 스쳐가는 젯트기의 속도가 얹어주는 인상—그런 것이야 말로
> 현대인의 새 서정을 마련해 볼 수 있는 동기가 되어야 할 것이다.[10]

김규동 역시 절대적인 과거로서의 전통을 부정하는 견해를 표명하
고 있는데, 이러한 사실들을 통해 전후 신세대 모더니스트들이 한결같
이 과거와 전통을 동일선상에서 바라보고 있음을 알 수 있다. 인용문
에서는 '자연'과 "초하의 바람결"로 지칭된 '전통'을 '문명', "머리 위
를 스쳐가는 젯트기"와 교체할 것을 촉구하고 있다. '문명'과 '젯트기'
로 대신하는 현대적인 것들이 "현대인의 새 서정"을 형성한다는 것이
다. '자연'과 '초하의 바람결'은 시의 낡은 틀이며 '문명'과 '제트기'는
시대의 위기와 고민에 직면한 새로운 틀이라는 지적이다.

이 같은 새로운 전통의 창출과 서정에 관한 새로운 인식이 지닌
문제점은, 실제로 이들이 폄하한 리리시즘의 시적 면모를 뛰어넘을 만
한 시 작품을 보여주지 못하였다는 데에 있다. 전후 모더니즘 시의

---

10) 김규동, 「현대시와 서정—낡은 세대와 교체되는 신세대」, ≪조선일보≫, 1956. 6.
   4 참조.

현실인식은 그들이 비판대상으로 삼았던 구세대와 마찬가지로 논리적 추상성을 벗어나지 못한 것이다. 그러나 전통성에 대한 변혁을 요구하는 주장은 끊임없이 지속되었으며, 이는 전통시가 직면한 운명적 현실을 자각하게 만들었다.

전통은 많은 것을 의미한다. 가장 가깝고 기본적인 뜻은 단순히 물려받은 것 또는 유산tradium이라고 표현하며 과거로부터 현재로 전래되거나 물려받은 모든 것을 뜻한다. 이 말은 물려받은 것이 어떤 특수한 형태, 내용이며 물질적 또는 문화적 공헌을 했는가에 관한 설명을 필요로 하는 것은 아니다. 또 얼마나 오랜 세월을 두고 전수되었으며 구전인지, 서면으로 전래되었는지를 말해주지 않는다. 전통은 그것이 창조되고 발표되고 받아들여지는데 있어서 합리적 노력의 정도와 아무 상관이 없다. (…중략…)
우리가 전통에 대해 말할 때 그것은 본보기나 청지기적 의미를 말한다. 그것은 하나의 유산이며 전래되고 전수된 것이다. 그것은 창조되었고, 이행되었으며, 과거의 신념인 것이다. 그것은 과거에 존재했고 이행되어 왔고 믿어졌던 것이다. 유산이 되는 것은 유산을 물려받은 사람들이 과거에 그것들이 존재했었다는 믿음을 갖기 때문이 아니다. 유산은 그것 자체가 지니고 있는 과거의 자질에 애착을 갖게끔 한다. 유산이 받아들여지는 것은 응당 그럴 수밖에 없는 당위성 때문인 것이다.[11]

'전통'(tradition)이란 말은 라틴어의 'tradtio' 또는 'tradaret'에서 연유한 것으로 전달, 전승, 계속의 뜻을 포괄하고 있다.[12] 전통이 지금의 '본보기'이며 '청지기적 의미'를 지닌다는 쉴즈의 언급은 전통의 의미와 역할을 재고하게 한다. 전통이 단순한 유산이나 전수물이 아니라는 그의 지적은 '전통' 자체가 창조되고 이행되었으며, 과거의 신념으로

---

11) E. 쉴즈(E. shils) 저, 『전통 *Tradition*』, 김병서 역, 민음사, 1992, pp.24~26 참조.
12) 사회과학연구소 편, 『사회과학사전』, 풀빛, 1980 참조.

부터 존재하는 것이라는 믿음에 바탕을 두고 있다. 그러나 전통은 운명적으로 과거의 현존성을 부정하는 입장에서 출발한다. "과거로부터 (단순히) 물려받은 유산"이라는 전통의 일차적 개념과, 유산으로 받아들여질 수밖에 없다는 전통의 당위성은 전통의 '시간성'을 강조한 것이다. '지속'의 측면에서 '시간성'이 중시될 때 전통이 지니는 사회규제력은 상대적으로 약화될 수밖에 없다. 따라서 전통은 "인간사의 성장과 과학과 이성의 적응에 장애의 표상"[13]으로 작용하면서 배제의 대상으로 전락하는 처지에 놓인다.

1950년대의 전통에 대한 인식은 대체적으로 엘리어트의 전통론에 가까이 있었다. 앞서 언급하였지만 엘리어트에 의하면 전통은 하나의 '역사의식'인데, 결국 전통은 물려받는 것이 아니라 자신이 살고 있는 시대감각을 통해 획득되는 것이다. 과거에 역사성을 부여함으로써 당대적이며 영속적인 가치를 획득하는 것이 바로 전통이며, 이것은 또한 몰개성적이고 통합적인 감수성에 부합하는 것이라야 한다. 한마디로 시간과 공간을 초월한 것이 전통이란 것이다. 이처럼 현존하는 과거 세대의 의식이 동시대성을 가장 예민하게 반영한 것, 즉 과거의 현존성에 대한 가치평가가 '전통'을 좌우한다고 믿는 엘리어트의 견해는 과거를 과거로서가 아닌 현재로 인식하고자 함에 있다. 전통은 결국 "초시간적인 것"이며 "일시적인 것"이 아닌 '지속'적인 가치 개념에 가깝다. 이처럼 1950년대 시인들의 사유체계를 지배해 온 엘리어트의 전통론은 전통에 대한 새로운 이해와 변혁을 예고하는 것으로 이해된다.

> ① 고도로 훈련된 자의식이 시인의 정조와 그 시 사이에 개재하고 있다. 그런데 정조가 갖고 있는 시적 요소는 그 정조가 이성적으로 설명되기 시작하면 곧 감퇴된다.

---

13) E. 쉴즈, 위의 책, p.26 참조.

② 서정시란 본래 시인이 그 시에 독특한 법칙과 자기의 감각적 경험
   외에는 여하한의 것에도 책임을 지지 않는 시적 형식이다. 그러나
   현대사회에 있어서는 시인의 서정시적 무책임성은 더 이상 허용되
   기가 불가능하였다.
③ 음유시인과 민요작가를 산출한 문명형의 소멸과 시극의 쇠퇴는 시
   에 음악성을 담아야 할 의무를 시인으로부터 어느 정도 경감시켰
   다.14)

홍사중은 루이스의 견해를 빌어 서정성의 필연적인 변화를 촉구하
고 있다. 위 인용문은 우선 현대사회가 지닌 본질적인 속성과 관련한
강화된 자의식과 시인의 정조, 대상간의 균열 등으로 인해 서정성의
지향이 어려워졌다는 점을 지적한다. 인용문 ①은 이성이 발동한 이후
의 서정은 퇴조의 길을 걷기 시작한다는 것이다. 인용문 ②에서는 서
정시의 특징인 주관적인 "감각의 경험"은 현대사회에서는 "서정시적
무책임성"으로 돌변하므로 관용하기 어렵게 된다는 것이다. 인용문 ③
은 서정시는 본래 시만의 독특한 법칙과 감각적 경험을 최상으로 보
유하고 있는 장르지만 서정시의 형식 원리인 음악성(운율)이 약화되고
있어 이는 곧 서정시의 쇠퇴를 암시한다는 지적이다.
이러한 홍사중의 주장은 1950년대에 제기된 전통과 서정의 향방을
모색하는데 반성의 척도로 사용될 수 있다. 당시의 전통시도 일정부분
변화를 겪고 있었던 것으로 보이기 때문이다. 서정시의 산문화 경향을
서정시의 약화 과정으로 보기는 어렵다. 시의 서정성이 운율에 의해
그 성패를 좌우하는 것은 아니므로 장형화 현상은 시대 현실의 복합
성을 반영하는 한 시도로써 이해할 수 있다. 오히려 서정시의 감퇴를
부추기는 것은 감정을 추방하려는 극단화된 "지성"의 발견일 것이다.

---

14) 홍사중, 「리리시즘의 영토」, ≪현대문학≫, 1957. 2 참조.

오늘날 서정시가 진정 지향해야 할 방향은 성음현상의 음률인 想像상
의 심상효과를 감동의 경지나 순백의 정취로서 표현하려는 근대의 서정
의 세계를 넘어 가장 현대적인 지성의 힘으로써 서정의 세계에 의식을
불어넣어 주고 질서를 세워주며 나아가서는 언어의 의미표상에 일정한
내용을 핵심적으로 파악함으로써 새로운 신념을 가질 수 있는 새정신을
갖는데 있다고 본다.15)

"감동의 경지나 순백의 정취"였던 '서정'은 이제 "현대적인 지성의
힘"인 새 정신을 필요로 한다. 이러한 논지의 핵심은 바로 "지성의 중
요성"을 강조하는 것이다. '음률'을 중시해 오던 과거의 시는 이제
'의미표상'이 부각되면서 감정보다는 '이지'를 중시하기에 이른다. '음
률의 시'가 곧 '과거의 시'라는 생각은 "노래하는 시"와 "생각하는
시"라는 대립적인 개념을 형성한다.16) "노래하는 시" 계열은 워즈워스
가 말한 "시는 어디까지나 이른바 감정의 自然스런 流露"라는 것으로,
감정의 소산이 '리듬'을 통해 제시되고 있다. "생각하는 시"는 '리듬'
을 무시하고 '이메이지'에만 치우쳐 "예술가라는 석공(石工), 건축가,
조형가, 동판제작가, 데자이너 등과 똑같"아 진다.

이처럼 최일수는 이봉래와는 달리 좀 더 온건한 입장에서 전통시를
바라보고 있다. 그 역시 서정시를 근대의 산물로 규정하면서 지성의
힘을 강조한다. 그러나 최일수가 사용한 '근대'는 현대적인 지성의 힘
을 필요로 하는 극복해야 할 시대 개념이다. 그는 새로운 시정신의
개척 또는 시의 의미내용으로서 지성의 역할을 강조한다. 그에 따르
면, 현대 서정시가 구비해야 할 새로운 시정신과 시의 의미내용은 민
족정신과 현대적 감성을 결합한 것이다. 그는 "사유와 지성을 함께 간
직하고 있는" 시인을 통해 전후 서정시의 바람직한 발전 방향이 제기

---

15) 최일수, 「현대의 순수감각 비판」, 《문학예술》, 1956. 4 참조.
16) 최일수, 「노래하는 시와 생각하는 시」, 《현대문학》, 1956. 4.

되며 이는 서정과 지성의 결합에 있다고 본다. 이러한 생각은 모더니즘적 전환을 요구하는 시각의 하나로 전통과 서정에 대한 재인식의 필요성을 자각한 것이다. 최일수가 제안한 새로운 서정시는 "시적 형상의 원천인 객관적 형식을 주체도 없는 감각이나 영감, 정신 속에서 연소시켜 버렸던 그러한 사상적 허탈상태"에서 벗어나, 현실을 바라봄으로써 새로운 형상성을 구체적으로 천착하는 시이다.

최일수의 이러한 이분법적 논리는 정창범에게도 보여 진다. 정창범은 50년대 시의 경향을 정통시(전통시)와 현대시로 나누어 각각의 단점과 장점을 검토한다.

> 이 둘의 特質이 지니는 차이를 우선 東洋과 西洋의 거리에서도 구할 수 있지 않을까 생각된다. 곧 인생 觀照와 자연 觀照로서의 시를 볼 적에 人間과 자연, 精神과 物質을 對立시키는 것이 아니라 精神을 物質에 內在시켜서 생각하는 東洋文化의 無限界性을 그대로 반영한 세계를 우리는 이 나라의 正統詩에서 찾아낼 수 있는 것이다. 이에 대하여 <모오다니즘>에서는 강열한 自意識과 함께, 자기 속에서 精神과 肉體의 對立을 캣취하고 자연과 人間을 끝까지 對立시켜 物質的 外界를 人間的 精神에 의해서 支配하려고 하는 西歐的인 特質을 보게 된다. 抽象性과 組織性, 限界性 統一性으로써의 서구적 思考를 現代詩는 代辯하려고 하는 것이다.17)

정창범은 1950년대 시를 정통시(전통시)와 현대시로 분류하면서 이러한 분류의 근거를 동서양의 상이한 문학관에서 찾고 있다. 동양의 문학관은 인생관조와 자연관조를 주로 다루며 인간과 자연, 정신과 물질의 일체를 지향하지만 서양의 문학관은 이들이 서로 대립적이라는 것이다. 서양적인 문학관으로 규정되는 현대시는 강렬한 자의식을 내

---

17) 정창범, 「현대시의 두 경향」, 《현대문학》, 1955. 7, p.141 참조

포하고 있으며, 서구적 사고를 대변한다. 서구적 요소의 유무가 전통 시와 현대시를 구분하는 잣대로 사용되는 것이다. 정창범은 같은 글에 서 전통시의 예술정신과 현대시의 시대정신이 변증법적 통일을 이룰 것을 주장하고 있다.

傳統은 항용 과거성에서만 서슴거리는 것이 아니라, 發展性과 擴大性 을 아울러 가지고 있는 것이다. 이른바 새로운 예술이 이루어질 수 있다 는 것도 傳統 속에 이 發展性과 擴大性이 있기 때문이다. 그러한 뜻에서 獨創性(正統性)은 無에서 有를 만드는 것이 아니요, 전통적 慣習 가운데 서 자연히 빚어진 새로운 可能的 관습을 재빨리 뚫어 보고 이것을 끄집 어 내어야 한 것이며, 새로운 정신(現代詩)은 새로운 환경과 情況에서 받 은 자극을 터전으로 하여 전통적 정신에서 씨앗을 얻어 그것을 싹트게 하고 꽃을 피우는 것이어야 할 것이다. 이 사실은 말할 것도 없이 正統 詩와 現代詩의 終局的인 一致를 暗示하는 것일 뿐만 아니라 양자의 辨證 法的統一을 뜻하는 것이기도 하다.18)

전통시를 형성하고 있는 '전통'에 대한 그의 견해는 "전통의 발전 성과 확대성"에 대한 기대를 표출한 것이다. 그는 단순히 수구적(守舊 的) 차원을 넘어 현대시의 시 정신을 담보로 한 전통의 끊임없는 발전 을 촉구하는 "변증법적 통일"을 제안한다. 이 같은 생각은 전통에 대 한 혹은 전통시에 대한 변혁을 꿈꾸면서도 모더니즘 시에 대한 반성 도 함께 개진한 것임을 보여준다. 그러나 고석규는 정창범의 논조에 비판적인 입장을 취하고 있다.

정통시와 현대시의 분별도 지극히 나에게 대한 불만으로 들린다. <현 대시의 두 경향>을 논한 벗(정창범)에게 전통시에 결핍(缺乏)한 현대 정

---

18) 정창범, 위의 글, p.147 참조.

신과 현대시에 소모된 예술정신이란 무엇을 두고 하는 말인지 묻고 싶
다. 이육사, 윤동주 그들의 지극히 서정적인 시에서 우리들은 가장 치열
(熾熱)한 대결정신(對決精神)을 읊을 수 있었던 것이 아닌가. …… 적어도
나는 그러한 경향이 고정된 단층(斷層)으로 성립한다는 사실부터가 무슨
벼락같은 옹호(擁護)정신인지 몰라도 이 경향들이 중용(中庸)되어 존재할
만한 깊은 밑바탕은 언제든지 흐르는 것이라고 강경히 주장하고 싶다.
그것은 한마디로 시간성이다.19)

　전후비평에서 고석규의 비평적 안목이 중요한 이유 중의 하나는
'시간성'을 발견하여 이를 문학사에 적용하고 있다는 점이다. 고석규
는 문학사에 기여한 가치 있는 작품들은 '시간성'을 인식하고 있는 것
들이라고 말한다. 무엇보다도 그는 1950년대 시를(크게는 시 전반을 통
틀어) 전통시와 현대시로 나누는 정창범의 견해에 비판적이다. 인용문
에서처럼 현대정신과 예술정신이 별개의 것이 아니라 서로가 서로를
공유하는 것이라는 지적은 "서정적인 시에서 가장 치열한 대결정신"
을 드러내는 시가 진정한 가치 있는 시라는 것이다. 이는 '시간성'에
대한 인식에서 비롯된 것이다. 그는 이육사나 윤동주의 시처럼 시간성
을 거슬러 흐르는 시, 시간과의 치열한 대결정신이 드러나는 서정시가
진정한 현대정신과 예술정신을 지닌 시라는 입장을 밝히고 있다. 시간
성에 대한 고석규의 논리는 '전통'과 '현대'가 단절된 '과거'와 '현재'
가 아니라 연속적인 관계로 이해하려는 태도로 보인다.
　사실, 1950년대는 근대를 향한 시간의식과 전쟁 직후라는 특수한
시간의식을 함께 공유한 양가적인 시간성을 가진 시기로 인식된다.20)
시간을 어떻게 규정하고 나누느냐에 따라 전통이 현대에서 이단적인
대상이 되어버린 이유를 파악할 수 있다. '전통'은 '과거'를 대표하는

---

19) 고석규, 「현대시의 심연」, ≪예술집단≫, 1955. 12 참조.
20) 송기한, 『한국전후시의 시간의식』, 태학사, 1996, p.49 참조.

유물로 인식되면서 배제해야 할 무엇이라는 생각은 '근대'의 이념이
광범위하게 유포되면서 생겨난 것이다. 근대에 진입하면서 전통을 배
제하게 된 원인에 관해서는 많은 지적이 가능하겠으나 대략 역사철학
적 관점과 미학적 관점으로 나누어 살필 수 있다.[21] 역사철학적 입장
에서 전통이 등한시되는 이유로는 계몽주의의 반전통적 사상과, 19세
기의 자유주의적 과학주의, 그리고 20세기의 서구 중심의 근대화론의
영향이 거론된다. 축약해서 말하자면, 과학적 논리성과 체계에 역행하
는 사유가 전통이라는 것이다. 한편, 미학적 관점에서 전통이 등한시
되어온 이유는 근대성의 안티테제로서의 반근대성과의 관련양상을 문
제 삼는데서 연유한다. 모더니즘이 추구했던 방법 중의 하나인 실험성
문제와 직접 연관된 모더니티는 과거의 것에 비해 다른 모습을 갖기
위해서는 전시대와는 구별되는 새로운 면을 반드시 필요로 한다는 강
박관념을 보여준다. 모더니티는 과거적 통념을 부정하기 위해서뿐만
아니라 현시대가 과거와 어떻게 다른가를 보여주기 위해서 기존 규범
의 거부를 시도하는 실험성을 지녀야 한다는 논리이다. 근대화가 진행
될수록 과거는 근대의 세계에서 퇴영적인 것이 된다. 그러나 전통을
배제하고 근대를 추구하려는 이분법적인 사고는 근대의 부정적인 면
들을 드러내면서 오히려 가치의 혼돈을 불러일으킨다. 그 결과 과거의
전범들이 역사의 전면에 재등장하게 된다.

요컨대 전통에 대한 당시의 논의는 대체로 신세대 비평가들에 의해
주도되어 왔다. 근대의 부정적 결과에서 '전통'에 대한 가치가 확인되
듯이 모더니즘 지향의 과정에서 전통에 대한 탐색이 시작되었던 것이
다. 그들 중엔 이봉래처럼 과거를 청산하고 새롭게 현대를 시작하자는
목소리도 있었으며, 최일수, 고석규처럼 과거의 안일한 서정성에 경종

---

21) 전통이 등한시되어 온 이유는 송기한에 의해 제시된 바 있다. 송기한, 앞의 책,
   pp.49~51 참조.

을 울리고 새로운 지성을 발견하여 변증법적인 합일을 이루자는 절충적 태도를 견지한 이들도 있었다. 그러나 이들의 공통점은 전통에 대한 비판적 입장을 표명했다는 것과 시의 서정에 대한 새로운 모색을 꾀하고 있었다는 점이다.

2. 전통시의 세계인식과 시적 영향의 상관성

그렇다면, 전통시는 구체적으로 어떤 양상으로 표출되었기에 1950년대 신진 비평가들에 의해 비판받았던 것일까. 1950년대 전통시의 구체적인 양상은 동양적 사유방식을 따르는 이들의 시작(詩作)태도에서 검토되어야 할 것이다. 동양적 사유방식이란 대체로 '자연'에 대한 인식을 근본으로 한다.

동양적인 의미의 '자연'은 대체로 자연계(自然界)라기 보다는 자연경계(自然境界)를 의미하는 경우가 대부분이다. 예컨대 『장자』에는 「秋水篇」을 제외한 각 편마다 모두 자연(自然)이라는 말이 쓰이고 있는데, 여기서 자연의 개념은 자연계가 아닌 자연경계를 지칭한다. 흔히 자연계란 물질계(物質界)이고, 자연경계란 정신계(精神界)를 말한다. 다시 말해 자연계란 인간의 경험과 인식의 대상으로서의 구체적인 자연 현상을 말하고, 자연경계란 추상적 정신계인 우주의 본체, 즉 근원적 원리로서의 자연을 말하는 것이다. 자연경계는 노자가 말한 바 있는 도(道)의 개념과도 비슷하다. 노자가 언급한 '道法自然'의 뜻은 "도는 자연을 본받는다"는 것이다. 이때의 도는 자연이 되며, "스스로 그냥 있는 것"을 일컫게 된다.[22] 이러한 자연과 인간의 만남을 매개하는 동일성의 언어(시)는 자연과 인간간의 생명적 질서를 구현하고자 하며, 서정적 질서를 나타내는 방식으로 사용된다. 이 서정적 질서는 동양적인 도(道)의 구현에 의해 이루어진다. 서구어로 옮기기에 용이하지 않은 '도(道)'의 구현은 동양적 전통시학의 특성으로 자리 잡은 것이다.

전통시는 인생을 바라보는 태도, 즉 '도'를 통해 구현된다는 "형이 상적 인식체계"를 근본으로 하는 것이다. 자연이 곧 우주의 근본임을 인식하고, 자연은 인체처럼 살아 움직이는 생명체, 즉 유기체로서 숨 쉬고 있다고 본다. 자연 경물과 상태의 묘사, 감정이입을 통해 자연의 이치를 터득하며, 우주의 근본으로서의 자연을 경외한다. 살아있는 유 기체로서의 자연은 끊임없는 기(氣)의 회전운동을 통해 생명운동을 하 고 있다는 것이다.23)

우주 자연 자체가 바로 생명체로서 운동을 한다는 것, 이 생명운동 의 방식이 다름 아닌 천지만물의 이치나 우주적 질서를 이루는 도(道) 요, '형이상'이라는 것이다.24) 자연 속에 그런 형이상이 구현되어 있다 는 것은 인간으로 하여금 자연을 믿고 숭상하고 그에 조화, 일치되려 는 노력을 갖게 만든다. 전통시는 동양적 자연관을 통해 우주의 생명 이 마침내 시인의 음성을 통해 현현되는 것25)으로 인식하게 된다.

그 가운데 조지훈은 동양적 자연관을 통해 전통성을 표출한 대표적 인 시인으로, 전후 전통주의 시인들의 자연관에 지대한 영향력을 행사 한 것으로 보인다. 조지훈의 자연관에 대한 논구(論究)는 1950년대 전 통시의 양상을 고찰하는데 도움이 될 것이다. 조지훈의 전통적 자연관 에 대한 최근의 몇몇 논거를 검토하면 다음과 같다.

우선 최승호는26) 조지훈의 서정시학을 다룸에 있어 서정시와 서정

---

22) 신현락, 『한국 현대시와 동양의 자연관』, 한국문화사, 1998, pp.41~42 참조.
23) 山田慶兒 저, 『주자의 자연학』, 김석근 역, 통나무, 1991 참조.
24) 지순임, 『산수화의 이해』, 일지사, 1991 참조.
25) 조지훈, 『시의 원리』(전집 2), 나남, 1996, p.25 참조.
26) 최승호, 「조지훈 서정시학 연구」, 『한국적 서정의 본질 탐구』, 다운샘, 1998 참조

성의 구분을 요구하고 있다. 그는 서정성, 즉 서정적 동일성을 보편적 의미로서의 서정시와 구별하면서 서정시는 서정성(동질성)을 추구하는 것과 반서정성(비동질성)을 추구하는 것으로 나눌 필요가 있음을 제기한다. 아울러 조지훈을 비롯한 전통, 서정시학은 서정성(동질성)을 추구하고 있다고 말한다. 남기혁[27]은 조지훈 시론을 두 가지 특징으로 구분하면서 하나는 전통과 고전에 대한 관심, 다른 하나는 유기체적 사유체계를 들고 있다. 전자는 『청록집』(1946)과 『풀잎단장』(1952) 등의 시창작을 통해서 보여주었던 조지훈의 고전적 품격과 리리시즘에서 확인할 수 있다. 조지훈 시론의 다른 축인 유기적 시론은 1920년대 '낭만적 자연시'의 주된 시적 기반이었으며, 1930년대의 박용철 시론과 문장과 시론의 전통을 잇는다고 말한다. 조지훈의 전통적 자연관은 그의 유기체적 생명의식에서 비롯되는 것으로 간주하고 있다.

조지훈은 시론을 통해 이러한 사상적 입장을 확고히 하고 있는데 "조지훈은 오히려 시인으로서 작품적 실천보다는 이후 자신의 시론을 보다 체계화하면서 확대를 꾀해 나갔다. 특히 지난 50년대의 우리 시론들이 일부 무잡한 외국문학이론의 추수나 아류에 머물렀던 사실과 견주어보면 그의 시론가로서의 면모가 한결 확연해 질 것이다. 전통에 대한 관심과 우리 시문학의 주체성을 남보다 선편을 쥐고 이론화하여 나간 사실은 그의 시론이 남달리 간직한 의미강"[28]으로 규정되고 있다. 그의 시론에 나타난 유기적 체계는 조지훈의 독특한 자연관과 우주관에 근거를 둔 것이다. 조지훈은 자연이 "사물의 근본적인 원형"으로서, 사람은 그 대자연의 일부분이며, "그 자신 자연의 실현물로서만 존재하는 것이 아니라 창조적 자연을 간직함으로써 다시 자연을 만들

---

27) 남기혁, 앞의 논문 참조.
28) 홍신선, 「조지훈 시론 연구」, 《한국문학연구》 18집, 동국대 한국문학연구소, 1996, p.41 참조.

수 있는 기능"을 가지고 있다고 본다. 따라서 조지훈에게 있어서 '시'는 "시인이 자연을 소재로 하여 그 연장으로써 다시 완미(完美)한 결정을 이루게 하는 <제2의 자연>"이다. 자연과 시인과 시가 모두 동일하게 '자연'이자 서로 연속된 존재였던 것이다.

여기서 말하는 '자연'의 개념은 서양에서 이르는 바 '자연'이 아니요, 동양의 그것이며 동양에서도 특히 우리의 생활화된 '자연'이다. 나는 앞에서 먼저 영감을 밖에서 절로 오는 것이라 하고, 우리의 예술전통에서는 영감이란 것은 생활에서 스스로 찾은 것이요, 주의력이 차라리 정신에서 절로 이루어지는 것이라 할 수 있다. 그러므로, 우리가 체득한 '자연'이란 개념은 스스로 만드는 것인 동시에 절로 만들어지는 것이어서 한문의 '自'가 '스스로'의 뜻과 '절로'의 두 뜻으로 쓰이는 것과 묘합이 된다. 영감과 주의력, 곧 天爲와 人爲의 '자연'적 동화에 시의 인식의 근거가 있는 것이다.[29)]

조지훈이 말하는 "생활화된 자연"이란 "스스로 찾은 것", "절로 이루어진 것"을 말한다. "영감과 주의력", 즉 하늘로부터 부여받은 시인의 영감과 스스로 터득한 사물에 대한 주의력은 시인에게 필수적인 요소이다. 이러한 '자연'은 서구적인 물상의 개념이 아니다. "스스로", "절로"에서처럼 형이상학적인 '자연'의 개념을 포괄한다. 조지훈은 한 편의 시를 생명이 있는 존재로 바라보며, 한편의 시가 창작되는 것을 생명의 탄생과정으로 비유하고 있다. 마치 인간이 그의 어머니의 태반에서 나오듯이, 한 편의 시 역시 "영혼의 모성인 시인의 '배란작용'과 '태반'의 성숙을 통해 생산된다"는 것이다. 이때 시인은 "시 정신의 소유자이며 우주의 생명의 직관에 통하는 길"을 체득한 존재이며 동시에 "대자연의 생명을 현현시키"기 위해 "뜨거운 사랑"을 지녀야 하

---

29) 조지훈, 앞의 책, p.79 참조.

는 존재이다. 그리고 이 생명은 시인 자신의 생에 대한 자기긍정이며, 타자의 생을 방해하지 않는 것이어야 한다. 생명은 현실적 사실에 그치지 않고 "상상적 현실로 실현되는 것"이다. 이러한 우주론적 생명관은 "시의 세계는 질서와 조화의 세계이다. 하나의 우주이다"라는 논리적 귀결을 얻게 된다.[30]

「고전주의의 현대적 의의」[31]에서 조지훈은 전통을 "과거세의 누적된 문화 총체에서 정련되어 스스로 발전하는 생명을 갖춘 양질의 문화소"로 인식한다. 그의 전통에 대한 각별한 관심은 고전에 대한 애착으로 집약된다. 고전의 가치는 "초시간성과 초공간성이 내포되어 있다"는 점에서 고전문학의 보편성을 강조하는 논리를 제공한다. 그의 이러한 주장은 고전주의의 부흥을 표상한다. 그럼에도 불구하고 그의 시론이 동시대적 의미를 가질 수 있는 것은 근대문명에 의해 억압되어 온 자연의 생명과 자연미를 환기함으로써 근대 사회의 폭력성과 물질성을 고발하고 있기 때문이다. 요컨대 조지훈 시론의 핵심을 이루는 전통론, 유기체론, 순수시론 등은 전후 전통파 시인들의 시론과 시창작의 미학적 토대로서 작용하는 것이다.[32]

대자연의 생명을 현현시키는 시인은 먼저 친분으로 뜨거운 사랑을 가진 사람이 아니면 안 되고 노력으로 사랑하고자 애쓰는 사람이 되지 않으면 안 될 것이다. 왜 그러냐 하면, 대자연의 생명은 하나의 위대한 사랑이요, 그 사랑은 꿈과 힘을 지니고 있기 때문이다. 다시 말하면 시는 생명 그것의 표현이요, 인간성 그것의 발현이다. 생명은 저 자신의 생을

---

30) 조지훈, 위의 책, pp.20~27 참조.
31) 조지훈, 『문학론』(전집 3), 나남, 1996, pp.45~53 참조.
32) 1950년대 시에 끼친 조지훈의 역할과 의미를 거론한 남기혁의 논문은 조지훈이 보여준 전통성이 전후 전통주의자들이 보여 주었던 전통성과는 성격이 다르다는 점을 들면서 조지훈이 시 「다부원에서」를 통해 보여주듯이 현실 참여로 이행하고 있음을 제시하여 그의 역할을 미진하게 끌고 간다. 남기혁, 앞의 논문 참조

긍정하는 것이 본능이요, 그 절대의 자기 긍정을 생명으로 하는 시는 현
실적 사실위에서만 증명되는 것이 아니라 상상적 현실로도 실현되는 것
이다.33)

조지훈의 서정시학은 자연과 인간과의 관계맺음을 중시한다. 시가
생명의 흐름 속에 깃들여 있다는 것은 바로 미의 근원이 우주적 흐름
속에 있다는 것을 뜻한다. 중국철학에 의하면, 우주 도처에는 어디에
나 스며있는 생명의 흐름이 있다. 어디에서 생명이 왔으며, 또 어디로
가는 것인가는 인간의식에서 영원히 숨겨진 일종의 신비한 영역이다.
생명 그 자체는 어떤 의미에 있어서 무한한 연속이다. 그래서 무한의
저 편으로부터 무한한 생명이 오고, 또 무한으로 유한한 생명이 연속
되어 나간다. 모든 생명은 커다란 변화의 흐름 중에서 변천하고 발전
하며, 쉬지 않고 낳고, 또 낳으며 끊임없이 운전하고 있다. 이 끊임없
는 진행의 과정이 바로 도(道)이다. 그것은 선의 본질인 자연의 모습
속에서 용출되는 '구체적 보편'이다.34) 이렇게 자연 그 자체가 선하다
는 믿음 위에 생명사상이 전개되고 있다. 조지훈의 시 정신을 생명미
학으로 설명할 수 있는 까닭도 인용문에서 볼 수 있듯이 그의 시론이
생의 긍정에서 출발하고 있기 때문이다. 이것은 김동리의 "순수문학
진의(眞義)"와도 관련되는 것이다.

<문학하는 것>이란 무엇인가. 그것은 어떤 구경적인 생의 형식이 아
니어서는 아니된다고, 나는 생각한다. 그러면 어떤 구경적인 생의 형식이
란 무엇인가. 이 이야기는 먼저 모든 문학적 생산 혹은 창조는 생의 긍
정을 전제하고 출발한다는 데서부터 시작해야 할 것이다.35)

---

33) 조지훈, 앞의 책, p.26 참조.
34) 방동미 저, 『중국인의 인생철학』, 정인재 역, 탐구당, 1992, 5판, pp.22~25 참조.
35) 김동리, 「문학하는 것에 대한 사고」, 『문학과 인간』(전집 7), 민음사, 1997 참조.
    초판은 백민문화사에서 1958년에 간행되었다.

김동리는 "문학하는 것"은 구경적인 생의 형식이어야 하므로 이것
은 생을 긍정하는데서 출발해야 한다고 말한 바 있다. 김동리가 언급
한 생의 방식은 3단계로 분류되는데, 생의 구경적 형식은 1, 2단계를
거친 3단계로, 이상화된 삶을 표상한다. 즉 모든 생명현상으로서의 삶
이 1단계, 직업적인 삶이 2단계, 생의 구경적 삶이 3단계라는 것이
다.36) 또한 그는 "우리와 천지 사이엔 떠날래야 떠날 수 없는 '유기적
관련'이 있으며 이 '유기적 관련'에 관한 한 우리들에게는 공통된 운
명이 부여된"다는 것을 발견하고 있다. "우리에게 부여된 우리의 이
공통된 운명을 발견하고 이것의 타개에 노력하는 것, 이것이 곧 구경
적 삶"이며 이를 일컬어 "문학하는 것"이라고 규정한다.

김동리의 '순수문학관'과도 다르지 않은 조지훈의 시관은 스스로도
시를 일컬어 "인간의식과 우주의식의 완전일치의 체험"으로 바라보며,
시의 세계는 질서와 조화의 세계이면서 하나의 우주로 인식한다. '생
명의 표현'이며 '인간성의 발현'인 시는 하나의 질서화 과정을 거친다.
조지훈은 시의 창작과정을 질서화(단순화)의 과정, 즉 카오스에서 코스
모스로 이행하는 과정으로 본다.37) 창조과정을 이처럼 카오스, 코스모
스의 전환으로 간주하는 것은 시가 내부에 간직한 질서와 조화의 원
리를 통하여 나타내는 것, 곧 '제2의 자연'이라는 관점과 서로 통한다.

시를 잉태한다는 것은…… 생명이 특수하게 고조된 상태에서 넘치는 생
명력 속에 인간 혼이 양양되는 때문이다. 그러므로 시를 쓴다는 것은 자기
도 그 원인을 알 수 없는 정도로 고조된 힘을 느낀다든가 또 자기의 강렬
한 힘이 어느 이상을 향해 느끼는 꿈을 표현하는 것이라는 말이 된다.38)

---

36) 김동리, 위의 글 참조.
37) 조지훈, 앞의 책, pp.26~27 참조.
38) 조지훈, 위의 책, p.25 참조.

조지훈은 영감에 의해 고조된 생명의 율동을 '시'라고 표현한다. 바로 이것이 시의 본질적인 구성요소임을 말한다. 영감과 음악성에 의한 서정시를 강조하는 조지훈의 시론은 전통에의 강조와 순수시의 지향이라는 두 가지의 측면에서 1950년대 전통시의 미학적 토대로서 작용하였던 것이다. 조지훈은 전후 사회의 서구적 영향과 무질서가 만연한 상태에서 이에 대응하기 위해 "민족의 자기 인식으로서의 서정"을 지향하고 있다. "시의 가능성은 그 출발점이 시에 있을 때 뿐"39)이라는 조지훈의 발언은 그의 순수시 지향에 다름 아니며, 이 계열의 시인들이 공유하는 이론적 기반으로 작용한다. 1950년대 전통주의적 시인들은 "가시적인 세계의 황폐함과 대비되는 내면세계의 순결성에 관심을 가졌고 변하는 세계 속에 변하지 않고 지속되는 정신의 고귀함"40)을 중시했던 것이다. 이들이 추구한 새로운 서정의 세계는 "휴머니즘과 생명의식의 심화로서 전후 새로운 서정시의 가능성을 제시해주고 피폐화된 현실을 긍정적으로 수용하여 삶의 소망과 신념을 확인"시키는 계기를 마련한다. 특히 1950년대 전통시의 인간과 자연에 대한 무한한 믿음은 조지훈을 비롯한 청록파 시인들의 시적 거취와 공유하는 특징인 것이다.

요컨대 전통시의 서정성은 전후라는 피폐화된 현실에 대한 삶의 대응방식으로 "구경(究竟)"이라는 관조적이면서도 인생론적인 탐색을 추구하는 것이 특징이다. 전후시기가 안고 있는 서정성의 면모가 어느 시기보다도 지극히 전통적이며 동양적인 사상에 기댄 점은 전후현실의 사회, 정치, 문화적 입지를 고려할 때 특히 주목을 요하는 부분이다. 조지훈의 유가 사상에 기반한 지사적 풍모와 시 형태에 관한 고

---

39) 조지훈, 「순수시의 지향-민족시를 위하여」, 《백민》, 1947. 3 참조.
40) 이숭원, 「민족의 시련과 서정시의 맥락」, 권영민 편, 『한국문학 50년』, 문학사상사, 1995 참조.

전의식, 언어의식은 전통주의 시인들에 의해 계승되고 있기 때문이다.

조지훈과 마찬가지로 서정주의 시적 경향은 이 시기 매우 중요한 파장을 예고하고 있었다. 1950년대의 서정주는 신라정신을 통해 전통적 의미를 재고했으며, 여타의 신진시인들에게 끼친 영향은 막대한 것이었다. 서정주는 「한국 시문학의 전통」[41)에서 한국 시정신의 전통을 크게 두 갈래로 나누어 설명한다. 상대(上代)로부터 갑오경장 이전까지의 재래적 전통과, 갑오경장 이후부터 서양 문예사조의 이입 후까지 이루어진 서구적 전통이 그것이다. 그는 전자의 경우로, 도교, 불교의 정신과 유교 정신을 포함시키고 후자의 것으로 주정주의적인 것과 주지주의적인 것을 다시 나누어 설명한다. 서정주에 따르면 신라의 향가는 도, 불교적 전통을 잇고 있는 것이며, 고려와 조선의 시가는 유교적 전통을 잇는 것이다. 또한, 김소월과 이상화는 낭만주의의 흐름을, 김기림과 이상은 주지주의 흐름을 물려받고 있다.

서정주는 우리민족 고유의 전통을 '영통주의'라고 규정하고 있다. 그리고 다양한 시 전통을 종합적으로 계승하는 것이 바람직하다고 말한다. 그는 고유한 시적 전통을 유불선을 통합한 신라의 화랑도 혹은 풍류도의 정신에서 찾는다. 그러나 서정주의 신라정신은 조지훈의 시론이 비교적 이론적 토대를 제시하려 하였던 점과 비교할 때 비평적 논리성이 미약하였다. 다만 시작품의 실질적인 형상화를 꾀하여 우리민족에게 내재되어 있었던 전통성과 그 정신을 구체적인 시적 성취로 이루고 있다는 것이 조지훈의 영향과 변별되는 지점이다.

　　신라정신(新羅精神)이 우리 것보다 더 가지고 있었던 것은 뭐냐 하면,
　　그것은 알아듣기 쉽게 요샛말로 하면 영원주의 입니다. 현재만을 중요시
　　하여 이치나 모랄이나, 지향이나, 감정을 가진 것이 아니라 영원을 입장

---

41) 서정주, 「한국 시문학의 전통」, 《국어국문학보》 1호, 동국대, 1958 참조.

으로 해서 가졌었단 말씀입니다. 허나 이 일이 신라시절에만 그랬다가
고려의 유학천하이래(儒學天下以來) 끊어져 버렸다고 생각하는 것은 어리
석습니다. 전통력이라는 것이 어디가 그런 것인가요. 유학적(儒學的) 현실
주의만 가지고는 제외할 수 없던—이 정신의 또 다른 힘은 고려 이래
모든 권위의 밑바닥에 숨은 한 개의 잠재력이 되어 오늘날의 우리에게도
전승되어 있습니다.42)

　　신라정신에 대한 서정주의 언급은 그 자신이 구현하고자 한 바가
무엇이었는가를 말해준다. 서정주는 '현실주의'만으로는 채워질 수 없
는 것을 '정신의 힘'으로 대신하고자 한다. 이 "정신의 또 다른 힘"이
신라정신으로부터 비롯하는 영원주의라는 것이다. "현실의 인간과 세
계, 인간과 우주와의 조화된 관계를 탐색하는 전단계로서 동양적 세계
관이 지배한 곳"이 신라정신 혹은 영원주의로 집약된다. 이 같은 서정
주의 신라정신에 대한 언급과 이후의 시적 행보는 비평가들의 상대적
인 견해 차이를 배태하여 전통에 대한 논란을 불러일으킨다.
　　서정주의 신라정신에 대한 긍정적인 평가는 강희근, 최원규, 문덕수
에 의해 진행된다. 강희근은 그의 시에 있어서 신라정신 탐색은 한국
적 전통정서의 재현을 도모하는 것이라고 평가한다.43) 최원규는 서정
주 시의 근본적인 정신을 이룬 신라정신을 강조하면서 그의 신라정신
은 역사의식 속에서 시의 소재를 발견하여 그 영혼의 심연을 헤아리
고 있다고 본다. 이러한 경지는 인간성의 아름다움으로 표상될 때에만
받아들여질 수 있는 차원 높은 정신이라고 평가한다.44) 문덕수는 신
라정신이 표상하는 것은 영원성뿐만 아니라 현실성을 보유하고 있는
것이라며 한 차원 격상시켜 말한다.45)

---

42) 서정주, 《한국일보》, 1959. 2. 15 참조.
43) 강희근, 「서정주 시의 서술성에 대하여」, 《월간문학》, 1984. 1 참조.
44) 최원규, 「서정주 연구」, 《국어국문학》 49호, 국어국문학회, 1970 참조.

그러나 신라정신에 대한 비판적인 견해 또한 상당하다. 김학동, 박두진, 구중서 등에 의해 제기된 반박은 보다 진척되어 전통에 대한 논란을 표면화시켰다.[46] 그중 김윤식은 신라정신의 가치를 전면 부정하고 있는데, 이는 본격적인 전통 논쟁을 촉발시키는 계기를 제공할 만한 것이었다.

지금 항간(巷間)에서는 전통론(傳統論)과 더불어 신라(新羅)정신(精神)을 들먹거리고 있는 것 같다. 그러나 내가 알기엔 순수(純粹), 고유(固有)한 신라정신이란 없다. (…중략…) 지금 야단법석을 치고 있는 바의 정신이란 기실은 신라정신만은 아닌 것이다. 미당의 꽃이파리같은 언어의 마술적(魔術的) 멍에도, 염치좋게 신라라는 익은 석류알에의 유혹만이었을까. (…중략…) 나는 생각한다. 그것은 역사(歷史)의 해석과 인식(認識)방법(方法)에 대한 문제로 시종(始終)하는 것이라고 그러니까 역사의 예술화─역사 자체가 거대한 현대의 정신체계에 작용하는 집요(執拗)한 에너지를 생각하라. 이 가설을 용인한다면, 그 다음 단계로 역사와 시(아리스토텔레스의 용법으로서의 시)가 분리되기 이전의 세계를 그 이후의 세계와 일단은 구별해두는 것을 우리의 맨 첫 번째 발견으로 해두어야 할 될 것 같다. (…중략…) 특히 신라정신이란 괴물(怪物)과 향가(鄕歌)에 대한 관계의 의측(測)─향가에 머금어진 정신적 구조를 무슨 이 땅의 정신적 전통으로 맹종하려는 일부 논자들의 독선적 독소(毒素)를 그냥 두어버릴 수가 이젠 없다. 전통을 말해야 할 것 같으니까, 그리하여 마침내 들추어낼 것이 없으니까, 신라를, 향가를 들추어내고, 마치 향가가 외국의 영향을 아주 받지 않은 순수한 정신, 그러니까 한국적 고유의 전통이라고 우기고 있다.[47]

---

45) 문덕수, 「신라정신에 있어서의 영원성과 현실성」, ≪현대문학≫, 1963. 4 참조.
46) 박두진, 「모색과 전통과 답보의 1년」, ≪현대문학≫, 1956. 1 ; 구중서, 「서정주와 현실도치」, ≪청맥≫, 1965. 11 ; 김학동, 「신라의 영원주의」, ≪어문학≫, 1974. 4 등 참조.
47) 김윤식, 「역사의 예술화─신라정신이란 괴물(怪物)을 폭로(暴露)한다」, ≪현대문학≫, 1963. 10, pp.182~183 참조.

김윤식은 신라정신이란 한마디로 '괴물'같은 존재라고 단언하고 있다. 전통을 내세우기 위해 서구적인 영향이 무관하다는 사실이 필요했고, 이에 따라 신라가 거론되었다는 것이다. 그는 전통의 의미가 서정주의 신라정신에 의해 "역사의 예술화"로 굴절되고 말았다며 비판한다. 김윤식의 글 이전에도 전통에 대한 집중 토론의 장이 ≪자유문학≫에 의해 진행되었는데 신세대 비평가들의 전통에 대한 반론 중의 하나였던 이철범의 글도 이와 동일한 맥락에 놓여 있다. 그는 "낭인기질이 신라시대의 영원인의 그것"과 같다고 보면서 이러한 "토속적인 의식화된 문화의 가치와 인습과 유전되는 생리적인 체질, 기질"이 바로 낭인 기질이며, 이것은 "토속학자나 유전학자"들이 거론할 문제라고 일축하였던 것이다.48)

서정주는 『삼국사기』나 『삼국유사』에 심취하여 종국에는 신라정신이란 영원주의를 표방하게 되었지만 신라정신은 그 자신의 시적 기질과 무관하지 않은 것으로 보인다.49) 서정주의 신라정신은 표면상으로 보면, 역사를 신비주의적 관점에서 재구성한 것에 불과한 것일 수 있다. 그러나 그가 '전통'과 '국적'이라는 명분으로 민족의 정체성50)을 거론하였다 할지라도 이러한 시정신은 전란의 공포와 불안 심리를 극복하기 위한 간절한 욕구가 찾아낸 대안이었다는 점은 재평가되어야 할 것이다.

이처럼 조지훈의 전통적 자연관과 서정주의 신라정신을 통한 민족적 정체성의 발견은 전후 전통주의 시인들에게 이론적, 미학적 토대로

---

48) 이철범, 「신라정신과 한국전통론비판」, ≪자유문학≫, 1959. 8 참조.

49) 임문혁은 신라정신에 돌아간다는 것은 한국민족의 정서와 지혜의 보고인 『삼국사기』나 『삼국유사』 등에 담긴 설화에서 체득한 민족정신의 뿌리로 돌아가는 행위로 보았다. 임문혁, 「한국 현대시의 전통 연구」, 한국교원대 박사학위논문, 1992, p.34 참조.

50) 서정주, 「新羅文化의 根本精神」, 『서정주 문학 전집』 2권, 일지사, 1972, p.303 참조.

작용하게 된다. 1950년대 전통시의 의식체계는 이러한 막강한 선대시
인의 시 정신으로부터 촉발된 것으로, 시적 영향의 일단을 설명하는
논거가 될 수 있다. 예컨대 김관식의 동양적 사유체계는 조지훈의 유
기체적 자연관과 결코 무관하지 않으며, 박재삼의 전통적 문화 인식은
서정주의 전통사상에 대한 천착과도 일정부분 관련된 것으로 보이기
때문이다. 이동주의 전통적 율격의 현현은 과거의 '시가'에 대한 관심
과 이를 창조적으로 변용하였다는 긍정적 평가를 내릴 수 있다.

　그러므로 김관식, 박재삼, 이동주 등 1950년대에 문단활동을 시작
한 이들 전통주의 신진시인들은 전통사상에 기반한 한국문학의 특질
과 한국문학의 정체성을 확립하는데 기여한 중요한 시적 특성을 함유
하고 있는 것이다. 1950년대의 전통시는 현대시에 면면히 이어져 내
려오는 전대(前代)의 전통을 계승·발전하고 있으며, 이 시기 전통주의
의 가치와 의미를 확인케 한다. 이들에 대한 면밀한 분석의 과정을
통해 한국 현대시에 나타나는 전통주의의 성격과 특질이 재구(再構)될
수 있을 것이다.

제 3 장

1950년대 시와 전통주의의 특질

1. 전통적 자연관과 한시 규범의 시적 변용 : 김관식의 시세계

김관식(1931~1970)[1]은 1955년 《현대문학》에 「연(蓮)」, 「계곡(溪谷)에서」 등이 서정주에 의해 추천되어 문단에 데뷔한다. 간행된 시집으로는 등단 이전에 펴낸 『낙화집』(창조사, 1952)이 있으며, 이형기·이상노와의 공동 시집인 『해 넘어가기 전의 기도(祈禱)』(현대문학사, 1955. 7)와 개인 시집인 『김관식 시선』(자유세계사, 1956), 사후에 출간된 『다시 광야에』(창작과 비평사, 1976)가 있다. 이 글은 김관식의 시전집(詩全集)에 해당하는 『다시 광야에』를 기본 텍스트로 삼는데, 김관식 시에 대한 전체적인 조망 안에서 김관식 시의 전통주의적 요소를 재검토하고자 한다.

김관식 시에 관한 선행연구는 그다지 많지 않다. 사후에 발표된 몇 편의 글[2]과 김종철, 최하림, 조남익, 성기조의 글[3]이 있으나 인상비평

---

1) 1934년 생으로 알려진 그간의 통례를 바로잡은 것은 황인원의 앞의 논문에서이다.
2) 신경림, 「김관식-인간과 문학」, 《월간문학》, 1970. 10.
  천상병, 「젊은 동양 시인의 운명-김관식의 귀천을 슬퍼하면서」, 《창작과비평》,

적인 글들로 본격적인 분석은 결여되어 있다. 그는 기인적인 면모와 행각으로 더 잘 알려져 있으며, 서정주의 동서이며 최남선의 수제자라는 수식어는 오히려 그의 시를 편견과 무관심으로 폄하 내지 일축하게 하였던 것이다. 그러므로 김관식의 시세계는 방치되어 왔다고 해도 과언이 아니다.

김관식에 관한 연구는 두 편의 학술 논문, 즉 서해원과 이연희에 의해 비로소 본격적인 논의선상에서 조명된다. 서해원의 논문4)은 김관식의 생애와 아울러 1차 자료들의 서지 사항을 확인, 분류하여 김관식 시 연구의 기초 작업을 수행하고 있으며 작품 속에 드러나는 정신적인 측면을 구명하고자 한다. 그의 시는 노장사상과, 불교사상, 샤머니즘, 선비의식 등 동양정신이 짙게 배여 있음을 지적하고 있다. 그러나 심도 있는 논의에 이르지는 못하고 여러 작품을 소개하는 수준에서 그치고 있다. 이연희의 논문5)은 서해원의 논문 이후 이렇다 할 연구가 부재한 상태에서 14년 만에 다시 발표된 학술논문이다. 이 글은 김관식 시의 전반적인 특징을 다루되 시인의 의식변화가 작품에 끼치는 영향과 시세계의 변모과정에 중점을 두어 그의 시세계를 종합적으로 파악하고자 한다. 특히 유가적인 '극기'의 문제에 천착하여 김관식의 작품세계를 "극기로 향한 도정"으로 규정한다. 앞서의 논의보다는 심도 있는 분석을 가하고 있지만, 김관식에 대한 일반 논의 수

1970. 겨울.
3) 김종철, 「도덕적 관점과 시적 구체성-김관식, 박봉우, 최하림의 세 권의 근간 시집에 대하여」, 《창작과비평》, 1976. 가을.
   최하림, 「세계의 심화와 질서화-시집 『다시 광야에』(김관식 저), 『황야의 풀잎』(박봉우 저), 『한겨울 산책』(김광림 저)」, 《문학과지성》, 1977 봄 : 서평.
   조남익, 「박재삼, 김관식의 시」, 《현대시학》, 1987. 4.
   성기조, 「김관식론-동양정신을 중심으로」, 《청람어문논집》, 청람어문학회, 1991.
4) 서해원, 「김관식 연구」, 공주사범대 석사학위논문, 1983.
5) 이연희, 「김관식 시연구」, 강릉대 석사학위논문, 1997.

준을 벗어나지는 못하고 있다. 이외에도 비교적 근래에 발표된 정효
구6)의 논문이 있다. 그는 김관식의 정신세계를 "내강(內剛)의 정신주
의"로 규정한다. 정효구의 글에서 주목되는 것은 김관식 시에 나타난
에로스의 충동과 생의 카오스적 열정을 포착하고 있다는 점이다. 그는
보편적인 인간의 가장 적나라한 본능적 충동을 내재한 것이 에로스의
충동인데, 이러한 걷잡을 수 없는 생의 열정이 김관식 시의 한 특성
을 이루고 있다고 본다. 이것은 서정주『화사집』과의 유사성이 제기되
는 부분으로 주목되지만, 언급만 하고 있을 뿐 구체적인 분석은 가하
지 않고 있다.

　본고는 방법론에서 제기하였듯이 선대 혹은 독서체험의 시적 영향
을 중심으로 김관식 시에 나타난 전통주의를 살펴보고자 한다. 이에
김관식의 시세계를 세 가지로 분류하여 분석할 수 있다.

　첫째, 정효구의 글에서 제기된 바 있는 에로스의 충동, 생의 카오
스적 열정은 김관식 초기시의 한 특성으로 인정되는데, 이는 그의 시
적 동경의 대상이었던 서정주『화사집』과의 영향관계를 통해 구명될
수 있다. 선대시인과의 친연성은 전통주의가 과거로부터 가치 있는 것
으로 받아들여지는 것을 지속시키고자 하는 정신적 경향임을 고려할
때 유의미한 것이다. 서정주의 초기 시 세계와 친연성을 보이는 김관
식 시의 초기시편은 관능미와 생명력의 분출이 서정주의 표현방식과
유사하다. 이는 이후의 시적 지향과는 변별되는 한시적(限時的)인 특성
이지만, 김관식의 시적 출발이『화사집』의 영향권 내에 있다는 사실을
보여주는 것으로 주목되어, 본 연구에서 다루기로 한다.7)

---

6) 정효구,「김관식 시에 나타난 정신세계」,『20세기 한국시와 비평정신』, 새미, 1997.
7) 그런데, 서정주『화사집』에서 분출되는 강렬한 관능미는 서구적 영향을 수용한
　것으로 알려져 왔다. 이러한 서정주 초기시의 특질은 일견 김관식 시의 전통주의
　를 탐색하는 데에 부적격한 논거로 보인다. 그러나『화사집』의 세계는 전통적 현
　실 속에 토속성 짙은 소재를 대상으로 하고 있음을 배제할 수 없으며, 기독교적

둘째, 해럴드 블룸이 말한 바 있는 독서체험의 영향은 시인의 의식 체계를 지배하거나 시 창작에 직접적인 영향을 끼친다. 김관식의 경우는 동양학의 습득을 통해 시적 자기 정립이 이루어졌으며 장르간의 소통, 즉 한시(漢詩)와의 소통이 시도된다. 한시구를 삽입하거나 동양 사상의 편린을 시의 소재로 차용하고 있으며 한자어를 즐겨 사용하는 등 1950년대 시사에서 보기 드문 개성적인 면모를 유감없이 발휘하고 있다. 이를 2절에서 구체적으로 살펴볼 것이다.

셋째, 김관식은 선행연구에서 주로 거론되고 있듯이 전통적 자연관을 여실히 보여주는 시인이다. 전통적인 '자연' 인식, 특히 동양적인 '물' 인식을 검토하면서 시세계의 기반을 차지하고 있는 시적 근원으로서의 전통적 자연관이 어떤 방식으로 표출되는지 검토할 것이다. 요컨대 김관식의 시세계는 전통적 자연관이 시적 근원을 이루고 있으며, 선대에서 물려받은 한학자적인 풍취와 고전 취향, 한시 규범의 현대적 변용은 전통적인 시인의식이 계승된 결과로 보인다.

신화를 비롯한 서구적 사조의 수용은 토속성 속에 동화되어 토속적인 색채를 더욱 강렬하게 표출하는 데 쓰인 것으로도 볼 수 있다. 『화사집』에 드러나는 관능미는 보들레르나 니체의 영향에서 비롯한 서구적 관능미가 주조를 이룬 것이라기보다는, 그것을 하나의 시적 출발에서 빚어진 현상으로 보아야 한다. 그러므로 미당의 초기 시세계는 여전히 한국적인 것의 범주에 속하는 것이며 이는 근원적인 생명의 탐구, 즉 인간과 동물을 모두 포괄하는 생의 본원적인 생명력을 다루고 있는 것으로 보아야 할 것이다. 이러한 생의 원시성과 신화의 세계는 서구적 세계관이나 감수성에 지배받거나 함몰되는 것이 아니라 동서양의 전범들을 섭렵하는 가운데 체득되어 한국적 전통 속에 용해되어 표출된 것으로 보인다. 『화사집』과 관련한 논자들의 견해가 일방적인 서구의 영향이 아닌 주체적 수용의 입장으로 변화되어가고 있음은 이러한 인식의 전환을 뒷받침해준다. 즉 이러한 인식의 근저는 김우창의 「한국시의 형이상」(『궁핍한 시대의 시인』, 민음사, 1977)에서부터 찾을 수 있으며, 최근의 논의에서 더욱 활발해지고 있는 것이다. 이에 김재홍의 「미당 서정주-대지적 삶과 생명에의 비상」(조연현 외 저, 『미당 연구』, 민음사, 1994)과 「미당시의 전통성과 영원주의」(『생명, 사랑, 자유의 시학』, 시와시학사, 1999)를 참조할 수 있다. 최근의 학위논문(이경희, 「서정주 시의 전통성 연구」, 경희대 석사학위논문, 2000)도 이러한 입장을 따르고 있는 추세를 대변하고 있다.

1) 『화사집』의 영향과 시적 출발

김관식의 초기시 중 꽤 여러 편은 감각적이고 관능적인 묘사가 돋보인다. 김관식의 시세계에서 전통적 자연관과 한시 규범이 자리 잡기전, 그는 서정주의 시세계에 상당부분 근접해 있었다. 서정주의 초기시는 김관식뿐만 아니라 1950년대 전통주의 시인들에게 많은 시적 영향력을 행사하고 있었다.[8] 김관식의 경우는 서정주 『화사집』에서 표출되는 관능미와 생명력의 분출, 시어의 유사성이 김관식의 초기시집인 『낙화집』과 『해넘어가기 전의 기도』에서 발견되고 있다. 실제로 『해넘어가기 전의 기도』에 수록된 19편의 시들 중 이러한 특성을 지닌 시는 절반 가까이 된다. 『화사집』의 영향 하에 있는 시로는 「황토현에서」, 「광란의 해후」, 「통곡」, 「소상야우」, 「해일서장」, 「창세기초」, 「석상의 노래」, 「풀이슬 같이」, 「지구 최후의 날에」 등이 거론될 수 있다.

> 해가 떨어지면
> 목구멍에 타오르는 불길을 뽑아 바닷물이 들끓도록 울어라…… 울
> 어……
> 한쪽 가슴엔 칼을 지니고
> 또 한 가슴엔 숫돌을 지녀 남몰래 밤낮없이 갈고 갈아서
> 만나는 원수마닥 산멱을 찔러 쏟아지는 피를 마시어 목을 축이고
> 백년 삼만 육천 날을 울음으로 새우리라.
> 오! 타고난 이 설움을 낸들 어이하리야.
> 어이하리야.
>
> —「痛哭」 전문

---

[8] 1950년대는 신문과 잡지를 통해 신인의 발굴이 왕성하게 이루어졌는데, 시의 경우는 150여명의 신인이 탄생하였다. 이 가운데 서정주가 발굴한 신인은 줄잡아 절반이 넘는다. 이들이 모두 서정주와 유사한 시세계를 가졌다고 말하기는 어렵지만, 대부분이 그의 시세계에서 멀지 않은 시적 특성을 지니고 출발한 것이다.

　　김관식 초기시의 주조는 방황과 욕망, 설움으로 점철되어 있다. 등
단 전 그는 이미 『낙화집』을 출간하였으며, 1955년 등단과 함께 공동
시집인 『해넘어가기 전의 기도』를 상재하는 등 시에 대한 열정을 내
보인다. 이 시기에 이러한 유형의 시가 분출되고 있다는 사실은 그의
시적 출발이 선배시인에 대한 동경의 자세에서 비롯되고 있음을 보여
주는 것이다.9)

　　이 시기의 시적 노정을 제시하고 있는 위 시는 감정분출의 정도가
가히 파괴적이고 충동적이다. 시적 자아는 "한쪽 가슴엔 칼을 지니고 /
또 한쪽 가슴엔 숫돌을 지녀", "만나는 원수마다 산멱을 찔러 쏟아지
는 피를 마시어", "목을 축이"겠다고 분노를 분출하고 있다. 이 같은
자아의 직설적인 감정분출은 '설움'으로 인한 것인데, 그는 '설움'을
'타고난' 것으로 규정짓고 있다. "백년 삼만 육천 날"이란 시어는 "설
움"이 조상으로부터 고스란히 물려받은('타고난'), 운명적인 것임을 암
시한다. 화자는 운명적으로 부여된 설움을 삭히기 위해 "목구멍에 타
오르는 불길"로 "바닷물을 들끓게" 하거나 "만나는 원수마다" 피를
쏟게 하는 등 광적인 분출을 서슴지 않고 있다. 그러나 시상의 전개
에서 설움을 준 '원수'의 직접적인 대상과 '통곡'의 이유는 나타나 있
지 않다. 무엇 때문에 화자는 이토록 '통곡'하는 것일까. 운명적으로
부여된 '설움'의 내용은 무엇일까.

　　'설움' 인식과 그 극복의지로서의 '생명 추구'는 현실을 부정하려는
초월적 가치인 본능적이고 맹목적인 관능미의 탐닉으로 표출되며, 이
는 자기의식의 고양을 감행하는 것으로 이해된다.

---

9) 김관식이 서정주를 흠모하고 있었다는 사실은 방옥례의 회고록에서 확인된다. 그
　는 서정주의 집을 수시로 드나들었으며 결국은 서정주의 동서가 되었다. 방옥례,
　『대한민국 김관식』, 동문출판사, 1983 참조.

① 희하얀 모가지를 물어뜯으면
　연지볼에 확 피어오르는 석류꽃이팔.
　새빨간 입술이 달기도 하다.

　화냥년아 화냥년, 열두번 화냥질한 화냥년아 화냥년.
　민들레꽃 가득 핀 들길 위에서
　쓸데없는 소리라도 왼종일 입 부르터 입덧 나 입 닳도록 지껄이면서
　내일이면 잊어버릴 맹세를 하자.
　　　　　　　　　　　　　　　　　　－「黃土峴에서」 부분

② 풀나무 덥수룩한 숲그늘에서 잎새들이 소곤소곤 소곤거리듯 무어
　라고 도란도란 도란거리다
　그냥, 그냥, 때묻은 모가지를 비틀어 버려……
　입술이 타서… 입술이 타서……
　차돌불이 번쩍이는 입술이 타서.
　거센 숨결이 톱질을 할땐
　모래톱에 혀를 박고 죽어도 좋아.
　미친년이여. 피로 물든 햇무리를 들여마시고 새끼 한 마리 배어나
　주련?
　　　　　　　　　　　　　　　　　　－「狂亂의 邂逅」 부분

　인용시 ①과 ②에서 드러나는 것은 불같이 거칠고 뜨겁게 타오르는
에로스의 충동이며, 그것은 질서와 관습과 제도 속에서 형식적으로 용
인된, 소위 고상하고 품위 있는 애정의 세계가 아니라 폭력이라고 부
를만한 야성 그대로의 격정적인 성적 충동에 가까운[10] 세계인 것이다.
그는 시적 대상으로 "화냥년"과 "미친년"을 설정하여 본능적이고 충
동적인 세계를 유감없이 제시하고 있다. 억압된 기층적 삶이 토속적
관능으로 토로되어 있으며 이러한 기층적 삶은 우리 선인들의 보편적

10) 정효구, 앞의 글, p.117 참조.

삶의 모습 가운데 하나였다는 점에서 주목된다. "화냥년", "미친년"도 이러한 기층민의 비유라고 할 수 있다.

"새파란 하늘", "피로 물든 햇무리", "하이얀 모가지" 등 색채의 강렬한 대비는 감각적이며 원색적인 시어 사용과 함께 매우 강렬한 분위기를 연출한다. 강렬한 색채의 이미지를 통해 황토현의 버림받은 사람들과 감정의 여과 없는 분출은 더욱 선명하면서도 감각적인 분위기를 형성한다. 위의 인용시들과 앞선 시 「통곡」은 격정에 찬 감정분출 등 시적 분위기가 유사하다. 이점을 고려하면, 앞서의 '통곡'은 "미친년", "화냥년"으로 규정되는 기층민들의 '설움'인 것이다. 설움을 느끼는 주체가 이처럼 가장 기층적인 인물로 설정되었다는 사실은 시인이 당대를 인식하고 있는 방식과도 관련 있다. 인용시에서 "화냥년"과 "미친년"으로 설정된 대상의 광의적 의미는 역사적 현실에서 고통 받는 민족을 상징하는 것으로 볼 수 있다. 아울러 '황토현'이나 '민들레꽃', '맹세', '모래톱'의 시어는 지난했던 우리의 역사를 상기시키는 것들이다. 이를 통해 인용시들이 분출하고 있는 극단화된 감정분출의 이유가 자기인식의 고양에서 비롯된 것임을 알 수 있다.

그런데 이 같은 충동적 감정의 분출과 감각적인 시어의 사용은 서정주의 초기시에서 발견되는 특징이었다. 서정주의 시 「문둥이」에서 표상된 시적 화자인 '문둥이'와 시 「자화상」의 '종'은 현실로부터 유리된 소외 인물이며 자기비하적인 인물로 표상된다. 「대낮」에서 연출되는 관능적인 남녀의 모습이나 '대낮'이라는 시간 설정, '핫슈', '강한 향기' 등의 자극적인 시어 사용과 관능적 표현은 인용시 ①의 "열두 번 화냥질한 화냥년아"란 구절과 인용시 ②의 "입술이 타서… 입술이 타서…… / 거센 숨결이 톱질을 할땐 / 모래톱에 혀를 박고 죽어도 좋아"란 구절을 통해 알 수 있듯이 육체의 강렬한 쾌감과 열락을 공유하는 것으로, 서정주의 시적 성향과 닮아 있다.

또한, 서정주의 "황토 담 넘어 돌개울이 타 / 罪 있을 듯 보리 누른
더위 − / 날카론 왜낫(鎌) 시렁우에 거러노코 / 오매는 몰래 어듸로 갔
나"(「麥夏」)란 구절은 충동적이고도 관능적인 분위기를 자아내는 것이
다. 이 시에서 유추할 수 있는 내용은 과부인 어머니가 몰래 정을 통
한 남정네를 만나러 갔으리라는 시적 상상이다. '오매'는 보리가 누렇
게 익은 여름에 시렁 위에 낫을 걸어 둔 채 어디론가 가고 없다. 이
는 '미친년', '화냥년'의 설정과도 무관하지 않은 것으로 보인다. 비규
범적인 '오매'의 행위는 관능미를 배가시키고 있다. 이외에도 서정주
의 '황토', '죄(罪)', '왜낫' 등의 시어는 김관식 시에서 사용된 '황토
현', '맹세' 등의 시어와 의미차원이 유사한 것이다. 그러나 서정주 시
와의 보다 밀접한 영향관계는 「화사」에 대한 이해로부터 출발해야 할
것이다.

> 사향 박하의 뒤안길이다.
> 아름다운 배암……
> 을마나 크다란 슬픔으로 태여났기에,
> 저리도 징그라운 몸둥아리냐
>
> 꽃다님같다.
> 너의 할아버지가 이브를 꼬여내든 달변의 혓바닥이
> 소리잃은채 낼롱그리는 붉은 아가리로
> 푸른 하눌이다. …… 물어뜯어라. 원통히 무러뜯어.
>
> −「花蛇」 부분

「화사」는 1936년 ≪시인부락≫에 발표된 후 시집 『화사집』에 수록
되었다. 첫 시집 『화사집』에서 드러나는 미당의 시적 탐구는 육체를
긍정하는 자리에서 본 관능의 아름다움으로 요약된다.[11] 시적 화자는
뒤안길에서 꽃다님으로 형상화된 뱀을 보고 있다. 그 뱀은 징그러우면

서도 또한 슬픔을 한 몸에 내장한 존재이다. 무늬와 색깔이 화려한
꽃뱀(花蛇)은 시 전체를 관통하는 성적 관능미를 분출하고 있으며, 사
향과 박하는 관능적 쾌락과 육체적 욕망을 암시하는 것이다. 화사, 사
향, 박하 등의 감각적인 시어들은 뒤안길과 적절히 조응한다. 화사(花
蛇)는 인간의 대지성, 육체성, 운명성, 본능성을 표상하는 오브제로 규
정되며, 아울러 육체와 정신, 현실과 이상, 감성과 이성, 운명과 자유
라는 근원적인 모순성을 반영하는 존재의 거울로 표상된다.[12]

위 시는 구약전서 창세기편에 나오는 아담과 이브의 이야기를 끌어
오고 있다. 이것은 원죄적 자아를 표상하기 위해 기독교 서사를 빌어
온 것이다. '크다란 슬픔'을 지닌 '징그러운 몸둥아리'인 뱀은 원죄적
인 자아의 표상인데 "낼룽거리는 붉은 아가리", "물어 뜯어"에서 보이
듯 감각적이고도 관능적인 이미지를 유감없이 드러낸다. '을마나'와
'저리도'의 시어가 주는 효과도 원죄적 자아의 '죄과'를 부각시키려는
의도의 표출인 것이다. 보들레르의 시 「춤추는 뱀」에서도 잠시 등장했
던 뱀과 냄새[13]는 「화사」에서 강한 자극을 지니는 모티프로 사용된다.

---

11) 홍신선, 「생의 구경적 의의를 찾았던 몸부림」, 《문학사상》, 2001. 2 참조. 이 글
    은 최근에 서정주 추모 특집으로 《문학사상》에서 기획으로 다룬 것인데, 여기
    에서 홍신선은 서정주의 초기 및 중기의 시세계를 살피고 있다. 또 다른 글인 유
    종호의 「서라벌과 질마재 사이」에서는 서정주의 시 「화사」가 「악의 꽃」과 아주
    짙은 근친성을 띠고 있음을 강조하면서 이를 토착적 변용으로 보고 있다.
12) 김재홍, 「미당 서정주-대지적 삶과 생명에의 비상」, 조연현 외 저, 앞의 책 참조.
13) 보들레르의 시구에서는 머리털에서 묻어나는 "짜릿한 냄새"로 표상되어 있다.
    참고로 보들레르의 「춤추는 뱀」을 소개하면 다음과 같다. "나는 보고파, 시름겨
    운 임이여. / 아름다운 그대 몸뚱이, / 하늘거리는 비단과 같이, / 살결 반짝거림을!
    // 그윽한 그대 머리털에는 / 짜릿한 냄새, / 향기로운 그 바다, 떠도는 그 바다에
    는 / 푸른 물결 검붉은 물결. // 거기에 새벽 바람에 잠 깬 / 불어난 물결과 같이, /
    그대의 이빨 언덕에 / 침이 솟아 넘치면, / 나는 얼근히 쓴 맛에 녹아나는 / 보헤
    미아의 술을 마시는 기분, / 내 가슴에 별들을 흩뿌려 주는 / 흐르는 하늘을 마시
    는 기분!" 샤를르 P. 보들레르(Charles P. Baudelaire) 저, 『악의 꽃 Les Fleurs du
    Mal』, 정기수 역, 정음사, 1978, p.44 참조.

사향은 진통, 진경, 흥분제의 역할을 하는 생약의 일종인데, 알싸한 향기는 청량제와 흥분제의 역할과 효능을 암시한다. 「화사」에서 사용된 뱀의 이미지가 아름다움과 징그러움을 동시에 보이는 것은 "시름겨운 님의 아름다운 몸뚱이"를 보는 보들레르의 관점과 상호 관련된다.[14]

그러나 서구적인 이미지가 위 시를 장악하고 있는 것은 아니다. 서정주 시의 관능미와 공격적 생명력의 분출은 서구의 영향을 수용하고 있지만(예를 들면, '이브'나 '사향' 등의 시어들) 이는 전통적인 관습 하에 주체적으로 수용된 것이며 전통적인 생명 탐구의 영역 안에서 생의 관능적 열정을 부각시키고자 용해된 것으로 보인다. 「화사」에서 사용되고 있는 장단(리듬)이 전통 판소리의 요설적인 가락에서 느껴지는 호흡의 장단과 닮아있다는 것[15]은 『화사집』의 전통성이 재고되어야 함을 보여주는 것이다.

위 시는 '뱀'의 상징적 의미와 표현 역시 서구의 것과는 다르게 표출되어 있다. 즉 보들레르의 「춤추는 뱀」에 묘사된 뱀의 이미지는 동시적 양가성을 띠는 서정주의 "뱀"과는 이질적이다. 그는 뱀으로부터 "시름에 겨운 님의 아름다운 몸뚱이"를 본다. 그리고는 오감을 동원하여 그 아름다움을 찬미하고 있다. 두 시인의 가장 큰 차이는 보들레르가 "하늘거리는 비단과 같이 반짝거리는 살결"로 뱀을 미추, 즉 미학적 입장으로 인식한 반면, 서정주는 강한 향기로부터 잠든 생명을 일깨우는 전령으로서의 뱀을 그리고 있다는 점이다.[16] 생명을 긍정적

---

14) 보들레르와 서정주의 영향 관계를 보다 실증적인 관점으로 연구한 것은 양금섭의 「미당서정주 시연구」, 고려대 박사학위논문, 1996을 참조할 수 있다. 이 글은 『악의 꽃』과 『화사집』을 비교하고 있는데, 시집 표지의 의장에 뱀이 그려져 있고, 내용을 5항의 큰 제목 아래 배열하는 편집 체제를 비롯하여 둘 다 한정판으로 발행되었다는 유사점이 있음을 밝히고 있다. 또한 이 두 시집은 여성에 대한 비유로 "뱀"과 "고양이"가 쓰인 점에 유사성이 있다고 밝힌다.

15) 서정주, 「고대 그리스적 육체성」, 『육자배기 가락에 타는 진달래』, 서문당, 1984 참조.

에너지로 보고자 하는 서정주의 입장은 뱀에 대한 일반적인 문화관습
과는 다소 거리가 있는 것이다. 서정주의 '뱀'은 징그러움, 경계의 대
상이 아니라 생명력을 지닌 '탐미'의 대상으로 인식된다. 이처럼 서정
주 시의 공격적이고 역동적인 성 충동과 관능미는 생명의 원시성을
발현하는 것으로 시집 『화사집』을 지배하는 주된 분위기를 형성한다.
이러한 분위기는 김관식의 초기시에서 분출되는 역동적 이미지에 상
당한 영향을 끼친 것으로 보인다.

> 배암이여. 다시는 질투하지 말아다오.
> 나를 질투하지 말아다오. 그리고
> 나의 여편네를 질투하지 말아다오.
>
> 목줄기 안으로 안으로 한사코 감기기만 감기기만 하여서
> 드디어는 실마리처럼 풀어버릴 수도 없이
> 뼛골 안에 잦아져 녹아 흐르는 설움을 지니고
>
> —「創世記艸」 부분

　　김관식의 시에서 "배암의 질투"나 "여편네의 질투"는 바로 서정주
시 「화사」에서 두드러지는 '배암의 질투', 즉 원죄적 자아의 표상인
이브의 죄과와 유사하다. 즉 위 시의 "뼛골 안에 잦아들어 녹아 흐르
는 설움"은 바로 「화사」의 "을마나 크다란 슬픔으로 태어났길래"와
상통한다. 김관식이 사용하고 있는 배암의 형상은 「화사」의 "이브를
꼬여내는 달변의 혓바닥"과 유사한 표현이며, 이는 질투의 화신으로

---

16) 「화사」가 「춤추는 뱀」을 한국적 토양 속으로 옮겨 심은 것인지 확실하지는 않지
　　만 서정주가 보들레르를 탐독했다는 사실은 잘 알려진 사실이고, 뱀이라는 제재
　　를 바라보는 관점이 유달리 일치하는 것으로 미루어 보아 어느 정도 영향을 받
　　았으리란 것은 추정이 가능하다. 향기에 대한 집착도 보들레르나 서정주는 공유
　　한다. 윤재웅, 『미당 서정주』, 태학사, 1998, p.86 참조.

설정되어 있다. 「창세기초」라는 시제(詩題) 역시 기독교의 구약 창세기 편을 암시하는 것이다. 이는 「화사」에 등장하는 "이브"의 설정이 기독교 서사와 관련된 배경임을 고려할 때 유사성이 인정된다. 김관식의 시에는 "이브"와 동일한 대상으로 간주되는 "여편네"가 설정되어 있다.

이처럼 그의 초기시에서 주조를 이루는 비극적 자아인식은 서정주의 『화사집』에서 추출되는 원죄적 자아와 그 맥이 닿아 있다. 김관식의 초기 시편과 『화사집』의 시적 특질과의 유사성은 그 밖의 시편들에서도 쉽게 찾아진다.

보리밭에 달 뜨면 / 애기 하나 먹고 // 꽃처럼 붉은 우름을 밤새 우렀다.

-「문둥이」 부분

핫슈먹은 듯 취해 나자빠진 / 능구렝이같은 등어릿길로, / 님은 다라나며 나를 부르고… // 강한 향기로 흐르는 코피 / 두손에 받으며 나는 쫓느니 // 밤처럼 고요한 끌른 대낮에 / 우리 둘이는 웬몸이 달어……

-「대낮」 부분

바윗속 산되야지 식식 어리며 / 피 흘리고 간 두럭길 두럭길에 / 붉은 옷 닙은 문둥이가 우러 // 땅에 누어서 배암같은 게집은 / 땀흘려 땀흘려 / 어지러운 나-ㄹ 엎드리었다

-「맥하」 부분

가시내두 가시내두 가시내두 가시내두 / 콩밭 속으로만 작구 다라나고 / 울타리는 막우 자빠트려 노코 / 오라고 오라고만 그러면

-「입맞춤」 부분

아-어찌 참을 것이냐! / 슬픈이는 모다 파촉으로 갔어도, / 윙윙그리는 불벌의 떼를 / 꿀과 함께 나는 가슴으로 먹었노라 //

-「정오의 언덕에서」 부분

어찌하야 나는 사랑하는 자의 피가 먹고 싶습니까
-「웅계(하)」부분

피와 빛으로 해일(海溢)한 신위(神位)에 / 폐와 발톱만 남겨 노코는 / 옷
과 신발을 버서 던지자 / 집과 이웃을 이별해 버리자.
-「문(門)」부분

인용시들은 서정주의 『화사집』에서 추린 것들이다. 『화사집』의 중
요한 의의는 대담한 이미지들과 억압된 성충동의 역동적인 표방에 있
다. 그러나 그보다 더욱 주목할 것은 『화사집』이 인간의 몸이 가지고
있는 일종의 '수행자'로서 겪는 과정의 특징, 즉 "모순된 양가성의 동
시적 공존을 한국 현대시의 역사에서 공격적으로 제기하고 있다"[17]는
점이다. 그래서 이 시집을 "몸을 발견한 시집"이라고 말한다. 서정주
의 『화사집』 시편들이 보여주고 있는 생명의 모순성은 가장 평범하면
서 독창적이고, 질박하면서 유려하며, 육체의 격정을 토로하면서도 정
신의 달관을 노래하고, 비탄을 읊조리면서도 환희를 즐기는 요소들이
공존한다는 평가를 받고 있다. 『화사집』에 나타나는 삶의 모순과 갈등
은 근본적으로 생을 부정하기 위한 괴로운 육체의 몸부림이 아니라
생을 긍정하기 위한 의지의 고투이다. 즉 인간 실존의 참다운 의의,
대담한 이미지들과 억압된 성 충동의 역동성이 잘 드러난 것이다. 「문
둥이」와 「맥하」에 나타나는 문둥이의 모습이나 「대낮」, 「입맞춤」에서
엿보이는 강한 관능미와 감정 분출, 「웅계」, 「정오의 언덕」, 「문」에서
표출된 공격적이고 충동적인 감정의 토로는 김관식의 초기 시편을 형
성하는 데 영향을 미친다.

---

17) 윤재웅, 앞의 책 참조

달 아래 울어 새인 초(楚)나라 구름 소상강(瀟湘) 저문 날에 눈물을 뿌려.
…… 눈물을 뿌려. …… 갈대 수풀에 떨쳐 나는 기러기떼들. 얼어서
떨어지는 피울음 소리 하늘을 찢는 목맺힌 소리.

마을 창문에 아주까리 기름불이 까물거릴때 암내난 고양이의 음란한
목청 구석지고 어두운 골목길을 빠져서 시집가러 가는데
　　홀애비와…… 홀에미와……
　　홀에미와…… 홀애비와……

칼날 밟고 일어서서 춤이라도 추고 싶은 가슴 속을 치밀어오르는 뜨
거운 불덩어리. 어느 머슴과 부엌데기 사이에 오고가는 사랑의 열매인지
도 모른다.

—「瀟湘夜雨」 전문

위 시는 시적 자아의 욕망 분출과 관능적 표현이 일탈적 행위로
묘사되는 것이 서정주 시와 유사하다. 위 시는 「황토현에서」, 「광란의
해후」가 표상한 비보편화된 존재 "미친년"과 "화냥년"이 "홀에미"와
"홀애비"로 혹은 "머슴"과 "부엌데기" 소녀로 변주되어 각각 등장하고
있다. 감각적이며 원색적인 감정 분출은 "암내난 고양이의 음란한 목
청"이나 "어느 머슴과 부엌데기 사이의" 사랑의 행위로 묘사되지만,
새로운 생에 대한 비전이나 생명의식의 발산을 분출하고 있는 것이다.
그런데 이들이 다름 아닌 홀애비와 홀에미일 것이라는 사실은 더욱
흥미로운 설정이다. 이들은 음란함의 대상으로서가 아닌 "사랑의 열
매"를 더욱 부각시키는 대상으로 제시된다. 이들의 사랑이 "칼날 밟고
일어서서 춤이라도 추고 싶은" 환희의 세계를 이룬다는 사실은 주목
된다. 그러나 첫 행에서 제시한 것처럼 이러한 이야기는 '초나라'의
'소상강'에서나 전해 내려올 법한 전설 같은 이야기일 뿐이다. 김관식
은 중국 초나라의 비 내리는 소상강을 설정하여 매우 일탈적이면서도

육체적인 관능미를 형상화하고 있다.

이처럼 김관식은 서정주의 미적 세계인식의 바탕 위에 그의 상상적 세계를 매우 폭넓게 적용시킨다. 그것은 "칼날을 밟고 일어서는"이 암시하는 것과 같이 매우 격정적이고도 충동적인 순간을 거침없이 보여준다. 이러한 표현은 「통곡」에서 "목구멍에 타오르는 불길을 뽑아 바닷물이 들끓도록 울어라……"라는 표현과 상통하는 구절이다. 카오스적 생의 충동으로 인한 '설움'은 이처럼 공격적이며 파괴적인 것으로의 지향을 실현시키고자 한다.

> 햇바닥에 가시 돋혀 거칠은 물결
> 잡아 삼킬 듯이 날카로이 갈아 마시고 모지락스럽게 쳐들어오는 외따른 섬 가운데 바윗돌 위에 참개두리처럼 이마를 문지르고 끓어 엎드려 점점 가까이 다가서는 죽음 하소거려도 소용없을 바에야 연자방아 맷돌을 모가지에 매달고 떨어지는 해를 따라 바다에 몸을 던져 소용돌이 굽이치는 파도에 휩싸여서 자맥질을 하다가 악어 등어리라도 사정없이 물어뜯어 먹피로 출렁거려 물너울이 일어서면 머흘은 구름 속에 번갯불도 치느니 쏟아지는 소낙비는 나는 화살인가 이윽고 새로 틔어 밝아오는 해와같이 솟구쳐 오른 나를 다시 만나리.
> —「海溢序章」 전문[18]

공격적이고도 파괴적인 것은 '해일'의 모습으로 나타난다. '햇바닥에 가시돋힌 물결'은 공격적인 해일을 표상하는 것이며 '맷돌을 모가지에 매달고', '사정없이 물어뜯어 먹피로 출렁거려'는 해일의 자극적이고도 파괴적인 성질을 묘사한 것이다.

위 시는 2행에서 마지막 행까지 단 하나의 문장으로 구성되어 있는데, 이는 감정 분출의 극대화를 조장하기 위해 거칠고 걷잡을 수

---

18) 이 시는 『김관식 시선』(자유세계사, 1956)에는 「절해의 기도」로 수록되어 있다.

없는 격정을 연달아 나열하는 기법의 사용으로 보여 진다. 이 같은
억압된 감정의 분출은 시인의 습작기와 초기시에 집중되어 표출된 것
으로 서정주의 『화사집』에서 영향 받은 것이다.19)

> 놀라워라 어느새 말렸다가 풀어지는
> 한오리의 희미한 실구름같이
> 　흐르던 피 뚝 끊어지고 눈물 한방울 안 흘리고 어려운 한고비를 숨결
> 넘어가면은 사랑도 원수래도 살뜰히 잃어버려 삶이란 한참 스쳐간 소나
> 기비 선잠 깨인 꿈자리 그게 아니면 서거픈 쓰디쓴 울음이로다.
> 　구을러 흐터지는 풀이슬같이
>
> 　　　　　　　　　　　　　　　　　　　　－「풀이슬같이」전문

　그의 시세계는 이제 생에 대한 관조적인 자세로 서서히 자리잡아간
다. 젊음의 욕망과 설움을 겪은 삶이란 결국 "한참 스쳐간 소나기비"
일 뿐이며 "선잠 깨인 꿈자리"거나 "서거픈 쓰디쓴 울음"에 불과해진
다. 그 울음이 '풀이슬'처럼 "말렸다가 풀어지는" 것과 다르지 않다는
깨달음은 시적 전환의 시작을 알리는 의미 있는 깨달음이다. 첫 행의
"놀라워라"에서 엿보이는 시인의식의 재발견은 서정주의 시적 성과에
매몰되어 충분히 소화되지 못한 감정분출의 초기시를 지양하고, 이제
자연에 대한 탐색과 생의 구경적 자세로의 전환을 가져오게 된 깨달
음의 노정을 제시하는 것이다. 이는 혼란과 방황의 시기를 거쳐 김관
식의 시가 줄곧 지향하는 시세계를 이룬다.

---

19) 서정주와 김관식의 관계맺음은 서정주의 회고담을 통해서도 확인되고 있다. :
　　"내가 6·25때 전주로 피난가 전주고등학교에서 국어과목을 가르치고 있을때
　　였다. 웬 고등학교 학생모자를 쓴 학생이 한발 높이가 되는 한서를 보자기에 싸
　　들고 찾아왔다. 그게 무엇이냐 물었더니 주자대전이라고 하면서 최병심에게 가
　　르침을 받고자 왔던 길에 들렀다는 것이다. 마침 방 하나가 비었으므로 우리집
　　에 기거하라고 했더니 일주일 가량 묵고 갔다." 김용성, 「김관식」, 『현대문학사
　　탐방』, 현암사, 1984, p.526 참조.

이처럼 김관식의 초기시는 서정주의 영향을 수용하면서 차츰 이를 극복하여 자신의 시세계를 독창적으로 열어가게 된다.

2) 한시와의 소통과 동양고전의 시적(詩的) 자기정립(自己定立)

김관식의 초기시는 서정주의 영향을 입으면서도 동양사상에 심취하는 등 제(諸)양식의 영향을 받고 있다. 그의 시세계가 고전 취향과 전통적 자연관, 한시 규범의 현대적 변용을 이루고 있는 것은 서정주의 영향 하에 있던 초기시를 이질적인 것으로 간주하게 한다. 그만큼 김관식 시의 변모 양상은 뚜렷하게 나타난다.

김관식은 습작기 혹은 시적 출발기에 서정주의 영향을 입은 후 동양고전의 독서체험을 바탕으로 한, 전통적 자연관을 수용하여 자기정립을 이룬다. 동양고전의 독서체험은 그의 전반적(全般的)인 시세계를 규정하는 특징으로 작용한다.

해럴드 블룸의 『오독요해』는 이러한 "독서체험"의 영향관계를 규명한 것이다.[20] 블룸은 의미에서의 영향관계를 시인의 "기술행위writing"와 "독서행위reading"를 지배하는 것으로 나누고 있으며, 이 가운데 "독서행위"는 독서체험의 영향에 대해 기술한 것이다. 물론, 블룸이 말한 "독서행위"는 선행 텍스트를 '오독(誤讀)'하는 행위이다. 이러한 오독의 영향은 블룸의 어휘로는 "시적 기만행위"에 해당하는데, 모든 시인이 의도적으로 자신의 선배시인의 작품을 오독한다는 것이다. 그러나 오독행위를 검토하기 전에 블룸은 "영향 관계는 그것이 기술행위를 지배하듯이 독서행위도 지배한다"고 전제하고 있다. 김관식의 독서체험도 이러한 영향과 수용의 관계로 설명이 가능할 것이다.

---

20) 해럴드 블룸, 앞의 책, pp.273~274 참조.

사실, 한 시인이 자신의 시적 영역을 확립하는 데는, 다시 쓰고 고쳐 쓰는 모방의 단계를 거친다. 이 시기 그의 시는 동양고전의 독서체험으로 한시와 동양사상을 시 장르와 혼합시키는 장르간의 소통방식을 모색하고 있다.[21] 예컨대, 한자어를 즐겨 사용하고 있는 점, 한시구를 시의 내부에 직접 삽입하고 있는 점, 노장자적 자연사상에 기대어 시적 정황 등을 형상화한 점 등 매우 독특한 시세계를 보여준다. 그는 체계적인 동양학의 습득 하에 시적 자기정립을 이루고 있으며, 이를 통해 전통적 자연관을 구현하며 한시규범의 시적 변용을 꾀하고 있다.

김관식의 시가 동양정신의 바탕 아래 형성되고 있다는 사실[22]은 서구적 사조의 영향과 대조되는 지점이다. 김관식 시의 '자연' 인식은 물자체인 자연을 완상함이 아닌, 보다 근원적이고도 추상적인 인식체계로서의 의미를 갖는다. 그러므로 김관식에게 있어 동양정신의 추구는 물질화되어가는 정신세계의 복원이라는 긍정적인 부분과 열린 텍스트로서의 탈장르적인 측면으로 확장되어 시의 운신의 폭을 넓혀 주는 요소로서 기능하고 있는 것이다.

나는 동양인이다. 나는 나대로의 눈으로 동양의 자연과 생활을 다시한 번 성찰하지 않으면 안될 운명에 놓여 있다. (…중략…) 나는 발레리나 릴케보다는 도연명과 두자미 또는 육방옹, 왕마힐을 더 좋아한다. 오든이

---

21) 해럴드 블룸이 말하고 있는 영향 관계는 작품과 작품, 시인과 시인, 장르와 장르 간의 소통을 포괄하는 광범위한 개념의 영향-수용의 관계를 설정하고 있다. 김관식의 경우는 동양고전의 독서체험이 장르간의 혼합과 교체를 이루고 있다.

22) 김관식의 동양학에 대한 이해는 주류를 공자적인 유학으로 보거나, 노·장자적인 도학의 영향으로 보는 등 이를 나누어 논급되고 있으나 이는 별반 분류적인 의미가 없어 보인다. 유불도 삼교의 정신은 동양학에서 서로 간에 소통하는 양상이 있기 때문이다. 유불도 삼교와 아울러 전통적 무교와의 융합설은 다음을 참조할 수 있겠다. 홍기삼, 「경덕왕 충담사 표훈대덕 연구」, 《동악어문논집》 29집, 동악어문학회, 1991 참조.

나 엘리옷, 스펜더, 푸레이저의 경우도 또한 그렇다. (…중략…) 우리가
솔선해서 서양인이 핥아 버리고 지나간 사재(渣滓)조박(糟粕)을 다시 씹
을 맛이야 없지 않겠는가. 그보다는 차라리 생명의 연원을 찾아내는 것
이 막급한 까닭이다. 나는 원래 서구의 박래(舶來)사조(思潮)에 전혀 감염
되거나 침범당하지 않은 순수동양의 전통적 사상과 감각과 정서와 지혜
와 풍류를 이 나라 민족 운율의 기반 위에서 무잡하고 치졸한듯하면서도
창경고아(蒼勁古雅)한 시풍을 입법(立法)해 보고자 한 것이 나의 강력한
주안점이요, 치열한 의욕이었다.[23]

　　김관식은 스스로도 동양사상의 영향을 입고 있음을 강조한다. 그는
1950년대 상황이 서구문물의 유입에 혈안이 된 사실을 비판한다. 그
는 서양인이 핥아버리고 지나간 "사재조박"을 다시 씹지 말고 그보다
는 차라리 "생명의 연원"을 찾아내는 일에 힘써야 한다고 말한다. "생
명의 연원"이란 조지훈의 시론에서 언급된 "생명에의 구경적 삶의 의
의"와도 밀접한 것이다. 김관식은 관조적 삶의 방식에 주안점을 두고
있는데 이것이 바로 그의 시세계를 구명하는 중요한 열쇠가 된다. 그
는 <서문>을 통해 서구문물을 "박래사조"로 여기면서 설혹 "순수 동
양의 전통적 사상과 감각과 정서와 지혜와 풍류가 무잡하고 치졸할지
라도" 이러한 시풍을 세워 보고자 한 뜻을 밝히고 있다. 그러므로 김
관식의 시세계는 단지 재래적인 것의 답습이 아니라 전통적인 것의
재발견을 모색한 것이라 할 수 있다.

　① 맨드라미의 꽃송아리라든지 닭벼슬마냥 오불구불 고부라져 아스라
　　히 떨리는 묏부리들이 거세인 바람결에 몹시도 흔들리는 물이랑이
　　이랑이랑 높았다간 낮았다 물너울을 일으키듯 네굽 놓아 내닫는
　　말의 힘을 빌어 가지고 연하여 줄기차게 내려오다가 무엇에 자지
　　러지게 놀래인 때 비스름 별안간 발을 멈춘 채 兀然히 우뚝 솟아

───────────────

23) 김관식, 「서문」, 『김관식 시선』, 자유세계사, 1956 참조.

가닥가닥 흐트러저 갈피 많은 옷자락을 주체하지 못하여 이리저리
아무렇게나 되는 대로 포개여 肝처넙처럼 첩첩이 에워싸인 허구
많은 山과 山과 山.

―「養生銘」 부분

② 아희야, 봄비가 오거들랑 그 어데 이웃에라도 가서 藤나무 苗種이
나 한 포기 얻어다가 사립 앞에 심어라.

그리고 또 늬 親舊들이 더러 찾아 오거든 뜰 안에 돋아나는 슬기
로운 풀잎들이 하나도 다치쟎게 멀찌감치 물러나 행길에서 놀아라.

(…중략…)

花草밭에는 온가지의 꽃송이가 빛나는 눈웃음을 그윽히 머금고 서
로 잘 어울리어 아름다운 얘기를 향기로서 주고 받아 한껏 즐거운
삶을 누리는 모양새를 똑똑히 좀 익혀 보아 두어라.

―「養生修」 부분

인용한 두 편의 시들은 그 내용에 있어서 같은 맥락을 띤다. '양생
(養生)'이란 자신의 욕심을 제거하고 자연과 더불어 편안히 사는 형태
의 삶을 의미한다. 이는 장자의 「양생주(養生主)」 시편을 토대로 하는
것이다. 장자는 성인의 인과 의를 배척하고 무위자연의 가르침을 강조
한다. 『장자』의 내용을 검토하면, '양생주'란 생명을 보양하는 근본적
인 도이며, 세속 생활에 있어서의 초월자적 생활의 지혜를 밝힌 것인
데, 곧 인간의 세상을 살아가는데 자기 생을 온전하게 하려면 어떻게
하여야 하는가 하는 근본원리를 설명한 것이다.24) 「양생주」 시편이 김

---

24) 장자에 나오는 포정(庖丁)의 이야기는 양생의 참 뜻을 말해주는 좋은 예가 된다.
　　원문과 해설을 참조하면 다음과 같다. :
　　庖丁爲文惠君解牛. …… 文惠君曰：譆, 善哉! 技蓋至此乎? 庖丁釋刀對曰：臣之所

관식 시에 미친 영향은 분명해 보인다.

인용시들은 자연스러움, 곧 자연스런 삶의 방식이 '산'이라는 자연 공간 안에서 자연과 인간과의 합일을 거치는 과정으로 나타나 있다. 시의 형태를 검토해보면 인용시 ①의 긴 호흡은 산문화 되어가던 50년대의 시적 경향의 한 반영으로 보이는데, 후반부의 '첩첩이 에워싸인 허구 많은 산과 산과 산'의 표현처럼 '에워싸인' 시 형식을 띤다. 즉 행 구분 없이 산문체로 구성된 시 형태는 "오불구불 고부라져", "높았다간 낮았다", "줄기차게 내려오다가 무엇에 자지러지게 놀래인" 구절의 묘사처럼 시의 호흡이 숨 가쁘게 진행되다가 "이리저리 아무렇게나 되는대로 포개여 간처넙처럼" 에워싸고 있는 '산'의 반복적 수사를 통하여 급박하게 마무리한다. 시의 종결부에서 강조된 '산'은 산의 형세와 의품을 강조하는 역할을 수행하고 있다. 인용시 ②의 경우는 '아희야'라는 한시적(漢詩的) 형태의 호격 사용과 명령형 어미의 적절한 조화가 시 흐름을 주도하고 있다. 특히 "시냇물같이 사느라운 노랫가락 나직히 읊으리니"의 어조는 의고체적인 문투로서 그의 한학자적 독서체험의 영향과 상관있는 것이다. 인용시 ①의 "아스라히 떨리는", "내려오다가 자지러지게 놀래인", "옷자락을 주체하지 못하는" 등의 시행과 인용시 ②의 "슬기로운 풀잎들", "빛나는 눈웃음" 등은

好者, 道也. 進乎技矣. 始臣之解牛之時, 所見無非牛者. 三年之後, 未嘗見全牛也. 方今之時, 臣以神遇, 而不以目視. 官知止 而神欲行. 依乎天理, 批大郤, 導大窾因其固然, 技經肯綮之未嘗, 而況大軱乎? …… 每至於族, 吾見其難爲. 怵然爲戒, 視爲止, 行位遲, 動刀甚微, 謋然已解, 如土委地, 提刀而立, 爲之四顧, 爲之躊躇滿志, 善刀而藏之. 文惠君曰 : 善哉! 吾聞庖丁之言, 得養生焉.

양생주 편에서는 백정이 소 잡는 솜씨를 빌려 양생의 방법을 얘기하고 있다. 소를 정신으로 대하되 눈으로 보지는 않으며, 소 몸통의 자연스런 문리를 따라 조금도 억지 없이 춤추듯 칼을 놀린다는 것이다. 그처럼 모든 일에 자기를 버리고 대상에 대한 의식 없이 자연의 원리를 따라 행동하는 것이 바로 양생의 방법이라는 뜻이다.

장자 저, 「양생주」, 『장자』, 김학주 역, 을유문화사, 2000, pp.91~92 참조.

산을 형성하고 있는 개체들의 의인화된 모습을 묘사한 것이다. 인용시 ①, ②를 통해 시인은 자연경관을 보여주려는 것이 아니라 산으로 표상된 하나의 세계를 형성하는 것들의 자연스러운 합일을 넌지시 풀어 놓고 있는 것이다. 그가 '양생'이란 명명을 사용하고 있는 것도 이러한 이유 때문이다. 위 시는 생명의 근원, 즉 근본적인 것에의 깨달음을 통해 생명의 이치를 밝히고 이를 터득하고자 한다. 이러한 도가적 자연관은 그의 시 전반에 걸친 시인의식을 형성하게 되며, 이는 그의 시를 통해 구체적으로 표현되고 있다.

내 마음의 공허한 벌판을
네가 측량하여 標말을 세워
빨간 旗를 꽂고
자국마다 懊惱의 씨앗을 심고
그리고 돌아간 뒤

노루 발목을 구워서 문질러도
낫지 않는 슬픈 생채기!
앓는 짐승처럼 벙어리 되어
膽汁보다 쓴 盞을 소리없이 마시노니

새여.
새벽 묏부리에 衰殘한 달빛이 찰 때
咯血하다 쓰러져 돌아누운 새여.
간 밤 비바람에 생으로 떨려
점점이 어룽진 피의 落下.

莊子曉夢迷蝴蝶
望帝春心託杜鵑
정수리에서 살며시 나와

불을 켜 들고
가리마 사이 푸른 오솔길을 밟아
조용히 나들이 간 靈魂을 불러

나도 언제는 한번
나비가 되어 보나 하고
훨훨 날아보는
봄밤의 꿈.

　　　　　　　　　　　　　　　　　-「莊子와 나비」 전문

　인용시는 장자와 나비에 얽힌 옛 이야기인 장자의 '夢爲蝴蝶', 즉
호접몽(蝴蝶夢)으로 유명한 우화를 바탕으로 쓴 시이다. 육체와는 다른
영혼이 흔히 '호접'과 같은 것으로 상징되는 것은 원시적 사고와 관련
있다. 실제로 희랍어의 '나비(psyche)'라는 말은 동시에 "영혼"을 의미한
다.[25] 장자는 자신의 사유과정에서 얻은 체험을 우언(寓言)의 형식을
통해 표현했는데, 장자의 『남화경』은 거의 모든 편이 은유와 예화로
구성되어 있다. 노자의 『도덕경』 또한 전체가 경구와 격언으로 되어
있는데, 이러한 경구, 격언, 비유, 예화 등의 형식은 자기의사를 표현
하는 고대 중국인의 습관을 반영한 것으로 불명확한 동양 특유의 의
식체계를 드러내는 방식인 것이다. 이 같은 방식은 자연과의 합일경지
를 함축하는 동양적 사상의 표출방식을 설명해준다. 김관식의 시는 이
러한 동양적인 의식 체계와 표현방식을 바탕으로 하고 있다.[26]

─────────────

25) 황패강, 「한국 고대 서사문학의 원형」, 『신화와 원형』, 고려원, 1992, p.70 참조.
　　고대인의 꿈에 대한 관념은 프로이트의 무의식이론이나, 베르그송의 허물어진
　　기억의 단편과 감각과의 결합에서 이루어진다는 류의 현대의 과학과는 견해가
　　먼 것이다. 고대인들은 소박하나마 꿈의 신성을 믿었다. 고대인이 생각하는 꿈세
　　계는 현실세계와는 완연히 구별되는 영의 세계인 동시에 그것은 현실을 관찰하
　　고 지시하는 차원 높은 위치에서 현실과 관련지어지는 것이다.
26) 이미 잘 알려져 있는 『장자』의 「제물론(齊物論)」에 의하면 어느 날 장자는 황혼

인용시에서 "공허한 벌판"에 "오뇌의 씨앗"을 심고 "낫지 않는 슬픈 생채기"를 지닌 화자는 "앓는 짐승처럼 벙어리"가 되어 혼절하듯 잠이 든다. 잠의 세계는 "조용히 나들이 간 영혼"을 불러들인다. 순간, 영혼은 나비로 '물화'된다. 인용시를 통해 드러나는 이러한 망아(忘我)의 방법은 장자의 "정관 인식"에 토대를 둔 것이다. 망아의 방법은 자유자재로 넘나드는 정신이 그 이론이나 실제의 기점 위에서 물질을 초탈하고 정신의 경지에 이르게 한다. 장자의 정관인식은 스스로의 존재를 잊게 하는데, 자기의 존재를 잊게 하는 목적은 바로 만물과 일체가 되기 위함이다.[27] 장자의 고사와 관련하여 위 시에서 주목해야 할 부분은 마지막 시행인 "봄밤의 꿈"이다. '새'로 투영된 시인 자신의 현실 인식은 "각혈하다 쓰러져 돌아누운" 상처 입은 새의 형상과 "봄밤의 꿈"이 대조적 이미지로 드러나면서 한층 강조된다. 그의 시에서 표출되는 것은 물질세계에 토대를 둔 현실인식이라기보다 황폐화된 정신세계의 복원을 꿈꾸는 그 극복 의지에 있다. 이러한 사실은 김관식 시의 노장적 세계관에 대한 집착으로 나타난다.

주지할 것은 "莊子曉夢迷蝴蝶 / 望帝春心託杜鵑"라는 한시 칠언 2행의 시구를 삽입한 점이다. 이러한 시작법(詩作法)은 한시 규범의 시적 변주를 일삼고 있는 김관식 시의 한 특징으로, 장르와 장르간의 혼합

___

녘에 잠을 청하였는데, 꿈에 그는 한 마리의 나비가 되었더라는 것이다. 자신이 나비꿈을 꾼 것이지 나비가 장주(장자)의 꿈을 꾼 것인지 모르겠더라는 것이 고사(古事)의 내용이다. 이 우화는 인생이 한낱 '꿈'에 불과하며 인간은 사물의 끝없는 변화 속의 한 양상일 뿐이라는 것이다. 이처럼 장자의 '물화(物化)' 사상은 김관식 시의 중추를 이루고 있다. "者莊周夢爲胡蝶, 栩栩然胡蝶也.…… 周與胡蝶, 則必有分矣, 此之謂物化(지난 어느날 장자가 꿈에 나비가 되어 이리저리로 날아다니는데, 어디를 보나 나비였다.…… 장자는 장자요, 나비는 나비로서 반드시 구별이 있으니, 이러한 변화를 '물화'라고 한다.)" 장자, 「제물론」, 앞의 책.

27) 좌망(坐忘)의 목적은 자아의 존재를 잊게 함에 있는데 이는 자유자재의 정신의 힘을 더욱 분명히 나타내는 중요한 계기가 된다. 김득만·장윤수 공저, 『중국철학의 이해』, 예문서관, 2000 참조.

과 교차를 보여준다. 장자에 얽힌 고사를 집약하여 제시하고 있는 칠언 2행의 시구 삽입은 마지막 연의 효과를 부각시킨다. "나도 언제는 한번/ 나비가 되어 보나 하고/ 훨훨 날아보는/ 봄밤의 꿈 //"을 청하는 화자의 행동은 현실의 고난과 번민을 극복하려는 한 방식인데, 성인들의 탈규범적인 해탈의 모습과 깨달음을 닮고자 한 것이다. 위 시는 한시의 삽입과 함께 한시적인 정신세계의 흥취에 도달하려는 시인의 의식이 표출된 것이다. 이처럼 한시 규범의 현대적 변용은 그의 동양 고전의 독서체험에서 비롯된 것으로, 독서체험이 시 창작에 미치는 영향을 보여주는 일례이다.

한편, 김관식은 시제(詩題)로 명(銘), 부(賦), 전(傳), 송(頌), 서(書) 등의 한문학적인 명명을 곧잘 사용하는 등 한학자적인 풍취의 영향을 상당 부분 입고 있다.[28] 한문학의 형태인 명, 부, 전, 송, 서 가운데 부(賦)는 김관식이 특히 주목한 시 형태이다.

　　올빼미 울고 굴참나무 우거진, 오는 이 가는 이 돌을 쌓올린 산(山)모롱이 돌아서 서낭당 길에
　　蓮꽃 아로새긴 龍宮 같은 꽃 喪輿. 붉은 銘旌 구름에 싸여 거북船처럼 떠나고 薤露曲 한가락 해는 저물어 쓸쓸한 謠鈴소리도 사라진 다음
　　개다리 소반 불티 앉은 사잣밥 冀錢 서푼에 총이 굵은 짚세기. 시누댓 이파리 시푸런 숨결 神杖막대긴 쓰러져 눕고 정성이 부족해서 호박떡이 설었나 흰 설기떡 꾸레미도 치장을 하여 빠알간 노란 리봉을 달고 팔랑팔랑 나풀거리는 샤머니즘風.
　　　　　　　　　　　　　　　　　　　　　　　　　-「長栍賦」 부분

　　『문심조룡』에는 부(賦)의 특징에 대해서 "부란 펼쳐 서술하는 것이

---

28) 해당하는 시제는 「養生銘」, 「牧羊頌」, 「押復의 書」, 「游鯤의 書」, 「忍冬의 書」, 「養生修」, 「孝子傳」, 「紫桑賦」, 「長栍賦」, 「竹林賦」 등이 있다.

다. 문채를 펼쳐서 문장을 아름답게 엮고, 사물을 체득하고 관찰해서 감정과 사상을 표현한 것이다"라고 언급되어 있다.[29) 김관식이 부(賦) 양식에 영향 받아 위 시를 구성하고 있음을 알 수 있다. 위 시는 부(賦)의 양식을 채택하여, 사물을 체득하고 관찰해서 시인의 감정과 사상을 담고 있기 때문이다.

「長栍賦」의 '장생'이란 '장승'을 일컫는 것으로 1~2연은 장승이 서 있는 위치와 역할을 묘사하고 있다. 1연에서 "오는 이 가는 이가 돌을 쌓올린" '서낭당'(성황당) 길가에 세워진 장승은 2연에서 저마다의 소원을 "빠알간 노란 리봉"으로 매달고 "팔랑팔랑 나풀거리"며 서 있다. 「장생부」를 통해 시인이 말하고자 하는 것은 1연의 "해로곡 한가락 해는 저물어 쓸쓸한 요령소리도 사라진"에 함축된다. 해로곡은 인생의 덧없음을 노래한 만가(輓歌)이다. 즉 귀인의 상여를 멘 상두군이 부르던 노래인데, 인생이 잎사귀에 맺힌 한 방울 이슬처럼 덧없다고 하여 해로(薤露)라 한다. 1연은 해로곡 한가락에 실려 "연꽃이 아로새긴 용궁 같은 꽃상여"가 서낭당 길을 뱅 돌아 나가는 모습이 장승에 의해 포착되고 있다. 서낭당을 지키고 서있는 장승은 서낭당 주변과 서낭당에서 벌어지는 모든 의례를 고스란히 목도하는 사물이다. 서낭당 무당이 굿을 할 때 차려놓는 서낭상은 2연에서 자세히 묘사된다. "개다리 소반 불티 앉은 사잣밥", "엽전 서푼", "짚세기", "호박떡 설기떡 꾸레미" 등이 "샤머니즘 풍"을 뒷받침하는 요소로 제시된 것이다. 김관식은 이러한 전통적 의례와 풍습을 "샤머니즘"으로 일축하고 있지만 시의 후반부 "鼻刑을 당한 內外가 벗고 굶고 마주 서서 살고 있었다"의 표현을 통해 전통적인 것에 대한 연민과 애착을 보여준다. 전통적인 것에 대한 연민과 애착은 김관식 시의 특질로서 한시와의

---

29) 유협 저, 『문심조룡』, 최동호 편역, 민음사, 1994, p.120 참조.

교섭을 통해 더욱 여실히 드러나고 있다.

　　山中에 무엇이 있다더뇨
　　嶺위에 흰구름이 피고지지 않습니까.
　　다만 혼자서 즐길 수야 있지만
　　가져다 임에게 바칠 수야 있나요…

　　　　　　　　　　　　　　　　　　-「山中宰相」 부분

　한시의 문답식 구성법을 차용하고 있는 위 시는 "산중에 무엇이 있다더뇨"라는 물음에 대해 2, 3, 4행은 그 답에 해당한다. 관조적이면서도 다소 애상적인 위 시는 "흰구름이 피고 지는" 산중재상의 여유롭고도 한적한 시품이 드러난다. 삶의 여유와 평화로움을 멀리 있는 임에게 전하고 싶다는 그리움이 묘사되어 있다. "임에게 바칠수야 있나요… //"는 임에게 바칠 수 없는 안타까운 심사를 기술한 것으로 말줄임표는 그 안타까움의 여운을 지속시킨다. 위 시는 4행 절구(絶句)의 한시적(漢詩的)인 형식미를 채택하여 구성된 것이다. 이 같은 한시의 형식미는 「四行詩抄」를 통해 보다 직접적으로 드러난다.

　　비오는 날에

　　비가 이리 내리는 건 무슨 뜻인가
　　그것은 머언 저승의 하늘가에서
　　이미 죽은 사람이 새로 죽은 사람을
　　조용히 소리 맞춰 맞이하는 소리다.

　　　　　　　　　　　　　　　　　　-「四行詩抄」 부분

　4행시는 한 작품 또는 작품의 각 연이 4행으로 이루어진 것을 총칭하는 한시(漢詩)의 형식이다. 물론 4행시는 신라의 4구체 향가로부터

소급하여 육당의 4행시조, 안서와 소월의 4행시, 영랑의 4행시에 이르
기까지 전통적인 율격미를 담보한 것이다.[30] 즉 4행시는 한국시가의
형태적 전통과 그 계승적 측면을 잘 보여주는 것이기도 하다. 특히
영랑의 4행시는 4행시의 전통적인 형식미를 잘 살려 미적 효과를 획
득하였다는 평가를 받는다.[31] 영랑의 시가 김관식의 「4행시초」에 미친
영향은 미루어 짐작해 볼 수 있겠다. 한시의 4행 절구는 기, 승, 전,
결의 형태로 진행된다. 기(起)는 시상을 일으키는 구(句)이고, 승(承)은
기(起)를 이어받아 다시 시상을 발전시켜 설명에로 도입하는 구(句)이
고, 전(轉)은 위의 기, 승구 화두(話頭)를 돌려 사뭇 딴전을 펴듯 의표

---

30) 1910년대의 4행시 창작은 육당이 ≪소년≫지를 통해 10여 년 간 발표한 사행시
조 및 사행창가와 1918년을 전후하여 ≪청춘≫지를 통해 발표된 독자들의 4행시
작품 투고 등이 있는데, 이 시기의 4행시는 하나의 시형으로 한국근대문학에 뿌
리내려간다. 이처럼 작품 내의 정형성을 실험한 것은 자유시를 지향하기 위해서
가 아니라 궁극적으로는 한국시의 새로운 정형시형을 창안하려는 데 의도를 둔
것으로 보고 있다. 따라서 1910년대의 4행시의 창작은 무분별한 정형시 파괴와
산문지향의 급작스런 충격을 완화하고 정형지향의 한국시가의 전통성을 유지하
는 데 기여한 의의가 있다.(오세영, 『20세기 한국시 연구』, 새문사, 1989, p.62 참
조.) 1920년대에 들어서면 안서, 파인, 요한, 소월에게 4행시 창작이 집중적으로
나타난다. 1930년대에는 영랑에게 이러한 4행시의 전통은 이어진다.

31) "영랑의 4행시에 대해 폴 베를렌느(Paul Verlaine)의 영향, 漢詩 기, 승, 전, 결의
영향, 신라 4구체 향가에서 비롯한 한국 시가의 전통율격의 영향 혹은 이들의
습합으로 보는 것은 4행시가 오래된 한국 시가의 전통율격이었으면서도 무의식
적으로 체득된 한시 형태이며, 서구의 소네트 형식과도 무관하지 않다는 것을
보여주는 결과이다. 그는 4행시의 다양한 구성상의 변화를 시도하였는데 4행의
중첩, 4행의 연첩, 4행의 분련, 4행의 분행, 4행과 타행의 교차, 후렴구의 부착
등 4행시에 대한 각별한 애정을 보였다. / 그런데, 영랑의 창작시기가 서구 상징
주의가 유입되던 시기에 걸쳐 있었으며 베를렌느에 심취해 있었다는 사실이 서
구의 형식미와의 관련성을 짐작하게 한다는 것은 매우 재미있는 발상이다. 순수
서정시인으로 불리워지는 영랑의 전통율격의 시현은 전통의 개념을 단지 보수
적인 답습의 결과로 보지 않고 다양한 양식과 사조의 흐름을 거친 후 채택된 가
치 있는 산물의 전승임을 입증하는 것이다. 앞서 살핀 서정주 『화사집』의 영향 역
시 서구의 것을 전통적 현실 내부에서 융해시킨 것이며 서구의 영향은 전통적인
것의 가치가 빛을 발하는 과정에서 겪는 변화, 수용의 적극적인 전통 계승의 자세
로 볼 수 있을 것이다." 김광수, 「영랑 사행시의 미학」, ≪논문집≫ 4집, 경원대,
1986 참조.

(意表)에서 벗어나 결(結)에로 이끄는 구(句)이며, 결(結)은 위의 기, 승, 전구를 결속하는 결론인 구이다.[32] 이 기, 승, 전, 결의 방식은 매우 논리적이어서 결구를 짓는데 있어 치밀한 짜임새를 요한다.

이처럼 기, 승, 전, 결의 구성 방식이 잘 살아있는 김관식의 「사행 시초」는 표제 아래 별도의 독립된 13편의 시제들이 제시되어 있다. 그 가운데 "비오는 날에"라는 시제로 쓰인 위 시는 '빗소리'를 "이미 죽은 사람이 새로 죽은 사람을" "맞이하는 소리"로 묘사하고 있다. 1 행에서도 제시하고 있지만 "비가 내리는 이유"와 '빗소리'를 관련지어 '비'의 의미를 "죽음을 맞이하는" 주술적인 민간의식의 한 표상으로 다루고 있는 것이다.

이외에도 「宮娥의 노래」는 "백제 회고 4행시"라는 부제가 붙어 있는데 4행에 대한 형식적 관심을 지속적으로 보여준다. 1연의 "허물어 진 성터의 후젓한 새벽 / 두견이 목청일래 꽃잎에 어려 / 눈물로 아로새 길 설움이라서 / 애달피 궂은 비만 내려쌓는다 //"에도 "비"에 관한 시 인의 정서가 표출된다. 비는 지난 과거를 떠오르게 하는 매개물이 되 거나 설움의 표상, 아픔을 동참해 주는 친근한 자연이다. "허물어진 성터"에 떨어지는 "눈물로 아로새긴 설움"인 비는 "저승의 하늘가"에 서 "죽은 사람을 맞이하는" 행위와도 상통한다. 비는 이별, 설움을 표 상하면서 "허물어진 성터"의 이미지를 통해 지난 과거의 역사인 "백 제"를 회고하는 매개물로 작용한다.

이처럼 4행시를 통해 얻는 미적 효과는 치밀한 구조와 상징적인 내용전개를 통하여 시의 의표(意表)를 생성하는 것이다. 4행시는 순간 적인 인상과 감흥을 포착하여 시상을 함축적으로 제시하는 전래의 시 형태인 것이다. 그러므로 김관식 4행시의 의미는 전통 시가의 모형(母

---

32) 이병주, 『한국 한시의 이해』, 민음사, 1991, p.29 참조.

型)을 이어받으려는 전통의식의 발현으로, 조화와 질서를 추구하는 안정지향의 고전주의적 세계관을 드러낸 것이라고 할 수 있다.

김관식은 4행시를 사용하여 짧은 시 형태가 지니는 효과를 재현하며 내적인 완결구조를 지닌 장르에 대한 관심을 표명하고 있는 것이다. 「장자와 나비」, 「山念佛」의 경우는 한시를 직접 시의 내부에 삽입하는 등 더욱 밀착된 한시적 형식미를 구현한다. 이 같은 전통 장르와의 소통을 통해 한시 규범의 긴밀한 영향 관계를 확인할 수 있다.

그밖에 노자나 장자, 공자 등 성인의 전기적 사실을 시적 공간으로 끌어오는 등(「紫桃 素描」, 「掎蘭操」, 「鹿野苑에서」 등) 그의 열린 텍스트로서의 탈장르적인 시적 영향은 그의 시세계를 지배하는 원리를 형성하게 된다.

3) 동양적 '물' 인식과 전통적 자연관 : 시인의식의 전통

김관식 시의 주류를 형성하는 인식 체계는 앞서 언급한 바와 같이 동양학에 관한 관심, 탐구 열정과 밀접한 관련이 있다. 그는 『서경』(현암사, 1967)을 직접 번역할 만큼 한학을 비롯한 동양사상에 능통해 있었던 것이다.[33] 인간과 세계에 대한 인식, 자연과의 합일 등 시세계의 큰 주축을 이루는 '물' 인식은 노장자의 물 사상과 관련되는 것으로, 그의 시가 궁극적으로 지향하는 시적 유토피아의 세계를 보여준다.

물이 흐른다.
늙으신 어머니가 가늘은 눈웃음을 머금으실 때, 입가장자리, 눈썹기슭에 조용히 말렸다가 살며시 풀어지는 해설피듯 막막하고 그리고 잔조로

---

33) 고은, 『대한민국 김관식』(평전), 청년사, 1976, p.17 참조.

운 사랑스런 주름살. 아니면, 흰나비 한 마리 가을 하늘에 가벼이 나래
저어 날아가는 자리마다 보일락말락 아슴푸레히 일어나는 자잘한 무늬를
지어가면서.

아니 이것은 피어오르는 아지랑이다.

나는 한나절 초록바탕의 언덕 위에 앉아서 흐르는 물소리를 듣고 있
었다.
그것은 우리 어린 누이들이 뒷골방에 숨어서 눈물 씻고 나직히 흐느
껴 우는 소리.

봉우리에서, 또는 골짜기에서
사뭇 여기까지 굴러내려온 조약돌 조약돌 조약돌이 만일, 그 숱한 혼
령들의 조각이라면
서어러운 햇살 아래 빛나는 이마빡을 가지런히 드러내고 지나간 옛날
일을 생각하는 것이다.

물이 흐른다.
흐르는 물을 따라 나도 흘러가며는 죽은이들이 서로 도란거리며 의초
로웁게 모여서 사는
바다와 같은 마을이야 없는가.

－「溪谷에서」 전문

바다, 즉 물의 원형상징은 보편적으로 죽음, 재생의 구조를 지닌다.
물은 천지개벽 이전의 혼돈의 원형으로서, 만물의 모태이며 잠재성 전
체를 상징한다. 다시 말해 물은 잠재적인 것의 원리로서 모든 형태가
생성되는 원초의 물질이다. 그러므로 물속에 들어가는 것은 형태의 소
멸을 뜻하지만 동시에 무형성(無形性)인 카오스로의 복귀를 의미한다.[34]

---

34) 이몽희, 『한국현대시의 무속적 연구』, 집문당, 1990 참조.

등단작인 위 시는 물의 흐름에 빗댄 구체적인 실체, 즉 어머니의 웃음, 누이들의 눈물, 죽은 이들이 모여 사는 바다 등을 묘사하고 있는데, 이를 통한 근원적인 세계로의 행로가 잘 나타나 있다. 화자의 위치는 '계곡'이 보이는 언덕 위인데, 계곡에서 흘러내리는 물을 관조적으로 바라보면서 삶의 진행 특히 여성적 삶의 일면을 반추하고 있다. 노자는 '계곡'을 칭송하면서 "불가사의한 여인과 같은 것"으로 규정하고 계곡에서 만물이 비롯된다[35]고 말한 바 있다. 계곡의 심상을 모든 만물의 원천, 즉 '여인'에 비유하는 노자의 '물' 인식은 주목되는 것이다.

김관식의 시에서 모성적 공간으로 표상되는 물의 이미지는 우선, 어머니의 입과 눈썹에 흐르는 가늘은 웃음과 주름으로 나타난다. 물결로써 연상된 주름살의 곡선은 "흰나비 한 마리(가) 가을 하늘에 가벼이 나래 저어 날아가는" 무늬로 묘사되거나 "피어오르는 아지랑이"로 시화한다. 화자는 한나절 동안 언덕 위에 앉아 계곡의 물소리를 듣고 있다. 그는 물소리를 통해 어린 누이들의 (뒷골방에서)숨어서 흐느껴 우는 울음소리를 듣는 것이다. 어머니의 주름진 웃음과 어린 누이의 고단한 삶의 모습은 흐르는 물을 따라 씻겨 지고 마침내는 죽은 이들이 모여 사는 바다에 이른다. 위 시는 물에 대한 시인의 동양적 사유가 함유되어 있다.

---

35) 모로하시 데츠지 저, 『공자, 노자, 석가』, 심우성 역, 동아시아, 2001, pp.31~32 참조. 이 대목은 노자의 『도덕경』 중 제6장을 이 글의 저자가 정리한 것이다. 원문을 인용하면 다음과 같다. "계곡의 신이란 텅 비어서 아무 형태도 없으니 신령한 것을 뜻한다. 즉 도의 또 다른 이름이다. 이 도는 어떤 다른 것에 의해서 생겨난 것이 아니므로 죽지도 않는다. 그런데 이 죽지 않는 것이 무한한 생산능력을 지니고 있으므로 이것을 '현빈'이라 한 것이다. 이것은 대도(大道)의 영원성과 무한한 생산능력을 표현한 것이다." 모로하시는 6장에서 제시된 곡신(谷神)을 계곡의 개념으로 바라본 것이다. 이를 곡신(穀神)으로 보는 경우가 보편적으로 통용되어 왔으나 필자는 모로하시의 설에 나름대로의 타당성을 인정하고 이를 취하였다.

　주지하다시피 동양에서의 물(水)은 영어의 'water'보다 더 넓은 범주를 형성한다. 실체로서의 물을 의미하기도 하지만 자연 현상으로서의 물 이미지가 인간과 혼연 일체를 이루기도 한다. 동양에서는 '강'이나 '홍수'의 개념도 모두 '물'에 포함된다. 자연계의 하나인 물의 성질은 아래로 흐르고, 안개가 되어 오르며, 비가 되어 떨어진다. 식물들에게 생명을 주는 원천이기도 한 물의 순환은 인간의 호흡 같은 존재로, 우리에게 활력을 주고 에너지를 제공하여 우리의 생각과 감성과 도덕적 감각의 근원을 통제한다.[36] 그러나 물은 '홍수'처럼 솟구치거나 거슬러 오르는 이면적인 성질을 포함하고 있다.

　위 시에서의 물은 삶의 활력소를 주던 물의 이미지가 여러 형태를 거쳐 마침내 죽음으로 향하고 있음을 동시에 보여준다. 물(죽음)을 통해 지난한 여인의 삶이 해소되고 승화된다. 희노애락(喜怒哀樂)의 과정 사이로 흐르는 물은 세월을 통과하면서(물은 시간의 진행을 제시하기도 한다) 어린 누이가 어머니가 되고 마침내는 죽음에 직면하여 화해와 화합의 공간인 바다에 이르는 것이다. 물로 인해 세계는 보다 화해로와진 모습으로 변화된다.

　　수천만 마리
　　떼를 지어 나는 잠자리들은
　　그날 하루가 다하기 전에
　　한 뼘 가웃 남짓한 날빛을 앞에 두고 마지막 타는 안스러이 부셔지는
　저녁 햇살을……
　　얇은 나래야 바스러지건 말건
　　불타는 눈동자를 어지러이 구을리며
　　바람에 흐르다가 한동안은 제대로 발을 떨고 곤두서서

---

36) 사마알란 저, 『공자와 노자 그들은 물에서 무엇을 보았는가』, 오만종 역, 예문서원, 1999 참조.

어젯밤 자고온 풀시밭을 다시는 내려가지 않으리라고
갓난애기의 새끼손가락보담도 짧은 키를 가지고
허공을 주름잡아 가로 세로 자질하며 가물가물 높이 떠 돌아다니고
있었다.

연못가에는
인제 마악 자라 오르는 어리디어린 아그배 나무같이
물 오른 아희들이 웃도리를 벗고 서서
물 가운데 어떤 놈은 물 속의 하늘만을 들여다보고 제가끔 골똘한 생
각에 잠겼다.

허전히 무너져 내린 내 마음 한구석 그 어느 그늘진 개흙밭에선
감돌아 흐르는 향기들을 마련하며
蓮꽃이 그 큰 봉오리를 열었다.

-「蓮」전문

또 다른 등단작인 「蓮」역시 김관식 시에서 자주 보이는 물 인식
이 드러나 있다. 1연의 '허공'은 천(天)의 세계를, 2연의 '연못'은 구체
화된 지상(地)의 세계를 대칭 구도로 설정하고 있으며, 이들은 3연에서
제시한 연꽃의 꽃핌으로 화합한다. 그가 바라보는 연못 위의 천상의
세계는 허공을 나는 잠자리의 공간으로 형상화된다. 잠자리는 "바람에
흐르다가", "발을 떨고 곤두서서", "어젯밤 자고온 풀시밭을 다시는
내려가지 않으리라고" 다짐하면서 "높이 떠 돌아다니고" 있다. 연못의
세계, 즉 지상의 세계를 "다시는 내려가지 않겠"다는 잠자리의 부정적
인식은 2연과 대칭을 이룬다. 즉 잠자리가 기피하고 있는 지상의 세
계는 "어리디어린 아그배 나무"같은 "아희들이 윗도리를 벗고 서서"
"물 속의 하늘을 들여다보는" 모습으로 표상된 것이다. 아이들은 잠자
리가 나는 하늘을 직접 바라봄이 아니라 물에 비친 하늘의 세계, 즉

물에 비친 잠자리의 부유하는 삶의 모습을 바라보고 있다. 아이들이 바라보고 있는 물의 공간에 연꽃이 큰 봉오리를 엶으로써 마침내 천상과 지상을 통하는 화해의 길이 열린다. 연못가에 핀 연꽃의 형상을 발가벗은 어린 아희의 순수한 눈을 통해 묘사하는 시인의 의식세계는 무욕과 무위의 세계에 다다르고 있다.

① 천하에 물보다 부드럽고 약한 것은 없다. 그러나 굳고 강한 것을 공격하는데 있어서는 물보다 나은 것이 없다. 물을 대체할만한 것이라고는 아무 것도 없다. 약한 것이 강한 것을 이기고 부드러운 것이 굳은 것을 이긴다는 것을 천하에 모르는 사람은 아무도 없건만 그것을 능히 실행할 줄 아는 사람이 없다.[37]

② 최상의 선(善)은 물과 같다. 물이 선함은 만물을 이롭게 하면서도 다투지 않으며 많은 사람이 싫어하는 곳에 머문다는 점 때문이다. 그렇기 때문에 물은 도에 가깝다. 물은 다투지 않기 때문에 허물이 없다.[38]

인용문에서 말하고자 하는 것은 물에 대한 노자의 인식인데, 물은 부드럽고 약한 것, 그러나 단단하고 강한 양면성을 지닌다. 물은 항상 양보하고 결코 다투지 않으며 저항을 최소화하는 성질을 따른다. 물은 길에 놓인 어떤 장애도 극복하고 가장 단단한 돌도 닳게 하는 이면을 지닌다. 이처럼 만물을 화해롭게 이끄는 물의 사상이 김관식 시의 저변을 이루고 있다. 앞서 인용한 시 「계곡에서」의 "흐르는 물을 따라

---

37) 노자 저, 『노자도덕경』, 황병국 역, 범우사, 1976 / 1999, 재판 중 <제78장> 참조. "天下莫柔弱於水, 而攻堅强者, 莫之能勝, 以基無以易之, 弱之勝强, 柔之勝剛, 天下莫不知, 莫能行……."

38) 노자, 앞의 책 중 <제8장> 참조. "上善若水, 水善利萬物而不爭, 處衆人之所惡, 故機於道, …… 夫唯不爭, 故無尤."

나도 흘러가며는 죽은 이들이 도란거리며 의초롭게 모여 사는 바다와 같은" 곳에 이르게 될 거라는 '죽음의식' 또한 바로 '물'을 바라보는 노자의 사상과 다르지 않다. 그러나 지상의 강하고 단단한 것을 부드럽게 귀환시키는 물 이미지는 때로는 해일을 일으키거나 홍수로 일렁이는 파괴적 이면을 드러내기도 한다.

「해일서장」에 묘사된 물 이미지가 바로 그것인데, 물은 거칠고 폭력적이다. 물은 야누스의 얼굴처럼 여러 모습을 내포하고 있다. 「해일서장」에서 묘사된 물은 평화로운 세계, 즉 모든 것을 감싸 안는 화합의 세계가 아니라 파괴하고 공격하는 두려운 세계이다. 그러므로 홍수나 해일이 되어 솟구쳐 오르는 물의 이미지는 인간이 거부할 수 없는 강한 자연성을 표상한다.[39] 거친 파도에 대한 묘사는 '햇바닥'(혓바닥일 것으로 생각되는)에 가시가 돋친 물의 이빨을 통해 '사정없이' 모든 것을 물어뜯어 '먹피를 출렁'이고 사뭇 상어가 나타난 듯한 공포감을 불러일으킨다. 이러한 파괴적인 '물' 이미지는 물에 대한 또 다른 인식 체계를 보여주는 것이다.

> 人心은 매양 물이로소니
> 順理로 順理로 살아야지.
>
> (…중략…)
> 물이 아래로 흐르는 것은
> 古今이 없이 같을 것을

---

39) 물은 부드러워서 높은 곳에서 낮은 곳으로 흐르며, 막히는 것이 있으면 멈추고, 열린 곳이 있으면 다시 흐른다. 그러나 이처럼 부드러운 것이 크게 합치면 이를 감당할 것이 없다. 예를 들어 홍수나 해일이 일어나면 아무리 굳센 것도 이를 감당할 수가 없다. 물이 이와 같이 할 수 있는 까닭은 물은 자기 고유의 형체를 지닌 것이 아니요, 그 처소와 그릇에 따라 자유자재로 변할 수 있기 때문이다. 그러나 물은 결코 자기의 본성을 잃지 않는다. 모로하시 데츠지, 앞의 책, p.32의 노자의 『도덕경』에 관한 설명 참조

噴水야 한때 솟구친댔자
폭포수 기세를 껶을소냐.

아침에 潮水가 써들어 왔다
저녁에 汐水로 빠져나가듯

나아갈 줄을 알아야지만
물러설 줄도 알아야느니.

-「한강수 타령」부분

60년대 후반에 쓰여진 위 시는 물에 대한 천착이 그의 시적 행보에서 매우 중요한 소재적, 주제적 대상이었음을 보여주고 있다. 유한하며 보잘 것 없는 인간의 삶은 물에 대한 교훈적 깨달음으로 대비된다. "인심은 물이 되어 흐르기 마련"이라는 시인의 생각은 물이 아래로 흐르는 것과 같은 자연스러움의 발견과 견줄 수 있다. 이는 "아침에 조수가" 들다가 "저녁에 석수가" 빠져 나가는 원리와도 통하는 것이다. 나아갈 줄 알듯이 분수를 지닌 삶이 자연 앞에서 경건함을 불러일으킨다. 결국 물에 대한 시인의 인식은 '순리'를 배우게 하는 자연의 원리로 향하고 있다.40) 김관식의 '자연'에 대한 천착은 보다 긴밀한 동양적 자연관에 대한 이해를 기반으로 하는 것이다.

잘 알려진 대로 동양예술은 인간의 창조성(작위성)보다 인간과 자연 사이의 친화력(무위성)을 표현하는 데에 미적 가치를 둔다. 특히 무위자연의 사상은 자연을 소재로 한 동양의 예술에 많은 영향을 끼쳐, 많은 작품의 사상적 근간이 되거나 미의식의 주류를 형성해 왔다. 인간의 자사자리(自私自利)한 사욕심(私慾心)이나 작위심(作爲心)이 개입될

---

40) 이외에도 시 「屋漏의 書」에는 빗방울(물) 떨어지는 소리를 궁(宮)·상(商)·각(角)·치(徵)·우(羽)의 오음(五音)이 화개하는 소리로 묘사하고 있어 흥미롭다.

여지가 없는 '자연'의 상태, 이것을 노자는 '무위'라는 말로 표현하고 있다.41) 즉 무위란 작위(作爲)가 없고 자연 그대로라는 뜻이다. 자연, 무지, 무념은 노장사상에서 최고의 도덕적 행위인데, 이는 아무 일도 하지 않는다는 뜻이 아니라 새삼스럽게 흔적을 남기지 않는 자세를 말한다. 그러므로 무위자연의 미는 천지 대자연에 인공을 가하지 않고 친화적인 자연계가 생성변화의 총원리로 드러내는 미를 말한다.42) 즉 앎이 없고(無知), 욕망이 없어야(無慾) 무위(無爲)할 수 있다는 것이다. 인위적인 것에 함몰되어 인간 본성을 잃게 되는 것, 낙원 공간의 설정이나 근원지향성은 노장사상의 중요한 일면이다.43) 김관식의 시들은 이러한 무위, 무념, 무용에 대한 인식을 바탕으로 전개된다.

    인제는
    산골로 들어가서 翠微로나 늙으련다.
    햇살 바른 땅을 골라 과일 나무나 좀 골고루 심어 두고
    이끼 낀 따비연장 바윗돌에 문지러서 몇 또야기의 팥밭을 일궈 山稻
    며 씨앗도 間或 더러 삐허야지.
    촉촉히 젖어 내려 草綠빛 눈망울이 희맑은 봄비 속에 헌 삿갓 제켜쓰
    고 대수풀 여기저기 저절로 돋은 竹筍을 꺾어 오지화로에 소금 발라 구
    워내어 나물 무쳐 놓고
    엊그제 새로 빚은 독아지를 허물어 바위 틈에 어리운 샘물과 같이 말

---

41) 김득만·장윤수 공저, 앞의 책 참조.
42) 지순임, 「무위자연의 미」, 『예술과 자연』, 미술문화, 1997 참조. 노자는 무위의 관점에 근거하여 높은 덕을 지닌 사람은 무위하면서 스스로 덕이 있다고 생각하지 않기 때문에 실제로 덕을 지니고 있다고 보았다. 인(仁), 의(義), 예(禮)는 모두 작위적인 것들이며, 높은 인은 내심에서 발로되는 것으로 비록 작위적이긴 하나 아직은 자연 상태에 가깝다. 높은 의는 원하지 않는 사람에게까지도 강제성을 가지므로 완전히 작위적인 것이며, 사회의 혼란을 조장하는 화근이다. 인, 의, 예는 모두 사라져야 하며 자연스럽고 무작위적인 높은 덕에 온전히 내맡겨야 한다는 것이다.
43) 方立天 저, 『중국철학과 이상적 삶의 문제』, 이홍용 역, 예문서원, 1998, p.31 참조.

갖게 고인 놈을 우선 한 그릇 오무가리에 담아서 맛보기로 마신 다음,
　꼭지 달린 조롱박 종그래기 盞으로 철철 넘치도록 그득히 떠서 연거
푸 거후르면 세상은 그만일세.
—「柴桑賦」 전문

　위 시는 물아일체의 사상적 근간이 엿보이는데, 무위자연의 도를
통해 자연과 하나가 되는 만물의 이치를 터득하려는 시인의 의지가
잘 나타나 있다. 자연을 통한 무욕의 평정 상태, 삶에 대한 관조적인
입장을 취하는 김관식의 시들은 노장적 자연관에 바탕을 두는 것이다.
이미 밝힌 바와 같이 그의 한학에 대한 관심과 열정이 이러한 시의식
의 토대를 형성하고 있다는 점과 무관하지 않다.

　위 시는 인간의 초월의식이 자연법칙에 의해 비유되고 있다. 김관
식은 자연의 섭리를 인간사의 흐름에 빗대어 사용하고 있으며, 이는
자연에 대한 찬탄과는 거리가 있다. "취미로나 늙으런다"가 암시하는
것처럼 세월의 덧없음을 즐기는 자족적인 행위가 포함되어 있으며,
"이끼 낀 따비" 연장으로 "팥밭"을 일구고 "산도"를 따는 행위는 인
간적인 삶의 행위이면서도 신선자적인 흥취가 엿보인다. 위 시의 원제
목은 도연명의 「귀거래사」44)와 동일하였는데, 자연에서 '무념'을 지향
하는 시인의 태도가 드러나는 것이다. 자연 속에서 자연을 영위하며
살아가는 현실 초월적 모습을 통해 자연을 누리는 방법은 자연을 터
득하는데 있음을 보여준다. 결국 그는 인간의 삶이 아귀다툼이 없는
세계이길 갈망하는 것이다.

　이러한 자연친화적 세계는 고려가요 「청산별곡」의 내용과도 유사하
다. 즉 1~4행의 "인제는 / 산골로 들어가서 취미로나 늙으런다 / 햇살

---

44) 도연명의 「귀거래사」는 논, 밭과 과수원에서 목가적으로 생활하는 인물을 제시하
　고 있다. 김학주는 도연명의 이러한 시를 전원시로 분류하고 있다. 김학주, 『중국
　문학사』, 신아사, 1989, p.255 참조.

바른 땅을 골라 과일나무나 좀 골고루 심어두고 / 이끼 낀 따비 연장
바윗돌에 문질러서 몇 또아기의 팥밭을 일궈 산도며 씨앗도 간혹 삐
허야지"란 구절의 자연친화적인 시적 표현은 「청산별곡」의 "멀위랑
다래랑 먹고 / 청산애 살어리랏다"와 통하는 바가 있다. 김관식 시의
'산골'은 「청산별곡」의 '청산'의 이미지와 유사한 것이다.[45]

자연은 이처럼 그에게 역동적인 동양적 기운의 온상이며 교훈의 대
상이다. 즉 산(자연)은 시적 자아를 "한낱 미물에 지나지 않는"(「동양의
山脈」) 왜소함을 느끼게 하는 대상이자 "정일한 형상'"이며 "영원에의
자세"(「山」)를 지닌 존재인 것이다. '청산'으로 비유된 자연의 웅장한
모습은 자연에 대한 심취와 절대적 믿음에서 비롯한다. 그는 동양학을
기본으로 한 전통적 자연의식의 지대한 영향 하에 있었던 것으로 보
인다. 산에 대한 경외심은 결국 미물에 지나지 않는 인간의 죽음과
맞닿아 무(無)의식을 배태한다.

오늘은 나도 고기잡이라, 그물을 말어 사렴 사렴 걷어 담고 닻 감아
돛 일우어 물이랑에 남실거리는 아지랑이 봄날을……
푸른 이끼의 시내 언덕 위에는 복사꽃이 노을같이 피어 있길래 어지
러이 떨어져 궁구르는 꽃이팔. 머나 먼 어데론지 저어서 가고.

빛나는 바위굴로 기어들어가면은 깊은 골목에 개 짓는 소리.
저녁 연기 피어오르는 저기 저 수풀 아래 그윽히 가라앉아 항아리 속
같은 곳에 그림처럼 펼쳐진 아주 옛스러운 마을이었다. 해는 늦게 떴다
일찌감치 떨어지고 하늘만 동그랗게 빤히 내다보이는.

---

45) 「청산별곡」은 아름다운 강산의 서경에 대한 회구와 아울러 당대의 어지러운 현
실에 대한 부정이 뒤섞여 있다. 즉 이 노래는 산과 바다(자연)에 살고 싶다는 봉
건 선비의 생활 감정을 기본으로 인간 운명에 대한 무책임한 세상에 대한 불만
과 화자의 자포자기가 반영되어 있다. 현종호, 『국어고전시가사연구』, 보고사,
1996, p.231 참조.

아들 놈에겐 老子의 道德經과 莊子의 南華經, 그리고 염생이 뜯기기를 가르칠 일이요 어린 손주놈들은 시냇가에 나가 오리새끼들이나 데리고 놀게 하면 그만인 것이다.

뽕나무 밭이 있어, 아내의 누에치기엔 걱정이 없고 祭祀날이 돌아오면 며느리 손으로 지어 곱게 발다듬이질한 명주 두루마기에 눈부신 동정을 달아 새로 갈아 입을란다.

忍冬 넌출에 피는 꽃은 金銀花.
차를 대려 마시며 옛글을 보다 말고 고개를 들어 구름 밖에 머언 생각을 달리기도 하다가 무심코 수스리며 陶處士를 생각는다.

나무꾼이 줏어 온 柚子 속에서 商山四皓가 바둑을 두더라는 橘中仙人이야 못 만난다 하더래도 솔가루 긁어모아 가리나무 몇 짐이면 훈군한 구둘목에 겨울을 난다.

藥草밭 풀을 매다 쉬일 참에는 흰돌을 등에 지고 엇비슷이 기대어 서너盞 流霞酒에 느긋이 醉하여서 환히 핀 꽃그늘에 눈 잠깐 조으는 사이 꿈결을 스쳐 흐르는 山나비 한 쌍.

-「夢遊桃源圖」 전문

한 폭의 그림 같은 풍경으로 묘사된 위 시는 은둔자적이며 처사적인 삶의 방식이 표출되어 있다. 1, 2, 3연의 풍경 묘사는 안견이 「몽유도원도」를 그릴 때 참조했다는 도연명의 「도화원기」를 바탕으로 한 것이다. 「도화원기」는 동양인의 유토피아 원형 중의 하나로 노자와 장자의 사상이 연결되어 있으며, 농경생활에 뿌리를 두고 있다는 사실[46]은 잘 알려져 있다. 자연과 더불어 사는 방법이 잘 묘사된 것인데, 김관식이 생각하고 있는 이상세계가 자연친화적인 세계임을 뒷받침해

---

46) 김윤식, 『동양정신과의 감각적 만남』, 고려대 출판부, 1997, p.196 참조.

준다.

한 폭의 '몽유도원도' 같은 세계 속에는 노자, 장자의 고사를 가르치는 아버지와 염생이를 뜯고 있는 아들과 시냇가에서 오리새끼와 놀고 있는 어린 손자가 있으며, 아내는 뽕나무 밭에서 누에치기에 여념이 없는 모습이다. 며느리는 명주 두루마기를 발다듬이 하는 등 필부필녀로서의 삶이 제시되어 있다. 그러나 이것은 "잠깐 조으는 사이 꿈결을 스쳐 흐른 산나비 한 쌍"의 표현처럼 현실 불가능한 유토피아적인 삶으로 표상된 것이다. 한가로운 세계에 대한 지향은 노장적 사유방식의 영향으로 볼 수 있다. '무위자연', 즉 꾸밈이 없는 자연 그대로의 삶은 인간의 자연친화적인 삶을 갈구하는 시인의 이상세계이다. 그 밖에 「자하문 밖」에는 화자가 안고 있는 문명으로 인해 도래한 '병'을 "청정이 어우러진 수풀"만이 치유할 수 있는 것으로 보는데, 그는 전후의 온갖 부패한 상황과 혼란, 동요 등에 반응하지 않고 "사람 사는 일은 결국은 물이 흘러가는" 자연법칙에 순응해야 함을 강조하고 있다.

이처럼 김관식의 시세계는 관조적인 전통적 자연관의 영향 하에 전통적인 시인 의식이 계승된 경우이다. 김관식의 전통적 시인의식의 전승은 한학자적인 풍모와 한시 규범의 현대적 변용을 통해 제시되고 있으며, 1950년대의 현실에서 정신세계가 지향하는 자기보존의 원리를 공고히 한다. 다시 말해 서구지향의 지적 편력이 무방비 상태였던 때에 정신의 가치를 지향함으로써 주체적인 자기보존의 태도를 보여준 것이다.

요컨대 김관식은 초기 몇 편의 시에서 관찰되는 바와 같이 서정주 『화사집』의 영향을 입고 있으며, 아울러 노장사상의 전통적 자연관에 영향을 받고 있다. 선대(先代)시인인 서정주와 동양고전의 독서체험은 김관식의 시세계가 전통적인 시인의식의 발현으로 점철되어 있음을 보여주는 것이다. 그러나 그의 시 경향은 단순한 고투의 모방만으로 그치는 것이 아니라 유의미한 전통 사상을 인식하고 계승하려는 의지를 표명하고 있다. 이러한 사실은 단자(單子)로서의 시인이 불가피하게 겪는 과도기적 시대상에서 체득한 자기보존(전통계승)의 한 방식을 보여주는 것으로 여겨진다.

2. 서사의 시적 재현과 여성성 : 박재삼의 시세계

박재삼(1933~1997)은 1953년 ≪문예≫지에 모윤숙의 추천으로 시조 「강물에서」를 발표한 후, 이어서 1955년 ≪현대문학≫에 시조 「攝理」가 유치환에 의해 1회 추천되고 「靜淑」이 서정주에 의해 추천 완료된다. 이후 그는 총 14권의 시집과 9권의 시선집, 1권의 시조집을 상재(上梓)한다.47) 1950년대에 등단한 시인으로는 단연 왕성한 활동을 하였으며, 문단으로부터 비교적 다양한 관심과 평가를 받았다고 할 수 있다.

박재삼 시에 대한 본격 논의는 고은으로부터 출발한다. 고은48)은

---

47) 시기별로 편찬한 시집을 들면 다음과 같다. 제1시집 『춘향이 마음』, 신구문화사, 1962 ; 제2시집 『햇빛 속에서』, 문원사, 1970 ; 제3시집 『천년의 바람』, 민음사, 1975 ; 제4시집 『어린 것들 옆에서』, 현현각, 1976 ; 제5시집 『뜨거운 달』, 근역서재, 1979 ; 제6시집 『비듣는 가을 나무』, 동화출판공사, 1980 ; 제7시집 『추억에서』, 현대문학, 1983 ; 제8시집 『대관령 근처』, 정음사, 1985 ; 제9시집 『찬란한 미지수』, 오상출판사, 1986 ; 제10시집 『사랑이여』, 실천문학사, 1987 ; 제11시집 『해와 달의 궤적』, 신원문화사, 1990 ; 제12시집 『꽃은 푸른 빛을 피하고』, 민음사, 1991 ; 제13시집 『허무에 갇혀』, 시와시학사, 1993 ; 제14시집 『다시 그리움으로』, 실천문학사, 1996 등이 있으며, 시선집으로 『아득하면 되리라』, 정음사, 1984 ; 『바다 위 별들이 하는 짓』, 문학사상사, 1987 ; 『박재삼 시집』, 범우사, 1987 ; 『울음이 타는 강』, 미래사, 1991 ; 『친구여 너는 가고』, 미래문화사, 1993 등이 있으며, 최근에 민음사에서 『박재삼 시전집』을 기획, 1998년에 제1권이 발간된 상태이다. 시조집으로는 『내 사랑은』, 영언문화사, 1985이 있다.

48) 고은, 「실내작가론(10)」, ≪월간문학≫, 1970. 1 참조.

박재삼의 시사적(詩史的) 의미와 시정신을 논하면서 박재삼의 시가 의지를 드러내지 않고 체념에 이르는 것은 무속적인 영향 때문이라고 언급한다. 그는 박재삼의 시에 자주 등장하는 '빛'과 '눈물'이 화성(火性)과 수성(水性)세계의 결합이며, 이승과 저승이 공존하는 복합적인 세계를 이루고 있다고 본다.

그러나 고은의 논점에서 보다 중요한 사실은 '춘향'을 무속문화와의 관련체계로 보고 있다는 점이다. 그는 박재삼 시에 나타나는 대립적인 화성(火性)과 수성(水性)세계의 공존과 결합의 근원을 고대의 향가와 고려가요, 조선조 시가로부터 찾고 있다. 전통이라고 하여 무속신앙이나 토테미즘적 사유체계에 가깝다고 보는 것은 매우 고루한 발상이지만, 박재삼 시의 서정미를 무속문화에서 찾으려는 그의 시도는 전통주의가 재래적인 것에의 관심과 가깝다는 사실을 확인시킨다. 박재삼은 고전의 재현을 통해 과거의 역사성을 현재화하며 전통적인 체계를 회복함으로서, 민족적 정체성과 동일성을 구현하였던 것이다.

박재삼 시의 특질이 한국적 정서를 유감없이 표출한다는 내용미와 천연적인 언어조립 기술을 구현한다는 형식미에 관한 고은의 언급은 이후 박재삼 연구의 큰 두 줄기를 형성한다. 즉 어조와 율격 등 형식적 측면을 규명함으로써 시의 특질을 밝히려는 방법과, 시에 내재되어 있는 이미지를 분석하여 전통적인 서정의 세계를 드러내는 접근 방법이 박재삼 연구의 주류를 이루게 된다. 어조와 운율을 중심으로 한 연구는 이헌석,[49] 이광호,[50] 조남익,[51] 김영민[52]의 글이 있으며, 이미

---

49) 이헌석, 「시어의 다원화를 위하여-박재삼 시의 어미 활용-考」, ≪월간 문학≫, 1985. 6 참조.
50) 이광호, 「박재삼 시연구-초기시의 어조와 운율 분석」, 고려대 석사학위논문, 1987 참조.
51) 조남익, 앞의 글 참조.
52) 김영민, 「서정시의 새로움을 위한 구도」, ≪문학사상≫, 1988. 6 참조.

지를 중심으로 한 연구로는 정창범,[53] 김현,[54] 윤재근,[55] 민병욱,[56] 백
운복,[57] 이상숙,[58] 김양희,[59] 백미경[60]의 논문이 있다.

이 글은 과거의 문학적 장르에 대한 재구(再構)와 시적 적용, 그리
고 선대의 시적 영향에서 비롯한 여성적 화자와 어조의 사용 등에 주
목하여 박재삼 시에 나타나는 전통주의를 살펴보고자 한다. 즉 고전
인물 '춘향'에 대한 그의 시적 관심을 면밀히 살피고 『춘향전』의 영향
관계를 구명하고자 한다. 아울러 그의 시에서 잦게 표상되는 물의 이
미지를 전통 정서의 회복을 꾀한 시인의 시적 장치로 보고 이를 분석
할 것이다. 그리고 박재삼의 개성이 두드러지게 나타나는 여성적 화자
와 어조가 지니는 의미를 살펴보고자 한다.

박재삼 시의 방대한 텍스트 중 분석의 대상은 『춘향이 마음』으로
제한할 것이다. 『춘향이 마음』은 박재삼 시의 특질이 집약되어 있을
뿐만 아니라 1950년대 전통시가 보유하고 있는 전통주의의 한 요소를
충분히 드러내고 있기 때문이다. 『춘향이 마음』은 총 3부로, 제1부
<춘향이 마음>, 제2부 <남해안>, 제3부 <원한>으로 구성되어 있다.
그 가운데 1부 10편이 '춘향'과 관련된 시편들이다.[61] 널리 알려져 있

53) 정창범, 「의식적인 아나트로니즘－박재삼의 풍토」, 《세대》, 1974. 9 참조.
54) 김현, 「시와 시인을 찾아서(2)－박재삼 편」, 《심상》, 1974. 3 참조.
55) 윤재근, 「박재삼론」, 《현대문학》, 1977. 5 참조.
56) 민병욱, 「박재삼의 서사정신과 서사갈래 체계」, 《현대시학》, 1985. 9 참조.
57) 백운복, 「서정적 한의 형상」, 《비평문학》 2호, 한국비평문학회, 1988 참조.
58) 이상숙, 「박재삼 시의 이미지 연구－초기시에 나타난 물을 중심으로」, 고려대 석
   사학위논문, 1993 참조.
59) 김양희, 「박재삼 시 연구－초기시의 이미지를 중심으로」, 한양대 석사학위논문,
   1996 참조.
60) 백미경, 「박재삼 시 연구－이미지와 주제를 중심으로」, 중앙대 석사학위논문,
   1998 참조.
61) 그런데 한국현대시에 있어서 서사적 변용은 『춘향이 마음』의 기저를 이루는 시
   적 변주로 차용되기 훨씬 이전부터 곧잘 차용되어 오던 것이었다. 김춘수의 '처
   용 설화' 시편이나 서정주, 전봉건의 '춘향' 시편들, 더 거슬러 올라가면 김소월

는 고전『춘향전』을 시적 소재로 삼은 개별화된 시편들은, 연작시와는 다른 형태의 것이지만 편편을 묶어주는 구성이 매우 유기적이다.

그런데, 신화나 전설, 고전 소설의 인물을 시적 대상, 혹은 시적 화자(퍼소나)로 등장시키는 방법은 시인에 따라 몇 가지로 분류가 가능하다.[62] 김소월의 경우는 이러한 시적 변용의 시발적인 단계로서, 전설·민담을 끌어들여 인유, 첨가, 비교, 대조의 방법 등을 사용한다. 서정주는 김소월보다는 한층 다양한 기교적 방법을 활용하고 있으며, 자기체험화, 상징화, 변형, 패로디, 재구술 등의 방법이 사용된다. 박재삼의 경우는 고전 소설, 즉『춘향전』,『심청전』,『흥부전』등에 관심을 보이며, 특히 '춘향'은 상당히 집착한 시적 퍼소나로 활용되고 있으며 초기시의 미학을 주도한다.

2부 '남해안'의 주된 이미지인 '바다'는 여인네의 지난했던 삶을 해소시키는 공간으로 설정되어 있다. 그는 지극히 수동적이고도 운명적인 여인의 '한'을 모성적 공간, 회귀적 공간인 '물'의 세계로 상정하여 전통 정서를 포착한다. 「공무도하가」의 물 이미지를 비롯하여 전통 시가의 물에 대한 관심은 오랫동안 지속된 것으로, 그의 시는 이러한 원형질을 되살려 전통 정서를 회복하고 있다.

3부 '원한'은 시집『춘향이 마음』의 시적 구성으로 볼 때 결론에 해당하는 부분으로 주제의식이 농축되어 있다. 어린 시절의 가난함과 전후 체험이 전통적인 '한'의 이미지를 형성하고 있음을 알 수 있다. 전통 정서인 '한'은 박재삼의 경우 여성성을 기조로 하는 것이다. 그는 고전소설의 여주인공을 차용하거나, 누이, 어머니 등 여성적 화자

의 '접동새' 전설에 이르기까지 그 양상은 실로 지속적이고도 전통적인 맥락을 잇고 있는 것이다.

62) 임문혁, 앞의 논문 참조. 임문혁의 연구는 전통의 맥락을 다루되, 설화 수용 양상을 중심으로 집중 조명하고 있으며 설화 수용의 방법이 다양하게 진술되어 있다. 대상으로 삼은 시인은 김소월, 서정주, 전봉건, 김춘수 등이다.

를 채택하여 시적 정감을 비감 어리게 형상화한다. 그러나 이러한 한의 시학은 다만 비애와 슬픔의 미학으로 그치는 것이 아니라 독특한 여성적 어조와 어감, 어휘 등을 사용하여, 김소월 이래로 탁월한 여성성을 획득하고 있다. 그가 표출하고 있는 '한'의 정서는 독특한 여성적 어감(語感)을 통해 경쾌하고 발랄한 분위기를 형성하여 이를 극복, 승화시킨다.

1) 『춘향전』의 시적 영향

블룸에 의하면, '시적 영향'의 범위는 시인과 시인과의 관계, 텍스트와 텍스트간의 관계, 장르와 장르간의 소통을 포괄한다. 특히 텍스트의 의미구조에 해당하는 '텍스트의 특징'을 바탕으로 하면, 모든 텍스트의 관계는 간텍스트로, 텍스트 특성의 근본 역시 간텍스트로 간주할 수 있다. 이러한 블룸의 견해는 해당 텍스트보다 앞서 존재한 선행 텍스트의 개념, 수사, 약호, 무의식의 실천, 관례 등 다른 텍스트와의 관계를 간텍스트성이라고 규정짓는 것과 관련 있다.[63] 박재삼의 '춘향 시편'과 고전 『춘향전』과의 영향 관계는 블룸이 말하고 있는 텍스트와 텍스트간의 간텍스트성으로 분석이 가능하다. 박재삼의 『춘향

---

63) 해럴드 블룸, 앞의 책, pp.276~277 참조. 블룸의 저서를 번역한 역자는 블룸의 시적 영향의 관계가 크리스테바의 상호텍스트성과 긴밀한 관계가 있음을 설명하고 있다. 역자가 인용하고 있는 크리스테바의 상호텍스트성에 관련한 글을 참조하면 다음과 같다. "변용의 방법은 따라서 텍스트의 종합체라고 볼 수 있는 사회적인 전체 조화 속에 문화적 구조가 자리 잡을 수 있게 한다. 하나의 텍스트 속에서 발생하는 텍스트 특성의 이러한 상호작용을 '상호텍스트성'이라고 부르고자 한다. 이 방법을 이미 알고 있는 학자들에게 '간텍스트성'이란 하나의 텍스트가 '이미 그 자체의' 역사를 밝히고 그 텍스트 자체가 역사 속에 삽입되는 방법을 지칭하게 되는 개념이 된다. 하나의 텍스트에서 '상호텍스트성'을 정확하게 실천하는 구체적인 방법은 텍스트 구조상의 사회적, 미학적, 주요 특성을 제공해 줄 것이다."

이 마음』은 『춘향전』의 내용구조와 인물설정, 문체 등 『춘향전』 텍스트와의 관련양상을 뚜렷이 드러낸다. 즉 『춘향이 마음』은 간텍스트성에서 야기되는 문제, 즉 '다시 쓰기'와 '다르게 쓰기'의 방식으로 규명이 가능하다.

박재삼은 전후의 피폐된 상황을 직시하고 내면의 영역 속에서 사장되고 만 정서를 되살리고자 '고전'의 시적 변용을 시도한다. 그는 널리 알려진 고전 속 인물 '춘향'을 재생시켜 전통적인 '한'과 그리움의 정서를 포착하고 있다. 그에 의해 '다시 쓰여진' 춘향 및 여타의 서사적 인물들은 때로는 퍼소나로 때로는 상황을 직시하는 물화된 대상으로 시화(詩化)된다. 그의 시는 전통주의 시에서 주로 취해 오던 양상, 즉 여성 화자, 여성적 어조를 사용하여 여성적이면서 운명적, 보편적인 정감을 충분히 살려내고 있다. 이는 고전적 소재의 재발견과 현대적 변용 그리고 그의 독특한 형식미학에서 비롯한 것으로 보인다. 그의 시가 전통적 문학 장르의 수용과 선대 시인인 김소월 등에서 영향받은 여성적 화자, 어조를 계승, 발전하고 있다는 것은 전통주의의 범주에서 다루어질 부분이다. 그러나 고전 서사의 시적 변용은 자칫하면 고루한 퇴행적 변주에 지나지 않을 수 있다. 소재적 차원의 회귀라는 재평가의 잣대에서 자유롭지 못하기 때문이다.

주지하다시피 고전소설 『춘향전』은 신분의 차이에서 비롯하는 구속된 삶의 비극을 사랑의 완성으로 극복하는 모습을 담고 있다. 박재삼은 이러한 춘향의 사랑을 주조로 하여 당대의 삶을 통어하는 한 방식을 보여주고자 한 것이다. 소급해보면, 춘향의 시적 변용은 김소월, 김영랑에 의해서 이미 시도되었는데, 김소월의 「춘향과 이도령」, 김영랑의 「춘향」은 『춘향전』에서 모티프를 빌려온 선구적인 시이다. 김소월의 시는 '춘향'과 '이도령'의 인물명과 '남원'의 지명만을 채택하고 있다.64) 김영랑의 시는 원전의 서사를 그대로 차용하되 박팽년, 논개 등의 역사적 실존 인물을 함께 배치하여 춘향의 절개를 강조하는 등 보다 주제적인 측면을 강화한다. 연마다 끝 행에 '오! 일편단심'을 반복하는 것은 주제의식의 의도적인 강조인 것이다.65) 춘향의 시적 변용은 서정주의 「추천사」에 이르러서야 어느 정도의 시적 형상화에 성공을 거둔다. 그러나 박재삼의 '춘향시편'에 이르면 미학적 성취가 보다 확보되어 있다. 서정주의 시가 『춘향전』의 서사 구도를 시상에 반영하여 적극 활용하고 있는데 반해, 박재삼은 원전과의 보다 먼 거리를 유지하고 있기 때문이다. 이외에도 전봉건은 장시 『춘향연가』를 발표하였는가 하면, 1980년대에 이르러 최하림은 「춘향비가」를, 송수권은 「춘향이 생각」을 연달아 발표하는 등 현재에 이르기까지 고전에 대한 관심은 꾸준히 지속되고 있다.66) 요컨대 『춘향전』은 집단적으로

---

64) 김소월의 「춘향과 이도령」은 이미 잘 알려진 설화를 연상시키는 한두 단어를 사용함으로써『춘향전』전체의 내용과 정서적 반응을 공유하고자 한다. 시를 참고로 소개하면 다음과 같다. "平壤에 大洞江은 / 우리나라에 / 곱기로 엇듬가는 가람이지요 // 三千里가다가다 한가운데는 / 웃둑한 三角山이 / 솟기도 했소 // 그래 올소 내누님, 오오 누이님 / 우리나라 섬기든 한 옛적에는 / 춘향과 이도령도 사랏다지요 // 이 便에는 咸陽, 저便에 潭陽 / 꿈에는 각금각금 山을 넘어 / 烏鵲橋차락차차 가기도 했소 // 그래 올소 누이니 오오 내누님 / 해돗고 달도 다 남원 땅에는 / 성춘향 아가씨가 사랏다지요".

65) 이외에도 김영랑의 '춘향'을 시화한 시로는 「두견」이 있다. 시 「춘향」의 1행을 참조하면 다음과 같다. "큰 칼 쓰고 옥에 든 춘향이는 / 제 마음이 그리도 독했던가 놀래었다 / 성문이 부서져도 이 악물고 / 사또를 노려보던 교만한 눈 / 그는 옛날 성학사 박팽년이 / 불지짐에도 태연하였음을 알았었니라 / 오! 일편단심 // 원통코 독한 마음 잠과 꿈을 이뤘으랴 / 설움이 사모치고 지쳐 쓰러지면 / 남강의 외론 혼은 불리어 나왔느니 / 논개! 어린 춘향을 꼭 안아 / 밤새워 마음과 살을 어루만지다 / 오! 일편단심 //(…하략…)".

66) 송수권의 「춘향이 생각」을 비교분석해 보는 작업도 흥미로울 것이지만 이는 논외로 한다. 참고로 시를 소개하면 다음과 같다. "앞산 머리 자주빛 구름 옥색빛이 섞갈려 휘돌더니 / 그 빛 연한 솔잎마다 그늘지는 소리 / 산봉우리들도 수런수런 잔기침을 놓아 / 보기 좋은 달 하나 解産하고 / 몸을 푼다. // 선한 눈, 코, 입, 짙은 숱, 눈썹 / 처음 눈맞춘 죄로 / 옥사장 큰칼을 쓰고 창틀을 / 넘어더볼 줄이야! // 진개내 앞냇가에 개가 짖어 개가 짖어 / 은장도 날을 갈아 / 눈물에 띄운 / 달하 // 귀기서린 앞산 그리메 / 밥부엉이 울어쌓는데 / 구리 동전 녹슨 상평통보 / 몇바리

향유되어온 대표적 서사물로서, 전통주의 미학의 중심부에 자리하고 있는 '고전'인 것이다.

이처럼 전통주의적 시인들이 보편적이고도 전통적인 소재의 채택을 통하여 시적 변용의 과정을 거치고 있음은 주지할 사항이다.[67] 전통주의적 시인들이 채택한 고전 서사와 현대시의 영향관계를 살피기 위해 전범(典範)으로서의 『춘향전』의 의미와 특질을 살펴보기로 한다.

잘 알려진 대로 『춘향전』은 판소리 『춘향가』에서 발전한 집단적 서사물이다.[68] 박재삼의 『춘향이 마음』의 어조와 이미지는 『춘향전』의 텍스트를 기본으로 삼고 있지만 『춘향전』이 판소리에서 계승되어 발전된 어법과 어투, 율격, 분위기와 이미지를 이어받고 있다는 점에서 판소리사설 『춘향가』의 영향 역시 짐작할 수 있다. 판소리계 사설 『춘향가』는 전(傳)의 형식으로 발전하고, 판소리 미학이 소설의 단계를 거쳐 현대적인 전통 미의식의 중요한 성향으로 자리 잡게 된다. 이는 단순히 고전적 소재를 취하여 시작(詩作)이 이루어진 것이 아니라 오랜 기간 시인의 무의식 속에 내재된 전통적 미학의 요소가 분출된 것으로 보인다. 이러한 특성은 한국적인 감정과 정서라는 다소 관념적이지만 근원적인 사상의 맥을 잇고 있는 것으로, 세밀한 논의가 필요할 것이다.

쯤 동헌 마루에 져다 부려야/ 이 몸 한 평안하겠느냐? 평안하겠느냐?"

67) 『춘향전』이 전통적인 문사들에 의해 지속적인 관심과 개작을 거쳐 온 과정은 산문에서도 엿보인다. 임꺽정으로 유명한 홍명희가 1924년 동아일보에 있으면서 현상금을 걸고 춘향전을 근대 소설의 기법으로 개작한 작품을 공모한 사실은 고전 부흥의 단면이 여실히 드러나는 사건으로 이해된다. 이와 관련된 자세한 사항은 홍기삼, 『문학사와 문학비평』, 해냄, 1996, p.117 참조.

68) 『춘향전』은 근원설화→ 판소리→ 판소리계소설→ 신소설→ 현대소설(현대시)로 이어지는 형성과정을 지니고 있다. 『춘향전』 관련 작품군은 그 양이 실로 방대하리란 것을 짐작할 수 있다. 심지어 문예작품 가운데 최초로 영화화된 것이 『춘향전』이었음은 『춘향전』이 지니고 있는 관심과 변용의 범위가 다양화되어 있음을 반증하는 예이다. 민병기 외, 『한국의 영상문학』, 문예마당, 1998 참조.

고전소설로 전해지던『춘향전』은 어느 특정한 작자에 의해 완성된 완결형의 고전이 아니라 다양한 이본이 속출한 텍스트이다. 민중이 공동으로 쓴 민족적 서사물이라고 하여도 과언이 아니다. 이미 언급한 대로,『춘향전』은 장르의 변이를 함께 겪었는데 전(傳)의 양식을 띠기 이전에 판소리로서의『춘향가』가 가창된다.『춘향전』의 서사는 일정한 리듬의(창으로 가창되던) 서정 방식을 거친 후 발생한 것이다.

판소리로서의『춘향가』는 춘향 이야기가 창자(唱者)에 의해서 창(唱)과 아니리의 교체로 연창되지만, 전체적으로는 창이 중심을 이룬다. 창으로 불리워지는 이야기 속에는 민요, 단가, 가사, 한시, 한문구 등이 섞여 있다. 그래서 춘향가 사설은 설화에서 유래한 서사적 요소와, 가요(歌謠)에서 유래한 서정적 요소가 뒤섞인 중간 형태로 이루어진다. 『춘향전』에도 서정적 요소의 핵심이 되는 사랑가, 십장가(十杖歌), 어사시(御史詩)가 서술 구조상 중요한 기능을 담당한다. 이중 십장가는『춘향전』의 구성상 중간에 위치하면서 춘향의 수난과 그 수난을 통해 열녀로의 의미를 지향하는 전환적 기능을 보여준다.[69]

박재삼의 시 중 이와 유사한 '옥중시편'으로는 「화상보」, 「녹음의 밤」, 「포도」 등이 있다. 이 같은 성향의 작품은 선대(先代)시인 서정주가 이미 채택하여 미학적인 성과를 거둔 것이었는데 서정주의 '춘향의 말' 연작 3편인 「추천사」, 「다시 밝은 날에」, 「춘향유문」은 박재삼의 '춘향시편'의 시적 형상화 과정을 고찰하는데 유용하다.

그러나 이들의 시는 물론 '춘향의 이야기'라는 스토리를 전달하려는 목적이 아니다. 고전을 차용하여 시를 창작하는 이유 중 하나가 전달 면에서 유리하기 때문일 것이다. 고전의 차용은 독자의 공감을 유발하기 쉬우며 민족의 보편적 감정이 내재되어 있어 시적 변용과

---

69) 설성경, 『춘향전』, 시인사, 1986 / 1994, 재판, p.24 참조.

굴절의 효과를 극대화시킬 수 있다. 고전의 형태로 이미 널리 알려진
문학적 정보와 익숙해진 문화적 관습을 차용하여 서정의 미학적인 재
창조를 이룰 수 있는 것이다. 이러한 "다시 쓰기"의 방식은 서사적 요
소를 서정화된 장면과 목소리와 이미지로 재구성하고자 한다.『춘향전』
의 서사가 지니고 있는 구도, 즉 결연→ 이별→ 수난→ 재회의 방식은
시적 형상화를 거치게 되면 축소된 장면의 집중화로 "고쳐 쓰인다".
서사의 세계보다 서정의 세계가 훨씬 더 집약적인 장면 묘사를 필요
로 하기 때문이다. 김영랑, 서정주, 박재삼, 전봉건, 송수권에 이르는
시적 계보는 민담시(이야기시)의 전통성을 확인시키며 이들의 시적 성
향 역시 서사의 내용에 의존하던 것이 점차로 서정의 요소가 강화되
어가는 과정을 보여준다.[70]

　　향단아 그넷줄을 밀어라.
　　머언 바다로
　　배를 내어 밀 듯이,
　　향단아

　　이 다수굿이 흔들리는 수양버들 나무와
　　베갯모에 뇌이듯한 풀꽃뎀이로부터
　　자잘한 나비새끼 꾀꼬리들로부터
　　아조 내어밀 듯이, 향단아

---

70)『춘향전』의 생산적인 수용의 양상은 시 장르뿐만 아니라 소설의 경우에도 꾸준히
　　변용되고 있다. 개화기의「옥중화」(1912), 이광수의「일설 춘향전」(1925), 이주홍
　　의「탈선 춘향전」(1949), 안수길의「이런 춘향」(1958), 최인훈의『춘향뎐』(1967) 그
　　리고 1990년대에 이르면 임철우의「옥중가」(1990), 김주영의「외설 춘향전」등이
　　있다. 이러한 사정은『춘향전』이 단순히 화석화된 고전작품이 아니라 전통지향성
　　과 모더니티 지향성이라는 문화변전의 틀을 유기적으로 통합하면서 영속성을 갖
　　고 계승되어 왔음을 의미하는 것이다. 한채화,「춘향전의 생산적 수용 연구」,≪한
　　국문예비평연구≫ 7집, 2000 참조

珊瑚도 섬도 없는 저 하눌로
나를 밀어 올려다오!
채색한 구름같이 나를 밀어 올려다오
이 울렁이는 가슴을 밀어 올려다오!

西으로 가는 달같이는
나는 아무래도 갈 수가 없다.

바람이 波濤를 밀어 올리듯이
그렇게 나를 밀어 올려다오
향단아

ㅡ서정주, 「鞦韆詞」 전문71)

인용시의 화자는 '춘향'이다. 위 시는 춘향이 향단에게 말을 건네는
식의 대화체로 구성된 듯 보이지만 청자인 향단의 어조가 개입되지
않은 독백체인 것이다.72) 일반적인 해석은 유한한 존재자로서의 화자
가, 소망하는 초월의 세계로의 지향을 상승과 하강, 수평과 수직적 이
미지의 교직을 통해73) 드러내고 있다는 것이다. 서정주는 『춘향전』의
한 장면을 재현하되, '그네'의 오르고 내리는 성질을 활용하여 허망한
현실세계로부터 영원한 초월적 세계로 향하려는 인간의 욕구를 묘사
한 것이다. 『춘향전』에 기대면, 위 시는 춘향의 신분 상승 욕구가 전
제된 것이다. 신분 변동이 어려운 당시(조선시대)의 사회적 상황이 '그

---

71) 서정주, 『미당시전집』, 민음사, 1991, p.109. 참고로 『서정주 시선』, 정음사, 1955
에 수록되었던 시이다.
72) 이경수는, 서정주의 세편의 「춘향이 말」 연작시에서 이들 청자는 작품 안에서
살아 있는 존재가 아니며, 실체가 아니라 이름만이 등장하는 그림자와 같은 희
미한 존재라고 한다. 오히려 춘향은 자기 자신에게 말하고 있으며 일반적인 독
자가 그 독백을 엿듣게 된다는 것이다. 그런 점에서 서정주의 연작시들은 연극
의 독백과 유사한 성격을 갖는다. 이경수, 「서정주와 박재삼의 춘향 모티프 시 비
교 연구」, ≪민족문화연구≫ 29호, 고려대 민족문화연구소, 1996, p.151 참조.
73) 김화영, 「한국인의 미의식」, 조연현 외 저, 앞의 책, p.243 참조.

네'의 성질을 통해 잘 나타난 시로 볼 수 있다. 그러나 이미 누구나가
알고 있는 보편적 이야기라는 전제를 두고 출발한 『춘향전』에 대해
충분한 지식이 없는 사람은 예컨대 어린아이나 외국인이라면 위 시를
어떤 방식으로 이해할까? 이들은 '춘향'과 '향단'의 존재와 '추천'을
타는 행위, '추천'이 놓인 풀숲이란 장소, 왜 화자의 가슴이 '울렁이
는'지에 대해 알 수 없는 의문이 들 것이다. 아마도 번역시로 소개된
다면, 각주를 달아 배경을 자세히 설명해야 할 것이다. 그러므로 「추
천사」는 『춘향전』에 대한 사전지식을 전제로 한 시인 것이다.74)

> 춘향이 거동 보소. 춘흥을 못 이기어 추천을 하려 하고, 면숙마 추천
> 줄을 수양버들 상상지에 칭칭 감아 매고, 세류같은 고운 몸을 단정이 놀
> 릴 적에 청운같은 고운 머리 반달같은 용어리로 어리 설설 흐혀 빗겨
> 전반같이 넌즛75)

춘향의 그네 타는 모습이 묘사된 『춘향전』의 한 부분이다. 그네(추
천)를 막 타려는 춘향의 모습부터 그네를 노는 모습에 이르기까지가
묘사되어 있다. 특히 "청운같은 고운 머리 반달같은 용어리로 어리 설
설 흐혀 빗겨 전반같이 넌즛"의 구절은 춘향의 그네 뛰는 모습의 아
름다움을 생생하게 묘사한 것이다. 춘향은 "춘흥에 못 이기어" 수양버
들 나무에 매인 추천(그네)을 타게 된다.

서정주의 「추천사」 2연의 "이 다수굿이 흔들리는 수양버들 나무"는
바로 그네의 움직임에 따른 나무의 흔들림에 다름 아니다. "수양버들"
은 시인이 자의적으로 채택한 소재가 아니라 이미 『춘향전』에 등장한

---

74) 「추천사」가 『춘향전』의 이해를 전제로 한다는 견해는 이남호의 글을 참조할 수
   있다. 이남호, 「교과서에 실린 문학 작품을 어떻게 가르칠 것인가-20. 서정주
   「추천사」」, 《현대문학》, 2000. 6 참조.
75) 설성경, 「열녀춘향슈절가라」, (완판 33장본), 앞의 책, p.39 참조.

사물인 것이다. 이러한 『춘향전』 한 장면의 배경과 상황이 그대로 「추천사」에 적용되어 있다. 그러므로 서정주의 '춘향시편'은 김소월, 김영랑의 그것에 비해 『춘향전』 원전의 구성과 내용이 구체적으로 반영된 것이다.

　집을 치면, 精華水 잔잔한 위에 아침마다 새로 생기는 물방울의 신선한 우물집이었을레. 또한 윤이 나는 마루의, 그 끝에 平床의, 갈앉은 뜨락의, 물냄새 창창한 그런 집이었을레. 서방님은 바람같단들 어느때고 바람은 어려올 따름, 그 옆의 順順한 스러지는 물방울의 찬란한 춘향이 마음이 아니었을레.

　하루에 몇번쯤 푸른 산 언덕들을 눈아래 보았을까나. 그러면 그때마다 일렁여오는 푸른 그리움에 어울려, 흐느껴 물살짓는 어깨가 얼마쯤 하였을까나. 진실로, 우리가 받들 산신령은 그 어디 있을까마는, 산과 언덕들의 만리같은 물살을 굽어보는, 춘향은 바람에 어울린 수정빛 임자가 아니었을까나.

—「水晶歌」 전문

고전을 시화(詩化)할 때의 장점은 잘 알려진 고전이 갖고 있는 정서적 측면을 활용하여 객관화된 미적 성취를 이룰 수 있다는 점일 것이다. 박재삼의 위 시는 『춘향전』의 한 장면을 포착하거나 고전적인 문면을 그대로 사용하지 않고 『춘향전』의 정서적 측면을 활용하되 시적 자율성을 잘 살려, 춘향과 서방님(이도령)의 상대적인 관계를 보편적인 님과의 관계로 제시하고 있다. 『춘향이 마음』의 모두시(冒頭詩)인 위 시는 『춘향전』의 서사적 장면의 디테일과 문맥을 떨쳐버리고 최소한의 상황만을 설정하고 있으며, 시인이 인물에 자신을 동화시켜 시를 창조하는 것이 아니라, 역으로 춘향이라는 인물을 자신의 시적 맥락에 끌어들여 시를 창조하고 있다.[76] 이러한 점이 박재삼의 「수정가」가 서정주의 「추천사」에 비해 미학적으로 앞서는 면모이며, 보다 발전적인 계승의 차원을 보여주는 점이다.

「수정가」의 '가(歌)'는 '노래'를 지칭하는 것으로 시인이 운율, 리듬 등 전통적인 형식미를 염두에 두고 있음을 보여준다.[77] 춘향의 시편들이 슬픔(수정 - 눈물)의 미학(노래 - 아름다움)을 다루게 될 것이라는 추측이 가능하다. 또한 서정주와는 달리 박재삼의 시적 화자는 춘향이라기보다는 님을 그리는 '여성'으로 일반화되어 있다. 구태여 춘향으로 지칭되는 화자의 설정이 아니더라도 이별과 그리움의 정조는 살아있다. '춘향' 대신에 다른 대상을 대입해도 시의 문맥이 어색해지지 않는다. 이 같은 선행 텍스트와의 객관적인 거리의 확보는 박재삼의 시적 변용의 가치를 배가시킨다. 박재삼 시의 『춘향전』 차용은 감정의 직설적 표현이라기보다 묘사적이어서 님에 대한 그리움의 깊이가 한층 애절하게 드러난다.

위 시의 화자는 '정화수'를 떠놓고 간절히 염원하면서 차라리 바람 같은 님의 곁에 늘 머무는 '물방울'이 되고자 한다. 애틋한 여인의 마음은 '물방울', '물냄새', '물살' 등의 명사와 '일렁여오는', '물살짓는' 등의 형용사의 사용에서 엿보이듯이 물 이미지와 관련된다. 이는 심청을 비롯한 남평 문씨 부인에 대한 기억에 이르면서 더욱 확산된다. 박재삼이 서사의 시적 체현에서 상징태로 사용하는 물, 바람(공기), 불(빛)의 이미지는 동양적 사유체계인 오행(五行)에 해당한다. 동양에서는 하늘과 땅, 사람의 운명론적인 관계 형성이 오행의 우주적 세계관 안에서 설명된다. '서방님'을 향한 '춘향'의 사랑은 '산신령'으로 표상되는 '천(天)'의 이미지로 운명론적인 입장이 짙게 깔린 것이다.

---

76) 김흥규, 「춘향, 천의 얼굴」, 《현대시학》, 1971. 4, p.83 참조.
77) 「추천사」의 '사(詞)' 역시 「정읍사(井邑詞)」의 '사'에서 알 수 있듯이 '노래'를 지칭하는 것이다. 이러한 시제(詩題)의 사용은 전통적인 요소로 간주되는 것이다.

① 오늘은 언덕 위에 청청(靑靑)한 한그루 임같은 소나무에 오를까보
다. 학같으냐 깃을 쳐 못 오른다 할지라도 스미어 스미어서 오를
까보다
—「한낮의 소나무에」 부분

② 오늘은 귀를 뜨고, 아, 임의 말소리, 미더운 발소리, 또는 대님 푸
는 소리로까지 어여삐 기뻐 그려낼 수 있는
명명(明明)한 명명(明明)한 매미가 우네.
—「매미 울음에」 부분

임으로 상정되는 '당신'은 그저 말소리, 발소리로도 가슴 떨림의 대
상이다. 춘향(여인)의 그리움은 춘향과 이도령(임)의 짧은 사랑 행각, 이
별, 이미 예상한 시련 등으로 더욱 절실해진다. 이별이후 춘향은 밤낮
으로 이도령 생각뿐이다. '문득 이도령이 돌아'온 듯한 환각 혹은 꿈
결에 사로잡히는 춘향의 그리움은 인용시 ②에서 제시되었듯이 시끄
러운 '매미' 울음소리조차 '명명한' 소리로 들린다.[78] 임을 기다리는
여인의 모습은 자신의 정조를 다짐하면서도 임을 못내 그리워하는 모
습으로 더욱 애절하게 표출된다.

① 참말이다. 춘향이 일편단심을 생각해 보아라. 원(願)이라면, 꿈 속엔
훌륭한 꽃동산이 온전하게 제 것이 되었을 것이다. 그리고, 그것을
가꾸는 슬기 다음에는 마치 저 하늘의 달에나 비길 것인가, 한결같
이 그 둘레를 거닐어 제자리에 돌아오는 일이나 맘대로 하였을 그
것이다. 아니라면, 그 많은 새벽마다를 사람치고 그렇게 같은 때를
잠깨일 수는 도무지 없는 일이란 말이다.
—「화상보(華想譜)」 부분

---

78) 이광호는 명명(明明)을 매미 울음소리인 맴맴의 의성어와 공통된 음성요소(音聲
要素)에 의해 연관되는 것으로 보고 있다. 이광호, 앞의 논문, p.17 참조

② 참, 그때, 아무도 없는 단오(端午)의 그네 위에서 아뜩하였더니, 절
  로는 옷고름이 풀리어, 사람에게 아니라도 부끄럽던 거라요 또는
  변학도에게 피부을 말도 그때의 장독(杖毒)진 아픔의 살이, 쓰린
  고리를 빼랑빼랑 내고 있던 거라요. 허구헌날 서방님 뜻높을진저
  바라면, 말근 정신 속을 구름이 흐르고 있었고, 웃녘에 돌림병이
  퍼져 서방님 살아계시기를 빌었을때에도 웃마을의 복사꽃이 웃으
  면서 뜻을 받아 말하고 있던 거라요. 그러니 우리가 만나 옛말하
  고 오손도손 살 일이란 것도, 조촐한 비개인 하늘 밑에서 서로의
  눈이 무지개선 서러운 산등성이같은 우리의 마음일 따름이라요
                                              ―「無縫天地」 부분

③ 저 치칠한 대밭 둘레길을 내 마음은 늘 바자니고 있어요 그러면,
  훗날의 당신의 구름같은 옷자락이 불각(不刻)스레 보여 오는 것이
  어요 눈물 속에는, 반짝이는 눈물 속에는, 당신 얼굴이 여러 모양
  으로 보여 오다가 속절없이 사라지는, 피가 마를만큼 그저 심심할
  따름이어요. 그러니 이 생각밖에는요
                                              ―「待人詞」 부분

  마침내 옥에 갇히고 만 춘향의 '일편단심'은 금세라도 떨어지고 말
'꽃이파리'로 위태롭게 묘사되어 있다. 인용시 ①의 생략된 부분인
'칼', '달밤'은 춘향의 애정에 대한 대응적 이미지로서, 춘향의 "눈물
방울이 어룽지"고 '영롱하'게 하는 시련태로 작용한다. 인용시 ①의
'그렇다', '참말이다', '생각해보라'와 인용시 ②의 "참", "그때", "우리
의 마음일 따름이라요"와 인용시 ③의 "그러니 이생각 밖에는요" 등
의 산문적인 언술이 거침없이 사용되고 있다. 이러한 면은 박재삼 시
의 독특한 미학으로 작용하는데, 웅얼거리는 듯한 구어체, 혼자 되뇌
이는 식의 여성적 어조가 시상의 분위기를 자연스럽게 유도하고 있다.
이 같은 어조 사용은 여성적 화자의 정감을 표출하는데 보다 효과적
으로 작용한다.

인용시 ②에서 주목할 것은 춘향이 이도령을 만나던 과거의 회상 (단오 그네)이 비사실적인 사건과 만난다는 점이다. '웃녘에 돌림병이 퍼져 서방님 살아계시기를 빌었'다는 춘향의 어조는 극화된 양상을 띤다. 화자는 '우리가 옛말하고 오손도손 살 일'을 기대하는 등 희망을 버리지 않는 자세를 보인다. 이처럼, 박재삼이 그의 시를 통해 구현하려는 것은 삶의 비극성이 아니라 비극적 삶의 극복을 통해 더욱 빛을 발하는 낙관적 세계인 것이다.

인용시 ③에서 곧은 절개의 상징인 대나무는 다름 아닌 춘향의 마음가짐이다. "대밭 둘레길을" 늘 "바자니고 있는" 시적 화자는 님을 그리워하는 "이 생각 밖에는" 달리 없다. '대인사'라는 말은 "사람을 기다리며 하는 말"이란 뜻이다. 인용시 ③의 대화체는 서정주의 「춘향유문」의 방식과 유사하며 전봉건의 「춘향연가」의 화법과 연계선상에 놓인다.[79]

   ① 안녕히 계세요.
     도련님

     (…중략…)
     천길 땅 밑을 검은 물로 흐르거나
     도솔천의 하늘을 구름으로 날드래도
     그건 결국 도련님 곁 아니예요?

---

79) 『춘향전』을 수용한 시들 중 김영랑의 「춘향」, 전봉건의 「춘향연가」, 최하림의 「춘향비가」는 형상화가 이루어지지 않아 실패한 작품이며, 서정주의 「추천사」와 박재삼의 「무봉 천지」는 심리적 거리 유지와 형상화에 성공하고 있다는 지적이 있어 주목된다. 이는 현대시의 고전 수용이 고전 스토리를 전개하거나 교훈만을 전달하여서는 곤란하며, 미학적 차원이 시적 형상화가 절대적으로 이루어져야 함을 강조한 것이다. 박호영, 「현대시에 나타난 고전 수용의 양상」, 『한국시문학의 비평적 탐구』, 삼지원, 1985 참조.

더구나 그 구름이 쏘내기되야 퍼부울 때
춘향은 틀림없이 거기 있을 거예요!
                              ─서정주의 「春香 遺文」80) 부분

② 여자예요
  그래요, 나는 여자예요
  그런데 나는 옥에 있어요
  여자는 아이를 낳아요
  나도 낳을 수 있어요
  어머니가 나를 낳은 것처럼
  그런데 나는 옥 속에 있어요
                        ─전봉건의 「春香 戀歌」 81)서두 부분

  인용시 ①은 이별을 예감하는 시로, 죽음조차 가를 수 없는 절대적
사랑의 극치를 보여준다. 고전 『춘향전』에 따르면, 옥중에서 보내는
서신의 형태를 띨 것이다. 인용시 ②는 여자와 아이와 어머니와 옥(獄)
의 관계가 매우 상징적으로 설정되어 있다. '옥'이 상징하는 '갇혀있
음'의 의미와 화자가 '옥에 있'다는 설정은 "여자예요 / 그래요, 나는
여자예요"의 반복적 기법에서 "여자"임을 강조하는 것과 같이 거듭
반복되어지는 여성적, 숙명적 모습을 드러내는 것이다.
  두 시는 모두 구성상 극적이며, 대화나 독백이 중심을 이룬다. 일
인칭의 자기 독백체로 동일어법의 반복을 사용하고 있다. 그러나 박재
삼의 시는 이와는 달리 묘사적이다. 그의 '옥중 시편'을 보자.

  ① 피릿구멍같은, 옥(獄)에 내린 달빛서린 하늘까지가 이내몸에 파고들어
    가쁜 명줄로 앓아쌓는 저것을 어쩌리오.

---

80) 서정주, 앞의 전집, p.113 참조.
81) 전봉건, 『춘향연가』, 성문각, 1967.

이런 때, 천지는 입덧이 나 후덥지근하고,
태장(笞杖) 끝에 피멍진 천첩(賤妾) 춘향의 전신만신(全身滿身) 캄캄
한 살 위에도 병 생기는 아픔을…
만일에도 이한밤 당신이 서서 계신다면은
어느 별만 우러러 아프게 반짝인다 하리오.
　　　　　　　　　　　　　　－「녹음(綠陰)의 밤에」 부분

② 형틀에 매여 원통하던 일을 이승에서야 다 풀고 갔으련만
　저승에 가 비로소 못잊겠던가
　춘향이 마음은 조롱조롱 살아 다시 열렸네.
　　　　　　　　　　　　　　　　　－「포도(葡萄)」 부분

　박재삼의 경우는 『춘향전』의 주제를 심미적인 것으로 보편화시킨
다. "피릿구멍같은, 옥에 내린 달빛서린 하늘"의 시구는 전봉건의 "나
는 옥에 있어요"라는 앞서의 시구를 상기할 때 돋보이는 묘사인 것이
다. 더구나 "천지는 입덧이 나 후덥지근"하다는 표현은 춘향의 답답한
심정이 매우 선명하게 묘사된 것이다. 특기할 만한 것은 인용시 ①은
화자의 이동이 엿보인다는 점인데, 1인칭(이내 몸에)이던 화자가 어느새
3인칭(천첩 춘향)으로 전환되어 있다. 이는 시의 음색을 변환시키는 요
소로, 시의 율동감을 고조시키는데 기여한다.
　인용시 ② 역시 "형틀에 매인"(옥에 갇힌) 춘향의 모습이 형상화되어
있다. "형틀"은 시련의 상징태로 해석된다. 형틀에 매인 춘향의 사랑
은 '저승'에서나 이뤄질 것이므로 먼 훗날에나 결실을 이룰 듯이 아득
한 것이다. 그러나 이미 서사의 결말을 알고 있는 우리는 내세에서나
춘향의 마음이 '조롱조롱 살아' 포도송이가 될 것이라는 시적 표현에
머무른다. 장독(杖毒)에 만신창이가 된 춘향의 모습은 굳은 절개에 의
해 더욱 아름답게 여겨진다. 그는 시적 화자 '춘향'을 통해 한의 전통
정서를 천착하고 이를 승화, 극복하고자 한다.

그런데 이러한 민담시·서술시의 유형은 꽤 오래전부터 향유되어 오던 것으로 주목을 요한다. 육당 최남선은 낯익은 전통설화를 7·5조 창가로 변용한 「흥부놀이」, 「나무꾼 신선」 등을 발표한 바 있다.[82] 그러나 박재삼이 시도한 50년대의 설화 차용의 시적 변주는 이전에 행해오던 서술시의 특질과는 다른 것이다. 그것은 행위와 사건이 지배소를 이루는 서술시가 아니기 때문이다. 박재삼의 '춘향시편'들은 설화적 원형을 복원하고 있는 것이 아니라 고전 정서의 현대화를 기획한 것이라고 할 수 있다. 이러한 문화 전통에의 시적 관심은 시사적(詩史的)인 차원에서 그 의미가 인정되어야 할 것이다.

박재삼이 전대의 문학양식을 '다시 쓰기'와 '다르게 쓰기' 등 재창조의 과정을 거치는 이유는 한국적 정서의 원형을 복원하여 공동체적인 심의를 일깨우는 심미적인 효과를 얻기 위함으로 보인다. 즉 독자의 심미적 영역에 웅크리고 있는 보편적인 인물을 끌어들여 민족적 정서의 공감대를 확장시키고자 한 것이다. 이는 시 장르가 작가와 텍스트의 상호관련이라는 관습적인 생각을 깨뜨리게 할 뿐만 아니라 시의 영역이 독자와 텍스트 상호관계로의 지향을 일삼고 있음을 잘 보여주는 것으로도 해석이 가능하다.

---

82) 김준오, 「서술시의 서사학」, 『한국문학의 양식론』, 한양출판, 1997 참조. 김준오에 의하면 구비 전통 속에서 서술시는 이야기를 노래하는 시형식이지만 구비와 기록, 또는 운문과 산문의 구분은 서술시가 어느 큰 갈래에 귀속되는가의 문제에는 도움이 안된다. 이야기의 유무에 따라 문학은 서사장르와 비서사장르로 이원화할 수 있다고 본다. 그는 현대시사에서 서정주를 서술시의 대표적인 전통시인으로 자리매김하고 있다. 서정주 초기 『화사집』 시편부터 서술에 많이 의존하고 있으며 『신라초』 시편들에서 본격적으로 『삼국유사』나 『삼국사기』 소재 전통설화에서 취재함으로써 그의 서술시들은 전통시로서 정전화된 사례가 된다. 특히 전통설화와 유년시대의 토속적 삶을 제재로 한 『질마재 신화』는 문제적 서술시로 보고 있다.

2) 전통 정서와 '물' 이미지

김현[83]은 박재삼의 첫 시집 『춘향이 마음』에 나타나는 남평 문씨 부인의 등장과 죽음이, 시인이 직접 체험한 죽음(이종 사촌 누이의 죽음)의 장면과 연관되어 있으며 이는 한을 주조로 한 보편적인 한국적 정서와 닿아 있다고 언급한 바 있다.[84] 1부 <춘향이 마음>에서 간혹 등장하던 물의 이미지는 제2부 <남해안>에 이르면 시상(詩想)을 주도하는 매개물로 작용한다. '바다'는 남평 문씨 부인, 누이, 그리고 고전적 인물 심청의 회귀적 공간으로 설정되어 있으며, 이러한 '물' 이미지는 보편적인 원형 상징으로 사용되면서 '이별'과, 동시에 '이별의 극복'이라는 전통 정서를 함유한다.

　　　누님의 치맛살 곁에 앉아
　　　누님의 슬픔을 나누지 못하는 심심한 때는,
　　　골목을 빠져나와 바닷가에 서자.

　　　비로소 가슴 울렁이고
　　　눈에 눈물 어리어
　　　차라리 저 달빛 받아 반짝이는 밤바다의 질정할 수 없는
　　　괴로운 꽃비늘을 닮아야 하리.
　　　천하에 많은 할 말이, 천상의 많은 별들의 반짝임처럼
　　　바다의 밤물결되어 찬란해야 하리.
　　　아니 아파야 아파야 하리.

　　　이윽고 누님은 섬이 떠 있듯이 그렇게 잠들리.

---

83) 김현, 앞의 글 참조.
84) 그러나 박재삼은 한 대담에서 남평 문씨 부인은 어감이 좋아서 만들어낸 허구적 인물이라고 밝히고 있다. 김기중·고형진·박재삼(대담), 「오, 아름다운 것에 끝내 노래한다는 이 망망함이여」, 《문학정신》, 1992. 1 참조.

그때 나는 섬가의 부딪히는 물결처럼 누님의 치맛살에 얼굴을 묻고
가늘고 먼 울음을 울음을
울음 울리라.

－「밤바다에서」 전문

위 시는 물(바다)에 대한 시인의 인식체계가 잘 드러나 있다. 누님
으로 상정된 여인의 한과 죽음이 '바다'에 의해 해소되거나 승화된다.
화자는 슬픔을 가누기 힘들 땐 "바닷가에 서자"고 말한다. 그러면 "천
하의 많은 할 말이" 밤물결이 되어 사라진다는 것이다. 바다 가운데의
'섬'은 누님의 외로운 마음을 표상하는 것이며 이 같은 외로움은 "바
다"만이 위로해준다. 김소월의 시 중 「엄마야 누나야」에 등장하는 화
자(소년)처럼 위 시의 화자 역시 소년으로 설정되어 있다. "누님"의 설
정은 이미 오래된 전통적 소재 중의 하나이다. 김소월의 시구 중 "강
변"은 엄마와 누나와 시적 화자의 추억을 공유하던 공간으로 모든 갈
등과 한을 해소하는 장소이다. 위 시의 "바다" 역시 여인들의 한의 해
소를 관장하는 해한(解恨)의 장소로 설정되어 있다.

　① 죽은 남평문씨 부인의
　　밀물결 치마의 사랑에
　　속절없이 묻어버리기 마련인
　　모래밭에 우리의 소꿉질인 것이다.

－「밀물결 치마」 부분

　② (…전략…) 남평문씨 부인은, 그러나 사랑하는 아무도 없어 한낮의
　　꽃밭 속에 치마를 쓰고 찬란한 목숨을 풀어헤쳤더란다.

－「봄바다에서」 부분

　③ 그것 때문에,

우리를 사랑하신 그것 그 짐 때문에,

어이할까나,

같앉아지기로는,

몸을 풀어 사랑을 나누기로는,

바다 밖에 죽을데가 없었느니라.

　　　　　　　　　　　　　－「어지러운 혼(魂)」 부분

　위 인용시들은 모두 '남평 문씨 부인'을 대상으로 하고 있다. 남평 문씨 부인이 "바다"를 통해 죽음을 맞이하는 장면을 묘사한 것이다. 인용시 ①은 바다에 밀물결 치마를 뒤집어쓰고 뛰어드는 남평 문씨 부인이 형상화되어 있는데 이러한 행동의 필연적 이유는 "사랑하는 (자가) 아무도 없"기 때문이다. 사랑을 삶의 목적으로 여기는 한국적인 여인네의 모습이 드러나 있다. 인용시 ②의 "한낮의 꽃밭"이란 남평 문씨 부인이 아직 꽃다운 나이일 것이라는 점을 암시한다. 제목으로 제시된 「봄바다에서」의 '봄'의 이미지 역시 젊은 부인의 아까운 목숨을 대비적으로 드러낸 것이다. 인용시 ③은 '사랑'의 '그것', '그 짐 때문에' 여인은 "몸을 풀어 사랑을 나누"기로(죽기로) 한다.

　그런데, 왜 하필 이처럼 죽음의 장소가 바다여야 했던 것일까. 바다(물)는 모성적 공간으로서, 인간이 태어나기 이전(자궁으로도 비유되는)의 장소를 상징한다. 종교적으로도 '물'은 죄 씻음을 상징하는 것이다. 물(바다)은 모든 한풀이를 해소시키는 공간으로 흔히 설정되고 있는데, 여인은 바다를 통해 자신의 서러운 한과 그 죄 씻음을 제식화 하고 있다.

　특히 시 「무제」는 남평 문씨 부인에 대한 시인의 슬픈 기억이 심청의 이야기와 닿아 있는데, 「무제」를 통해 그 제식의 과정을 설명할 수 있다. 예를 들면 "말이 될까 몰라. 가령 하늘 속같이 맑은 기운이 / 마음의 곳간을 넘치는 사람이 몇은 살아서 / 봉사잔치나 본받아서 몰

라. / 미친 사람도 대접할 날 있을까 몰라 //"의 첫 연은 『심청전』의 내용을 근간으로 한 것이다. 심청의 "하늘 속같이 맑은 기운"(효심)이 "마음의 곳간"(정신세계)을 넘치게 하여서 "봉사잔치"는 열리고 심봉사는 마침내 "희안케 눈뜨고 딸 만나"는 "영화(榮華)"를 누린다. 이때에, 남평 문씨 부인이 뛰어든 바다는 다름 아닌 설화적 제의공간으로 설정된 『심청전』의 인당수로도 이해할 만한 것이다. 남평 문씨 부인은 바다(죽음)에 뛰어듦으로써 재생(再生)의 역설을 꿈꾼다. 그러나 「무제」에서의 '바다' 이미지는 '심봉사'의 상징성을(부(父)의 상징) 부각시키는 것으로 생략되어 있다. 딸을 팔아 잔치를 여는(혹은 참석하는) '미친 사람'인 아버지는 늘상 여인네에게 맹목적인 사랑을 요구하는 대상이다. "잘못 미친 사람들도 맑은 기운을 맑은 기운으로 / 바로 받게 할 날이 없을까 몰라"라고 시인 자신이 자괴심에 빠지는 것은 민족적 한의 상징태가 운명적, 여성적이기 때문인 것이다.

이처럼, 춘향, 남평 문씨 부인, 심청 등의 여성적 화자의 채택은 『춘향이 마음』의 발아 현장인 1950년대를 운명적, 여성적 '한'의 정서로 인식하고 이를 통해 시대적 아픔을 해소하려는 시인의 인식체계를 드러내는 것이다.

> 흥부부부가 박덩이를 사이하고
> 가르기 전에 건넨 웃음살을 헤아려 보라.
> 금이 문제리,
> 황금 벼이삭이 문제리,
> 웃음의 물살이 반짝이며 정갈하던
> 그것이 확실히 문제다.
>
> —「흥부夫婦像」 부분

한에 대한 관심은 고전의 탐색을 통해 되풀이되고 있다. 그런데 위 시는 홍부의 한 맺힌 가난의 생활을 토로하기 보다는 박타는 모습을 통한 희열의 순간을 포착한다. 가난하지만 웃음으로 노출되고 있는 이들의 행복에 겨운 모습(가난-웃음)은 그의 시에서 곧잘 운용되는 대립적인 이미지 구도, 즉 물과 빛, 상실과 복원, 죽음과 부활이라는 상충 이미지로 나타난다. 그러나 그의 시에서 보기 드물게 등장하는 이 '웃음'의 정체는 시인의 내부에 잠재되어 있는 해한의 또 다른 지향점으로 보인다. 한번 "금"보다도 "황금 벼이삭"보다도 "(박을) 가르기 전에 건넨 웃음살을" 떠올려 보라. 그들의 웃음은 '서로 불쌍해'서 나누는 웃음이지만, 현실의 가난한 상황을 잊은 채 '서로 부끄리며', '서로 소스라쳐'서 나누는 웃음이다. 웃음을 통해 이들 가난한 자들은 과거로부터 현 시점까지 지속되어온 '가난'의 한을 극복하고자 한다.

> 골목골목이 바다를 향해 머리칼같은 달빛을 빚어내고 있었다. 아이, 달이 바로 얼기빗이었다. 홍부의 사립문을 통하여서 골목을 빠져서 꿈꾸는 숨결들이 바다로, 간다, 그 정도로 알거라.
>
> 사람이 죽으면 물이 되고 안개가 되고 비가 되고 바다에나 가는 것이 아닌것가.
>
> —「가난의 골목에서는」 부분

'가난'(한)은 구원으로의 '바다'를 지향하고 있다. "홍부의 사립문"을 통과하여 가난의 '골목'을 빠져나온 "꿈꾸는 숨결들"은 '바다'를 향한다. 인용시에서 "사람이 죽으면 물이 되고 안개가 되고 비가 되고" 마침내는 '바다'에 이른다는 것은 불교적인 윤회사상을 보여주는 것이다. 즉 삶과 죽음을 돌고 돌아 생사를 거듭한다는 윤회사상은 안개가 비를 이루고 비가 다시 바다와 섞이어 흐르는 것으로 묘사되어 있다.

이 같은 시인의 '물' 인식은 순응적 세계관과 불교적 윤회를 전제로 하는 것이다. 꿈꾸는 숨결(생명)들이 '바다'로 가고, 훗날 "눈부신 은행잎"으로 부활하고자 한다. 화자가 지닌 긍정적인 삶의 방식은 가난의 "골목을 빠져"나가는 "꿈꾸는 숨결"을 몰아서 윤회의 공간인 '바다'로 향한다. 일회적인 삶이 아닌 연속적 삶의 형태로 되풀이되는 윤회사상이 (낙천적으로) 제시된 것으로 볼 수 있다.

> 마음도 한자리 못 앉아 있는 마음일 때,
> 친구의 서러운 사랑 이야기를
> 가을 햇볕으로나 동무삼아 따라가면,
> 어느새 등성이에 이르러 눈물나고나.
>
> 제삿날 큰 집에 모이는 불빛도 불빛이지만,
> 해질녘 울음이 타는 가을강을 보것네.
>
> 저것 봐, 저것 봐,
> 네보담도 내보담도
> 그 기쁜 첫사랑 산골 물소리가 사라지고
> 그 다음 사랑 끝에 생긴 울음까지 녹아나고
> 이제는 미칠 일 하나로 바다에 다 와 가는
> 소리죽은 가을강을 처음 보것네
>
> —「울음이 타는 가을 강」 전문

그의 시에서 줄기차게 흐르는 '물'의 이미지는 모성적, 회귀적, 근원적인 것으로의 지향을 의미한다. 위 시는 제삿날과 가을, 노을과 울음이 대칭을 이루면서 결합한다. 1연은 화자의 내면 상황이 묘사되어 있는데, 과거 회상으로 인한 그리움이 '눈물'로 집약되어 있다. 2연은 '해질녘'이란 시간과 '큰집 근처에 있는 강가'란 공간적 배경이 설정되어 있다. 3연은 외부와 내면의 접점이 가을강을 통해 나타난다. 위

시는 인간의 삶과 그 속에 내재해 있는 허무의식, 비애의 정서를 율
조의 언어로 재현하고 있다. '저것 봐, 저것 봐' 라는 시어의 반복은
경쾌한 운율감을 부여한다. 또한 울음이라는 청각과 노을이라는 시각
이 결합하여 한의 승화를 고조시킨다. 이러한 전통정서로서의 한의 정
조는 박재삼 시의 독특한 어조와 여성화자를 통해 더욱 부각된다.

3) 여성적 퍼소나와 여성성 문제[85] : 언어의식의 전통

현대시에서의 여성적 어조의 취택은 김소월 이래 꾸준히 사용되던
기법의 하나이다. 여성적 화자를 거론할 때 빠지지 않는 것이 만해와
소월의 시적 노력인데, 이는 내간체 편지와 구전 민요라는 변두리 양
식을 격상시켜 그 시적 주류화를 모색하고 있다는 점 때문이다.[86] 즉
이들은 봉건체제 하에 각별한 피지배층을 이룬 여성이, 전래적 생활문
화의 핵심적 담당자였다는 사실을 인식하고 여성의 사회적 각성과 부
상, 그리고 민요의 향수층인 민중적 관심의 부상과 그 수용을 평가한
것이다. 만해의 경우는 내간체의 채택과 여성화자 선택을 통해 섬세한
사랑의 토로가 성적(性的) 분업에서 여성의 몫이었다는 점과, 여성 화
자를 취함으로써 외세침략의 희생이 된 민족의 아픔을 더욱 선명하게
토로할 수 있는 장점을 적절히 활용한다. 소월의 경우는 구전 민요의

---

85) 박재삼의 시에서 발현되는 여성은 세 유형으로 나눌 수 있다. 그것은 춘향, 남평
   문씨 부인, 그리고 모성의 상징체인 어머니이다. 3항은 박재삼이 채택하고 있는
   여성화자와 여성적 어조를 중심으로 그의 시에 내재된 여성성이 여인의 '한'을
   표출하기 위해 적절하게 사용된 것으로 보고, 이를 '여성성 문제'로 규정한 것이
   다. '남성'의 타자로서의 '여성'은 박재삼의 시적 주체로서 활용되고 있으며 이
   러한 여성성은 전통지향의 주된 양상으로 보인다.
86) 유종호, 「변두리 형식의 주류화」, 『사회 역사적 상상력』, 민음사, 1987, pp.19~20
   참조.

전통이 갖춘 율격미를 통해서 시의 음악성을 확보하고 있으며, 구비
전통을 이어온 사회 계층의 생활어(토착어)를 시어화함으로써 감정표현
에 새로운 유연성을 부여하였다는 평가를 받는다.[87] 더구나, 만해와
소월의 시가 시대를 초월하여 꾸준히 향유되어온 사실은 이러한 여성
적 화자의 선택과 시적 체현이 전통양식의 구체화된 양상임을 입증하
는 것이다.

박재삼의 여성적 화자 역시 앞선 세대가 보여준 자질과 무관하지
않다. 박재삼 시에 나타나는 여성적 화자로 인한 음성 자질의 섬세함
과 운율의 효과는, 물론 소월과 만해가 보여준 내간체적 어조의 활용,
구비 민요의 율격과는 다른 양상을 띠는 것이다. 그는 유음과 울림소
리의 사용으로 소리결의 부드러움을 잘 살리고 있으며, 시점의 변화를
통해 어조의 다양한 변주를 모색하면서 한층 격상된 효과를 자아낸다.
더불어 『춘향전』의 극적 상황을 매개로 화자의 목소리가 시의 의미구
조에 다채롭게 개입하는 형식은 동시대에 결핍되어 있는 정서적 원형
을 되살린 것으로 평가된다. 만해와 소월의 시가 당대의 상황을 여성
적 화자를 통해 정서를 손상시키지 않고 한층 유연한 의미의 시적 성
과를 이루었다면, 박재삼은 전후 현실의 상황에서 '춘향'이란 설화적 여

---

87) 여성적 화자를 취하면서 얻을 수 있는 효과는 산문의 경우에도 내간체 문장의
   등장과 파급효과가 거론되고 있어 흥미롭다. 참고로 약술하면, 이는 이병기, 이
   태준, 정지용 등의 문장파에 의해 부각되었는데 여성에 대한 내간체 문장을 소
   개하는 작업을 진행시킨 흔적이 보인다. 이들은 내간체를 조선시대 상류계층의
   여성들이 편지, 일기, 수기 등의 형식을 통해 사용한 한글문체의 정화에 해당하
   는 것으로 평가하였다. 이태준은 잘 알려진 『문장강화』에서 내간체 문장을 조선
   유일의 고전적 산문으로 칭송하였으며, 이병기는 수집한 내간들을 묶어 책으로
   펴내는 관심을 보였다. 특히 정지용은 내간체를 본받아 자기류의 독특한 산문을
   구사함으로써 우리 문학의 전통 속에 세련된 근대문학의 문학적 문장을 창출하
   고 있다. 이에 대해서는 홍기삼, 「한국문학 전통과 현대적 계승」, 《한국문학연
   구》 20집, 동국대 한국문학연구소, 1998, p.275 참조. 보다 구체적인 내용은 황
   종연, 앞의 논문 가운데 <3장>을 참조할 것.

성화자를 취택하여 상실되고 있는 보편적 정서의 회복을 꾀하고 있다.

주지하는 바와 같이 박재삼이 사용하고 있는 어조는 독특한 형태의 여성적 어조이다. 어조(tone)에 대한 일반적인 생각은 어조를 의미와 감정, 의도와 더불어 시의 총체적 의미를 형성하는 시의 요소로 보는 것이다.[88] 시어는 어조에 의해서 결정되고, 채택된 어조는 독특한 시인의 개성을 표출한다. 따라서 시의 언어선택은 어조에 따라 결정된다.

박재삼이 사용하는 어조는 여성적 화자에 의해 선택된 어조이지만 그 결이 독특하다. "뉘라 알리"(「자연」) 식의 청유형어미 형태나 "어이 할까나"(「어지러운 혼」)식의 타령조, "왜 안 기뻐야"(「광명」)식의 방언투, "집이었을레"(「수정가」) 식의 설의적 문투, "아니란 말가"(「바람 그림자를」) 식의 축약형을 수시로 구사하고 있으며, "–하리 / –리 / –리라 / –던가" 등 여운을 주는 고어체 어미를 즐겨 사용하고 있다.[89] 이외에도 그는 "글쎄 / 비로소 / 모르긴 하지만 / 쯤 / 어찌할거나" 등과 같은 판단 유보의 어사들을 주로 선택하거나 활용한다.[90] 이처럼 애매성을 의도적으로 유발시키는 그의 어조는 단정적이기보다는 유보적이며 의지적이기보다는 감성적이다.

그런데, 박재삼이 구사하고 있는 여성적 어조의 특성은 대표적인 전통 정서로 규정되어온 '한'의 정서를 표출함에 있어서 상승효과를 주고 있다.[91] 박재삼은 한의 다층성과 그 원형질이 여성으로 상정된

---

88) 김준오, 『시론』, 삼지원, 1982 / 1997, 4판, p.259 참조.
89) 이헌석, 앞의 글 참조.
90) 김재홍, 「순간과 영원의 사이에서」, 《서평문화》 31, 1998. 9.
91) '한'이란 용어가 문학에 처음 사용된 것은 김동리(「청산과의 거리(김소월론)」, 앞의 전집)에 의해서인데, 그는 김소월의 시를 평하는 자리에서 소월의 시적 정서 상태를 "정한이라 불러도 좋다"고 언급하였다. 즉 소월의 시에서 잦게 묘사되는 그리움의 정서를 한으로 바라본 것이다. 그 후 좀 더 본격적인 연구가 이뤄진 것은 1960년대 초에 서정주, 하희주, 유종호 등에 의한, 역시 김소월의 시를 언급하는 자리에서 논해진다. 한의 정서는 김소월의 시에서 비롯하는 전통서정의 보편적 정서로써 규정되어 왔으며, 지극히 여성적인 성향으로 인식한다. 그러나 대

시적 자아의 목소리를 통하여 파장을 일으키거나 완급을 조절한다. 더구나 한의 정서를 슬픔이나 한맺힘이 아닌 설화적 서사에 기대어 객관화하고 흥취로써 즐기려는 그의 의도는 한의 내용을 보편적인 민중의 한으로 승화한다. 특기할만한 사항은 발랄하고 경쾌한 여성적 어조가 한의 정서를 극복, 승화시키는 요인이 되고 있다는 점이다.

① 감나무쯤 되랴.
　서러운 노을빛으로 익어가는
　내 마음 사랑의 열매가 달린 나무는!

체로 한의 인식 기저엔 부정적인 시각이 일반적이었다. 한은 한탄, 원한의 다른 말로 취급되어 왔으며, 원망이 서린 신세한탄이나 하소연에 불과했다. 이러한 부정적인 인식에 재동을 걸며 이의를 제기한 것은 1980년대에 이르러 천이두에 의해서인데 그는 한의 구조를 체계적으로 분석한다. 그에 의하면, 한이란 우리민족의 서민적 생활감정이 밀착된 정서로, 한이란 말 속에는 부정적인 개념뿐만 아니라 어두운 감정상태 속에서 그것을 극복하기 위한 지혜로운 투사행위를 포괄하고 있다.(천이두, 「한의 미학적 윤리적 위상」, 《한국문학》, 1984. 12 참조.) 한은 미학적이며, 멋스러운 더구나 한국 고유의 전통성을 부여받은 아이덴티티로 작용한다는 것이다. 따라서 이 용어는 철저히 변방적이고도 민족적이며 가치 있는 것이 된다. 또한 그는 "한이란 좌절이나 상실에서 연유하는 발상이라는 점, 과거지향적이라는 것, 서사적이라기보다는 서정적이라는 것, 서정적이므로 여성적이라는 것, 한국 시가의 주조를 이루고 있다는 것, 대립, 갈등의 관계 속에서 문제를 제기, 천착해가는 서구인의 발상과는 달리 포용으로써 체념이나 달관에 접어드는 경향이 짙은 한국적 발상에서 연유하는 것이라는 것" 등으로 한의 일반적인 특징을 분류한다. 이처럼 한은 명확히 규정하기 어려운 지점에 있는 듯하다. 그런데, 분명한 것은 번역상의 어려움을 동반할 만큼 한이란 우리민족의 정체성이 담보된 개념이란 점이다. 박재삼의 '한'은 한 개인의 설움이 타자에 대한 깊이 있는 사랑으로 확산되는 것을 고백적인 어조를 통해 보여주고 있다. 한과 조금 다른 의미의 '원한'은 가난과 억압이라는 보다 구체적인 문제에 닿아 있다. 한의 어조가 고백적인 성향을 지니고 있다면, 원한의 어조는 반어적인 어조로 설움이라는 정서가 대결의식으로 나아가게 되는 과정을 보여준다. 요컨대 박재삼의 한은 사랑이나 죽음 따위의 다소 관념화된 아픔과, 유년시절의 가난이라는 경험적 현실에서 비롯되는 아픔으로 형상화되어 있다고 할 수 있다. 한이라는 용어는 아직 그 개념이 명확하게 규정되지 못하였는데, 이는 문학이나 문화의 용어로 사용되기 시작한 역사가 그리 오래지 않은 이유와도 통한다.

(…중략…)
그러나 그 사람이
그사람의 안 마당에 심고 싶던
느꺼운 열매가 될지도 몰라!
새로말하면 그 열매 빛깔이
전생의 내 숯설움이요 숯소망인 것을
알아내기는 알아낼른지 몰라!
아니, 그 사람도 이세상을
설움으로 살았던지 어쨌던지
그것을 몰라, 그것을 몰라!

-「恨」 부분

② 일본동경 갔다가
못살고 돌아와
파버리지도 못한 민적(民籍)에 가슴 찢던
이 강산에 진달래꽃 피었다.

-「진달래꽃」 부분

인용시 ①과 ②는 어조면에서 대조적이다. '한'을 시제(詩題)로 삼은
인용시 ①은 독특한 여성의 어조를 사용하여 경쾌하고 발랄한 시적
분위기를 유감없이 연출한다. 1연은 도치법을 사용하여 시행을 이끌고
있는데, 감나무가 바로 사랑의 열매가 달린 나무로 지시되어 있다. 그
런데 감의 빛깔은 노을빛이며, 감이 열리는 계절은 '가을'이다. 모든
만물이 결실을 얻는 가을에 이르면 님을 향한 못다 이룬 사랑이 감나
무가 되어 님의 안마당에 주렁주렁 열매 맺길 희망하는 것이다. 그는
"숯설움"이 "숯소망"이 된 '한'의 양면적 등가성을 표출하고 있다. 이
승에서 못다 이룬 한의 정조가 "그것을 몰라! 그것을 몰라!"의 어조처
럼 절망적인 한이라기보다 익살적이며 투정적인 언사로 표현된다. 그
러므로 그의 독특한 어조의 사용은 다만 슬픔의 한이 아닌 즐김으로

서의 한, 즉 풍류로서의 한으로 승화하고 있음을 알 수 있다. 한맺힘
은 여전히 비극적일 수밖에 없지만, 이러한 한맺힘을 발랄한 어조와
생동감 있는 표현으로 감싸안으며 이를 흥취로써 극복하고 있는 것이
다. 인용시 ②는 담담한 어조로 평이하게 진술된 형태를 띤다. 진달래
꽃은 민중적인 한의 정서를 대표할 수 있는 꽃이다. 인용시 ①의 감
나무가 개인적 설움의 표상이라면 인용시 ②의 진달래꽃은 민족적 한
의 표상일 것이다. 폐허를 메우고 꽃을 피우고 싶은 욕망은 '감나무'
와 '진달래꽃'의 꽃핌에 암시되어 있다.

전통성 자체가 과거에서 비롯되는 것이기에 우리의 역사적 비극성
이 남성적인 활기찬 면모보다는 여성적인 토로가 지배적이라고 보는
것은 일반적인 견해이다. 하지만 여성적인 것은 나약한 것이며, 과거
로부터 비롯된 소위 전통적인 것, 즉 전통적인 소재나 어조의 사용은
고루하면서도 타파되어야 할 것으로 인식한다. 이러한 생각은 전통적
소재나 어조의 활용을 과거회귀의 고답적인 현상으로 단순하게 취급
한 결과이다. 이들의 시가 이러한 특성들을 어떤 방식으로 표출하며,
어느 정도의 미적 성과를 획득하고 있는가를 문제 삼는 것이 더욱 중
요하다. 그러므로 박재삼의 종결어미를 상고적 회귀로 규정하면서 전
통적 호흡이나 시어의 사용이 나약하고 여리며, 김수영식의 풀의 근성
이 전통시에는 결여되어 있다고 보는 생각92)은 전통주의를 안일하고
도 획일적인 것으로 고착화하는 것이다. 전통은 과거의 것을 단순히
복원하자는 의미가 아니라 시인에게 시정신의 내적인 숨결을 불어넣
어주는 창조의 근원적 에너지93)인 것이다. 토착어의 섬세한 질감과
여성취향적인 어조의 채택을 고루한 과거의 재현으로 규정하는 것은
고전의 현대화를 쉽게 인정하지 않으려는 견해만큼 보수적인 것이다.

---

92) 이광호, 앞의 논문 참조.
93) 신현락, 앞의 책, p.13 참조.

박재삼의 시는 여성적 퍼소나를 통해 독특한 시어를 창출하고 '여성'을 긍정적 차원으로 끌어올려 '한'으로 대변되는 전통 정서를 포착한다. 민족적, 공동체적 사유방식에 기댄 그의 시편들이 이러한 보편 정서를 끌어들여 공감대를 형성한다는 점은 전통주의적 서정의 세계를 유감없이 보여주는 것이다.[94] 현대시의 설화 수용 양상 및 수용 방법은 진지하게 재검토되고 구명됨으로서, 배제되어온 우리 문학 전통의 중요한 요소들이 밝혀질 수 있어야 할 것이다.

요컨대 박재삼 초기시의 의미는 전통 정서에서 시의 모티프를 찾아 재구성하였다는 점이다. 즉 여인의 운명론적인 기다림을 통해 민족적인 슬픔의 정서를 형상화하였다는 점, 동시대의 결핍된 정서와 상실된 원형에 대한 복원을 그려내고자 한 점 등이 평가될 수 있다. 또한 그의 시가 김소월, 서정주의 전통 정서에 접근했다는 점과 시언어의 소리결을 되살려 시의 율동감을 회복했다는 점, 시의 서정적인 형식미를 손상시키지 않으면서 서사성을 시의 내부에 도입한 점 등은 1950년대 전통주의의 의미를 부각시키는 성과일 것이다.

이러한 박재삼 시의 전통주의적인 특징은 선대로부터 물려받은 전통적인 언어의식에 기댄 바가 크다. 섬세하고 결 고운 여성적 어조와 화자를 택하여 형성된 독특한 시어와 여성성의 획득은 전통적인 언어의식을 창조적으로 계승하여 자기화한 박재삼 시의 독창적인 시적 성과로 여겨진다.

---

94) 송기한은 설화 도입에 따른 시간의 거스름을 시간성의 해방의지로 읽고 있는데, 박재삼의 시가 설화를 전후적 현실과 시간의 압박에 대한 해방적 관점에서 바라본 것이라면서 이러한 설화적 변용을 통해 전후의 현실을 해석하고 극복하려 했다는 것이다.(송기한, 앞의 책, p.142 참조.) 그러나 1950년대의 고전적 정신세계에 대한 인식은 사회나 현실의 소용돌이에 앞장서거나 적극적으로 수용하는 문제와는 상관없이 오로지 자신의 인생과 그에 관련된 생의 구경적 문제들을 집중적으로 천착하고 있다는 의견이 보다 오래 지속되어온 견해였다.(이어령, 「전후시에 대한 노트2장」, 박인환 외 저, 앞의 시집, p.324 참조.)

3. 전통적 율격의 계승과 민속의 재발견 : 이동주의 시세계

심호(心湖) 이동주(1920~1979)는 1950년 ≪문예≫지에 「혼야(婚夜)」,
「새댁」이 추천되어 문단에 데뷔한다. 그는 작고한 해인 1979년에 이
르기까지 총 네 권의 시집을 상재(上梓)한 바 있으나 시의 편편을 모
으면 150여 편에 불과하다.95) 30년간의 시력(詩歷)에 비한다면 과작(寡
作)임에 분명하다. 이러한 사정 때문인지 이동주의 시는 평자들의 관
심을 끌지 못했다. 그의 시를 개별적으로 다룬 연구 논문이 생전(生前)
에 발표된 적이 없으며, 1979년 4월에 이르러서야 ≪현대문학≫과
≪월간문학≫의 추모특집란에 집중 조명되었을 뿐이다.96) 이 또한 집
필진의 대부분이 친분관계가 있는 경우로, 회고담이나 심정적인 찬사
의 글들이어서 이동주 시에 대한 올바른 평가나 총체적인 전망은 기
대하기 힘들다. 이후 이동주 시세계의 접근을 가능하게 해주는 몇 편
의 비평들도 대부분 논거가 미약하다. 몇몇 주요 논의들을 정리해 보
면 다음과 같다.

최승범97)은 이동주의 시를 몇 가지 특성들로 나누어 고찰하고 있
다. 그것은 청자항아리 빛깔이 주는 여운, 선의 이미지, 한의 미학, 전
통적인 가락으로 대별된다. 그의 시세계를 포괄적이고도 간략하게 정

---

95) 『혼야』, 호남공론사, 1951 ; 『강강술레』, 호남출판사, 1955 ; 『산조』(시선집), 우일
    문화사, 1969 ; 『산조여록』, 서래헌, 1980 ; 『이동주 시집』, 범우문고, 1987 등 참
    조. 이들 시(선)집에 수록된 시는 총 100여 편이나 시집에 수록되지 않은 작품이
    44편 발굴되었다. 이는 양금섭의 「심호 이동주 연구」, 고려대 석사학위논문,
    1986에 부록으로 수록되어 있다.

96) 성춘복, 「시의 모국과 참회의 길」, ≪월간문학≫, 1979. 4.
    최승범, 「청자 항아리 같은 시」, ≪월간문학≫, 1979. 4.
    윤재근, 「이동주론」, ≪현대문학≫, 1979. 6.
    이원섭, 「정의 웅어리를 안고 살았다」, ≪현대문학≫, 1979. 6.

97) 최승범, 위의 글 참조.

리하고 있으며 구체적인 분석은 결여되어 있다. 성춘복[98]은 우리 현
대시가 언어 구사 면에서 전통적인 맥락을 상실하고 있음을 전제하면
서 이동주 시의 언어의식을 평가한다. 즉 "모국어의 참뜻을 찾아 나섬
으로써 실향성에서 생명의 뿌리를 찾고 시인으로 살아남은 대표적 시
인"으로 규정하고 있다. 그는 이동주 시세계의 특징으로 향토성과 회
오(悔悟)의 정신을 들면서 그의 시 창작 방법이 평이한 언어선택과 이
를 토대로 한 전통성에 기반한 것임을 주장한다. 윤재근[99]은 이동주
를 "우리 시사의 본류인 외고 읊어지는 영언(永言)의 시를 쓴, 옛것이
라고 밀쳐 두었던 것들일지라도 귀하게 살려내는 술이부작(術而不作)의
시인"으로 규정한다. 그는 이동주의 시가 민족의식의 하나인 정(情)에
정서적 기반을 두고 있음을 강조하면서 인위적인 작(作)이 아닌 자연
스런 술(術)에 의해 표현되고 있다고 평가한다. 채규판[100]은 이동주 시
의 특질을 세 가지로 집약하여 설명하고 있는데, 우선 언어에 대한
애정을 주목하면서 그의 시는 최소의 언어를 사용하여 말의 시간성과
서정적 서술의 대칭을 적절히 이루고 있음을 지적한다. 또한 이동주
시에서 구현된 음악성의 의미를 평가하고 있으며, 그의 시에서 사용되
는 '흙'의 이미지는 고향의식과 한의 정서를 형상화하는데 기여하고
있다고 말한다. 이 글은 이동주의 시가 섬세하고 감각적인 표현과 아
울러 굵고 관념적인 표현을 사용하고 있으며, 감각과 감성의 서정적
평이함에 주력하는 점 등을 평가한 것이다. 그리하여 언어의 적확한
표현과 생략의 압축미, 음악적 운율의 사용, 토속성을 지향하여 보편
적인 한의 정서를 형상화하는데 이바지하였다고 지적한다. 채규판의
이와 같은 논의는 이동주 시의 특질을 규정하는 본격적인 연구의 시

---

98) 성춘복, 위의 글 참조.
99) 윤재근, 위의 글 참조.
100) 채규판, 「이동주의 시」, 《시문학》, 1982. 5 참조.

작으로 의미가 있다.

그러나 이 같은 간헐적인 연구성과는 1990년대에 이르러서야 보다 심도 있는 연구로 진행된다. 이동주에 대한 시적 관심은 1950년대 전통시에 관한 논의가 재개되면서 이루어지는데, 이 시기에 이르러 그의 시는 비로소 총체적인 재검토의 대상이 된다. 류근조,[101] 허형만,[102] 임명섭,[103] 정봉래[104] 등의 논문은 이 시기에 발표된 성과물이다. 이 가운데 양금섭의 「심호 이동주 연구」[105]는 이전까지의 연구과정을 체계화하고, 난삽한 기초자료를 정리하는 등 본격적인 연구를 위한 초석을 마련하고 있어 주목된다. 그는 이동주 시인의 생애 등 전기적 사실을 정리하고, 이동주 시집의 미수록 작품 44편을 발굴하여 정리하는 등 연구의 1차 작업을 완료하고 있다.

그 후 이를 기반으로 두 편의 학술 논문이 추가 발표되는데, 백승현의 「심호 이동주의 시세계 연구」[106]와 김병호의 「이동주 시 연구」[107]가 그것이다. 백승현의 글은 시의식의 변모 양상을 중심으로 다루되 고향 상실, 한과 체념의 정서, 죽음에 대한 관조성 등으로 나누고, 이러한 시의식의 변모 과정을 전기적 사실에 기반하여 분석한다. 형식미에 대해서는 어휘의 함축성과 음악성을 지적하지만 일반적 논의를 크게 벗어나지는 못한다. 특히 논의의 과정이 지나치게 긍정적인 평가로 일관하고 있으며 감정적, 주관적 진술이 엿보인다. 김병호의 글은 보다 심도 있는 천착을 보여준다. 그는 이동주 시의 형식미와 내용미

---

101) 류근조, 「이동주론-절제와 회오와 균형의 미」, 《현대문학》, 1992. 11 참조.
102) 허형만, 「이동주의 시에 나타난 남도성」, 《현대시학》, 1995. 12 참조.
103) 임명섭, 「허무주의의 극복-이동주의 초기시」, 송하춘·이남호 공편, 앞의 책 참조.
104) 정봉래, 「정한의 시인-이동주론」, 《문학과의식》, 1996. 10 참조.
105) 양금섭, 앞의 논문 참조.
106) 백승현, 「심호 이동주의 시세계 연구」, 호남대 석사학위논문, 1996 참조.
107) 김병호, 「이동주 시 연구」, 중앙대 석사학위논문, 1999 참조.

그리고 방법론적 특성을 일목요연하게 다루고 있다. 형식미에 있어서는 율격의 전통을, 내용미에 있어서는 한(恨)의 정조를, 방법론적 특성으로는 민요의 차용을 제기하는 등 이동주 시의 특질을 체계적으로 유형화하고 있다.

앞서 밝힌 연구 성과를 바탕으로 이동주 시의 근저를 이루는 몇 가지 특징을 짚어 볼 수 있을 것이다. 우선, 시 기법상의 변화를 요구한 1950년대 시단에서 시어와 시정신이 반서구적이며 전통주의적이었다는 점을 들 수 있다. 둘째 이동주는 기교나 수사적인 면보다는 음악성, 즉 시의 리듬을 중시하고 있다. 셋째, 한을 기조로 하여 민족적 아이덴티티의 회복을 시문학에 정립하려는 의지를 보여준다. 이러한 특성은 그의 시가 지향하는 '한'의 정서와 율격미를 설명하는데 보다 유용할 것이다.

본 논의는 그의 시가 판소리, 민요의 율격을 따르고자 한 점과 이러한 율격의 차용이 곧 '한'과 한풀이 과정으로서의 흥과 시적 융합을 이루어, 보다 경쾌하고 활기찬 시세계를 보여주고 있다는 점에 주목하고자 한다. 이러한 사실은 민속의 재발견을 통해 전통적인 삶의 의례가 시의 내부에 끼친 영향 때문으로 여겨진다.

1) 판소리와 민요의 시적 영향

현대시의 경우, 언어의 음악성은 근대이전과 비교해볼 때 다소 소홀하게 취급되어 온 것이 사실이다. 김경린, 박인환, 김수영, 조향, 김구용 등의 모더니즘 시는 말할 것도 없고, 1950년대 전통시 역시 율격의 변화를 겪고 있었다. 앞서 논의된 김관식과 박재삼만 하더라도 행, 연의 구분 없이 쓰여진 시가 쉽게 눈에 띈다. 이러한 변화 속에 이동주 시는 드물게도 언어의 간결성과 긴축성을 지향하였던 것이다. 그는 시의 언어가 지녀야 할 리듬감을 인식하고 있었는데, 운율의 필요성을 다음과 같이 말하고 있다.

> 나는 수다스럽고 장황한 것을 병적으로 혐오한다. 극단적으로 말하면 짧을수록 시적이고 긴 것은 산문에 가깝다. 시인은 첫째 제한과 구속을 무한한 자유로 받아들일 능력의 배양과 수련이 그 첫걸음이다. 이것은 작법상 형식의 제한이지 인체와 정신의 구속이 아니다. 시는 무한한 것을 가장 작은 그릇에 담는 일이기 때문이다.[108]

위 인용문에서도 드러나듯이 이동주는 시적인 것과 비시적인 것의 구분을 시 형태의 길이에 두고 있다. 시의 길이가 길면 장황해지기 쉽고 산문에 가까우며, 시의 길이가 짧으면 형식의 제한을 받으므로 시인의 능력의 배양과 수련을 거치게 된다는 것이다. 이 같은 이동주의 운율론적 인식은 한국시가의 율격에 관한 연구 과정을 소급해보면 보다 분명하게 설명된다.

주지하다시피 율격 논의는 율격의 본질을 규명해서 이를 체계화하는데 집중되어 있다. 먼저 글자 수의 규칙적 반복을 율격의 기저로 잡은 자수율이 연구된 바 있다.[109] 이 연구는 시조를 대상으로 하여 통계적인 방법을 사용하였으나 자수율의 통계적 수치에 대한 허구성이 비판을 받기 시작하면서 '음보'가 제기된다.[110] 음보의 기저자질이 무엇이냐에 따라 강약율,[111] 고저율,[112] 장단율[113] 등의 복합 음보율

---

108) 이동주, 『그 두려운 영원에서』(수상집), 태창문화사, 1982 참조.
109) 이병기, 「율격과 시조」, ≪동아일보≫, 1928. 11. 28~1928. 12. 1.
　　　이광수, 「시조와 자연율」, ≪동아일보≫, 1929. 11. 1~1929. 11. 7.
　　　조윤제, 「시조자수고」, ≪신흥≫ 4호, 1930.
110) 정병욱, 「고시가 운율론 서설」, 최현배선생 환갑기념논문집간행회 편, 『최현배선생 환갑기념 논문집』, 사상계사, 1954.

이 나타나게 된 것이다. 즉 음보라는 단위와 음보에 첨가되는 고저, 강약, 장단 중 한 가지 자질의 복합을 율격 형성 기저로 본다는 점에서 이들을 묶어 복합 음보율이라 한다.114) 그런데, 글자 수의 규칙성 대신 음운론적 고저, 장단, 강약 중 하나를 기저자질로 하는 음보의 원리를 적용한 복합음보율 중 가장 먼저 대두된 것이 강약을 기저로 하는 강약율론이다. 강약율론은 강음절과 약음절의 역학적 대립에 의해 한국시가의 율격이 형성된다는 것으로, 이를 입증하기 위해서 음악과 율격의 상관관계에 주목한 것이다. 즉 한국시가의 율격 원리는 음악과의 관련에서 형성되고 국어의 강세, 억양과 결부되어 나타난다는 주장인 것이다.115) 그러나 율격의 기저자질인 강음절과 약음절은 변별적인 자질이 아니고 비변별적인 자질이라는 점과 시인이든 독자든 우리말의 일상적 구사나 시적 구사에 있어서 강약의 대립적 교체를 거의 의식하지 못하고 있다는 점 때문에 강약율은 많은 비판을 받게 된다.

고저율은 음보를 형성하는 기저자질이 음의 고저라는 견해로 김석연과 황희영에 의해 제기된 것이다. 이들은 음성분석기를 동원한 실험을 통해서 한국시가의 율격이 고조와 저조의 대립에 의해 형성된다고 주장한다. 장단율은 율격을 형성하는 자질을 한국어의 언어학적 자질 안에서 찾아야 할 것이라고 전제하면서, 한국 현대시의 율격은 장음절과 단음절의 대립적 교체에 의해 형성되고 있다는 것이다.116) '모라

---

111) 정병욱, 위의 글 참조.
112) 김석연, 「시조 운율의 과학적 연구」, 《아세아연구》 XI-4, 고려대 아세아문제연구소, 1968 및 황희영, 『운율연구』, 형설출판사, 1969.
113) 정광, 「한국시가운율연구시론」, 《응용언어학》 7권 2호, 서울대 어학연구소, 1975.
114) 김흥규, 「한국시가율격의 이론」, 《민족문화연구》 13호, 고려대 민족문화연구소, 1978, p.103.
115) 정병욱, 위의 글, p.23 참조.
116) 정광, 앞의 글, 참조.

(mora)'라는 측정된 음량의 제시로 모음의 장단을 변별적 자질로 등장 시킨다. 그러나 모라(mora)라는 측정된 음량의 객관성과 장단이라는 변별적 자질을 가진 국어의 어휘수가 한정되어 있다는 점에서 문제점을 지니게 된다.

율격 자질로서의 강약, 고저, 장단 등의 실체성이 비판을 받기 시작하면서 그 대안으로 시간적 등장성을 음보의 기저자질로 하는 단순 음보율이 제기된다.[117] 한정된 범위 내의 음절들이 모여 이루는 음보의 규칙적 반복이 율격을 형성한다는 단순 음보율은 대체로 수용되고 있는 입장이다. 단순 음보율은 음보를 기본 단위로 하여 성립되는 율격유형이다. 음보는 주어진 음절 연속체가 등장성에 의해 분할되는 율격 유형이므로 음절수가 다르더라도 발음하는 시간적 길이가 동일하다고 보는 것이다. 음절수가 동일한 마디는 동일한 음량으로 성립되지만 음절수가 다른 경우라도 자수와 장음을 이용하여 음량(mora)을 조절함으로써 음보의 등장성을 맞출 수 있고, 이 음량의 개념은 음절수의 음수율을 보완하는 것으로 이해할 수 있다. 이렇게 볼 때 우리 시가의 율격 유형은 음량의 반복이 통사적 단위를 바탕으로 한 율격적 휴지에 의해서 호흡 단위로 분절된다고 하겠으며, 이는 곧 음량의 등장성을 기저로 하는 음량률이라고 할 수 있다.[118]

율격의 중요성은 전통시가의 경우 더욱 강조된다. 그중 판소리는 가창되는 연희(演戱)적 특성이 있기 때문에 일반 시가의 율격 체계와 함께 다양한 율격의 형태가 드러난다. 한국시가의 율격 유형은 통사적

---

117) 조동일, 「한국시가율격과 정형시」, ≪계명대학보≫, 1975. 9. 16.
    김대행, 『한국시가구조연구』, 삼영사, 1976.
    예창해, 「한국시가운율구조연구」, ≪성대문학≫ 19집, 성균관대, 1976.
118) 음수율의 현상이 완전히 없는 것도 아니고, 그렇다고 확고하게 드러나지도 않기에 이를 주목해서 나타난 현상이 음량률이었다. 문수영, 「판소리율격과 장단의 상관성」, 안동대 석사학위논문, 1999, pp.6~10 참조.

단위를 바탕으로 한 음량의 반복이 율격적 휴지에 의해서 분절되는 음량의 등장성을 기저로 한 음량률이라고 할 때, 판소리의 율격 역시 일반 시가의 율격적인 특성을 그대로 가지고 있다. 판소리 율격에서 등장성의 기준이 되는 음보는 4음보의 음량에 해당하는 음보, 즉 4음절량 음보이다. 이는 4음절이 절대적으로 우세하고, 4음절 음보가 중심축이 될 때 판소리 율격 전체의 등량화가 용이하게 이루어지기 때문이다. 그러므로 4음절 음보와 등량화가 용이한 음보들로 구성될수록 율동감이 강화된다.[119]

민요의 형식은 줄 수가 제한되어 있는 짧은 노래, 여음이 삽입되어 있는 긴 노래, 여음이 삽입되지 않은 긴 노래로 나뉘어진다.[120] 한행을 이루는 음보수는 1, 2, 3, 4, 5, 6음보인데 이 가운데 흔히 발견되는 것이 3음보와 4음보이다. 균등한 길이로 다시 나눌 수 없는 3음보격은 변화를 기조로 한 무용의 율격으로 취급되고, 균등한 길이로 다시 나눌 수 있는 4음보격은 안정을 기조로 한 보행의 율격이라고 할 수 있다.[121]

판소리와 민요는 2, 3, 4음보의 율격이 혼용된다. 3음보와 4음보의 일반적인 규칙과 특이한 규칙, 기본형과 변화형이 한 작품 속에 두루 등장하는, 그래서 각각 적절한 효과를 위해 사용되어 그 결과 작품 전체가 복합적인 구조를 띠기도 한다.[122] 예컨대 민요 가운데 각설이 타령은 2음보 형식이며, 아리랑 타령은 3음보, 이앙요(移秧謠)는 4음보 등 다양한 율격이 사용된다.[123] 2음보는 민요의 가장 초기적, 원초적

---

119) 문영수, 앞의 논문, pp.10~11 참조.
120) 조동일, 「민요의 형식을 통해 본 시가사」, 『한국민요의 전통과 율격』, 지식산업사, 1998.
121) 조동일, 「현대시에 나타난 전통적 율격의 계승」, 위의 책 참조.
122) 조동일, 위의 책, p.293 참조.
123) 민요는 다양한 음보를 혼용하고 있다. 또한 음보 사이에 음절수의 규칙성을 지

율격으로 간주된다. 강강술래는 대표적인 2음보의 민요이다. 3음보는
선율적 표현이 강한 서정민요에 많으며 지배적으로 불리는 민요 역시
3음보이다. 4음보는 체계적이고 질서 있는 음영적인 율격이다. 2음보
격의 확대형으로 볼 수 있다.

민요의 율격이 현대시에 적용된 경우를 민요시라 하여 구분하여 왔
으며, 그중 김소월의 민요시가 선구적인 위치에 선다.[124] 예컨대, 김소
월의 「진달래꽃」은 시의 배경과 주제에서 서도잡가인 「영변가」와 비
교되는데, 님과의 이별에 대한 정한을 주제로 삼으면서, 이별이 이루
어지는 시적 배경이 (진달래꽃이 만발한) 영변의 약산동대로 되어 있다.
「진달래꽃」이 「영변가」에서 영향받은 것이라는 주장은 이미 일반화된
것이다.[125]

키기보다 음절수의 가변성을 보이는 경우가 더 많다. 가변적인 음보의 용례를
제시하면 다음과 같다.
　　<2음보>
　　얼씨구나 / 잘한다 //
　　품바하고 / 잘한다 //
　　작년에왔던 / 각설이 //
　　죽지도않고 / 또왔네 //
　　　　　　　　　-「각설이 타령」 일절
　　<3음보>
　　산골작 / 큰애기 / 베짜는소리 //
　　양복쟁이 / 하이카라 / 발맞춰간다 //
　　　　　　　　　-「아리랑타령」 일절
　　<4음보>
　　유자야탱주는 / 의가좋아 / 한꼭지에 / 둘이여네 //
　　처자총각은 / 의가좋아 / 한벼게에 / 잠이드네 //
　　　　　　　　　-「移秧謠」의 일절
124) 소월시의 율격에 관한 연구는 김억, 박종화의 글에서 '민요조' 또는 "전통적 율
격"으로 지적된 이후 김춘수 등에 의해 본격적으로 연구되었다. 그 후 조동일,
성기옥에 의해 김소월 시를 대상으로 한 율격론이 지속적으로 진행되었다. 특
히 조창환은 '율마디'를 제한하여, 소월시의 율격장치는 비균등 3율마디가 지배
적임을 주장하였다. 조창환, 「소월시의 율격구조」, 『한국현대시의 운율론적 연
구』, 일지사, 1986 참조.

그러므로 이동주 시의 전통주의적 의의와 가치는 율격 논의와도 긴밀히 관련된다. 이동주의 시를 면밀히 살펴보면 판소리, 민요 율격의 영향이 현저하게 드러나고 있기 때문이다. 이동주의 시는 판소리 율격을 사용하여 운율미를 배가시킨다든지 민요의 주된 기법인 반복과 병치를 사용하여 시적 구성을 이루고 있다. 가락에 대한 그의 집착은 시집 『산조』의 모두(冒頭)에서도 잘 드러나고 있는데, 그는 '스스로 욀 수 있는' 시를 진정한 시로 여기고 있다. 그는 "가락이 흘러 넘쳐 읊조리듯 되새김질되는" 시가 바람직하다고 밝히고 있다. 그러므로 그의 시는 자연히 리듬감이 뒤따른다. 특히 그는 남도지방의 전통적 가락에 대한 관심이 지대하였던 것으로 보인다.

마른 잎 / 쓸어모아 / 구들을 / 달구고 /
가얏고 / 솔바람에 / 제대로 / 울리자, //

풍류야 / 붉은 다락 /
좀먹기 / 전일랬다 //
진양조, / 이글이글 / 달이 / 솟아 /
중머리 / 중중머리 / 춤을 / 추는데, /
휘몰이로 / 배꽃같은 / 눈이 / 내리네. //

                              -「散調 1」 부분

위 시는 안정감이 있는 4음보의 율격미가 잘 살아 있다. 산조(散調)는 민속 악곡의 하나로, 가야금, 거문고 따위로 독주하는 남도 지방의 악곡을 일컫는다. 그 특징은 처음엔 진양으로 느리게 시작하다가 차츰 중몰이, 잦은 몰이, 휘몰이로 바뀌는 율동의 변화감을 준다.[126] 우리가

---

125) 박경수, 『한국근대민요시연구』, 한국문화사, 1998, p.98 참조.
126) 신상철, 「한국적인 서정과 思鄕, 그리고 현실인식」, 『현대시의 연구와 비평』, 경남대 출판부, 1996 참조.

락이 지닌 높낮이의 길고 짧음이 한데 어우러져 "굴리고 돌리며 휘어
꺾은 아리랑처럼 구부러진 흐름을 통해 민족의 마음이 아주 걸맞게
나타나"[127)는 악곡이 바로 산조인 것이다.

위 시에서 "진양조, 이글이글 달이 솟아 / 중머리 중중몰이 춤을 추
는데, / 휘몰이로 배꽃같은 눈이 내리네 //"라는 표현은 산조 가락의 변
이를 그대로 시의 내부에 끌어와서 이를 제시하고 그 자체의 풍류를
잘 살린 것이다. 첫 연에는 산조를 연주하기 전에 마른 잎을 쓸어 모
아 구들을 달구고 가얏고가 제대로 울리나 점검하는 과정을 거치는
시적 화자의 겸허한 의식이 드러난다. 2연에 이르면, 달이 솟는 고즈
넉한 시각에 진양조로 천천히 악을 타면 그 가락이 춤을 추듯 마음을
휘돌아 가고, 바깥에는 배꽃 같은 눈이 정취를 더해준다. 산조 가락의
심취가 회화적인 한 폭의 동양화를 연상시킨다. 청각적인 리듬의 변주
를 통해 시각화의 효과가 부가된 것이다. 남도지방의 악곡인 산조의
연주는 남도의 정서와 연관이 깊은데, 남도지방은 판소리의 발생지로
서 민요 또한 즐겨하던 곳이다.

　① 고향, 고향, / 고향이랬자 /
　　거덜난 / 쑥대밭. //

　　(…중략…)

　　꽃처럼 / 무더기로 / 저버린 / 우리 청춘이 /
　　다박솔 / 음지에서 / 피를 / 쏟으면 //
　　(뻐꾹, 뻐꾹, 뻐뻐꾹)

　　만취한 / 진달래사 /

---

127) 최일수, 「이동주의 곰삭은 시학」, ≪시문학≫, 1989. 2 참조

귀막고 / 잔다. //

-「散調 2」부분

② 나 사는 / 마을은 /
구름 강강, / 산 술래 //

한겨울 / 내내 /
길이 / 막힌다. //

얽혀진 / 칡넝쿨에 /
눈이 / 쌓인다. //

-「散調 3」부분

산조 가락에 대한 시인의 관심은 「산조」 연작을 구성할 만큼 높았던 것으로 보인다. 인용시들은 4음보와 2음보가 병행되어 있다. 4음보가 2음보의 확대된 형태라는 점을 감안할 때 위 시는 행의 구분이 2음보 혹은 4음보로 이루어져 있다. 판소리 율격과 밀접하다. 그런데, 판소리는 "한의 예술"로 종종 규정되기도 한다.[128] 판소리 음악의 궁극적인 지향점은 한을 표현하는데 있다. 판소리를 두고 "그늘의 미학"이라 일컫기도 하며, 가창자의 소리에 "그늘"이 있어야 한다는 불문율도 제시되곤 한다.

인용시 ①의 "고향, 고향, 고향이랬자 / 거덜난 쑥대밭 //"이나 인용시 ②의 "나 사는 마을은 / 구름 강강, 산 술래 / 한겨울 내내 / 길이 막힌다"는 구절은 리듬감과 함께 고향에 대한 비극적인 인식이 잘 드러나 있다. 떠나온 고향을 반추해 봤댔자 그곳은 거덜난 쑥대밭이거나, 겨울내내 길이 막히기 일쑤인 반문명의 장소일 뿐이다. 그러나 그에게

---

128) 정병욱, 『한국의 판소리』, 집문당, 1981, p.120 참조.

는 여전히 "차디찬 수족이 더워"(「고향」)오는 곳이 고향이다. 또한, "뻐
꾹, 뻐꾹, 뻐뻐꾹"에서 사용된 반복의 기법을 이용한 청각적 이미지의
효과는 피를 쏟는 진달래의 시각적 이미지와 어우러져 구슬픈 청춘의
상실을 보다 선명하게 드러낸다. 뻐꾸기 울음은 우리의 청춘이 꽃처럼
스러지는 모습과 대칭을 이룬다. 인용시 ①은 자연과 인간의 대비를
구구절절한 가락을 이용하여 율동감 있게 표현한 것이다.

　그런데, "거덜난 쑥대밭"이나 "무더기로 저버린 우리 청춘"의 시구
에서 당대가 감당해야할 전후의 폐해와 잔재가 드러난 것으로 볼 수
있다. 이때, 뻐꾸기의 울음소리는 전후의 상황을 더한층 비감적으로
인식하게 하는 상관물로 제시된다. 뻐꾸기 울음소리의 의성어 사용은
3음보의 변칙음으로 괄호 처리되어 있는데, 4음보가 주류인 시상에 3
음보의 변칙을 삽입함으로써 불안함과 비애감을 고조시키는 역할을
하고 있다. 변칙적인 음보의 삽입은 시의 의미를 변주시키는 요소로서
기능하는 것이다. 이 같은 남도가락의 심취는 그의 다른 시에서도 쉽
게 발견된다.

　　① 닭아, /
　　　 유황빛 / 눈으로 / 알을 낳는 / 닭아, /
　　　 너도 / 아픈 몸짓으로 / 육자배기를 / 뽑는지 /
　　　 턱을 / 떠는구나 //

　　　 가이내야 / 가이내야 /
　　　 엊그제 / 겨울을 넘긴 / 야들야들 / 통배추야 /
　　　 술상을 / 들기에도 / 숨이 가쁜 / 가이내야 /
　　　 가는 목에 / 힘을 주면 / 자지러진다. //

　　　　　　　　　　　　　　　　　　　 －「남도 가락」 부분

　　② 밭을 / 구르는 /

황토길 //

떴다 / 감긴 /
눈썹 달아 //

가락은 /
구비 격인 / 강물 //

손뼉을 / 치면 /
하늘과 땅이 / 맷돌을 / 가는데 //

머리 풀고 /
재 넘어 / 가네 //

피를 / 토한 /
허허벌판에 //

앞을 / 막는 /
눈보라 //

ー「南道唱」 전문

　　남도 잡가인 육자배기는 비교적 경쾌한 가락에 향락(享樂)적인 내용
의 사설로 이루어져 있다.129) 인용시 ①의 '가이내'는 시의 문맥으로
볼 때 육자배기를 뽑고 있는 여인(기생)이다. 술상을 들기에도 가녀린
여인이 애절하게 창을 뽑고 있는 것이다. 인용시 ①은 '육자배기를 뽑
는' 여인네의 모습을 연상시키는데, 통배추처럼 '야들야들'하게 생겨
먹은 어린 소녀는 닭이 알을 낳듯이 인고의 소리를 목청껏 내지르고
있다. 한이 사무친 여인네의 모습과 다르지 않은 유황빛 눈을 가진

---

129) 정병욱, 앞의 책, p.93 참조.

닭의 '아픈 몸짓'처럼 남도 창에 실린 남도가락은 애절한 삶을 담고 있다. 이 같은 맥락에서 인용시 ②는 인용시 ①과 상통한다. 즉 후자는 전자의 여인네가 목청껏 부르는 '창'의 가사(내용)를 연장선상에서 이해하기에 충분한 것이다. 시간의 경과에 따라 남도창의 "가락은 구비꺾인 강물"처럼 절정에 달하고 "머리 풀고/ 재 넘어"간다. "피를 토한/ 허허벌판에 // 앞을 막는/ 눈보라"의 표현처럼 남도창의 내용은 비극적인 인생살이를 다루고 있는 것이다.

인용된 두 편의 시는 3, 4음보의 도식적인 외형률과 호격, 명사형 종결어미 등 관습적인 언어구사가 사용되어 있다. 예컨대, 인용시 ②의 "밭을/ 구르는/ 황토길 // 떴다/ 감긴/ 눈썹달아 //"의 3음보는 판소리 가락의 일반적인 형식으로 전통적 율격의 전형을 보여주는 경우이다. 이러한 율격의 사용은 조지훈, 박목월의 시에서도 곧잘 보이는 기법으로, 시인 자신도 조지훈에게 경도되었던 적이 있음을 밝히고 있다.130) 특히 인용시 ②에서 사용하고 있는 2행 1연의 형식미는 조지훈이 즐겨 사용하던 방식이었다. 간결하게 명사로 끝맺음하는 것이나 3음보 율격의 사용은 조지훈의 시 형태와 유사하다.

이처럼 이동주 시의 율격은 판소리, 민요 율격의 영향으로 규정된다. 판소리, 민요의 차용은 이동주의 시가 장르와 장르간의 소통 방식이 율격을 통해 드러나고 있음을 보여준다. 그는 판소리와 민요의 율격을 현대시에 차용하고 있으며, 이러한 장르의 혼합 역시 시적 영향

---

130) 이동주, 앞의 수상집, p.93 참조. "내가 혜화 전문에 들어갔을 때 아무 것도 눈에 보이질 않고 오색 무지개 속에 잠긴 사나이가 나를 황홀케 했는데 그가 바로 지훈이었다. 본명은 동탁이고 그도 그럴 것이 그는 <문장>이란 순문예지에 천재시인으로 혜성과 같이 빛을 뿜어내고 있었다. 그의 나이 스물 하나던가 둘이었으니까, 하는 짓도 의젓했고 멋이 있었다. 나는 이 조선배로 인해서 하필이면 취직길도 막히는 그 학교를 택했고 안 할 고생 숱하게 했지만 여태껏 한 번도 뉘우친 적이 없다."

의 관계를 설명해주는 한 측면으로 해석할 수 있다. 이동주의 시는 행 배열과 축약된 시어, 기교에 이르기까지 전통적 율격을 고려하고 있음을 알 수 있다.

2) '한(恨)'과 '흥(興)'의 시적 융합

한이라 하면 숙명과 대결하는 인간의 가장 근본적인 심오한 심경이 깃들여 있기 때문에 공간적으로 거창하고 시간적으로 유원한 것이 되고 만다. 정말 자기의 힘으로는 어쩔 수 없을 만큼 벅찬 과제를 죽으나 사나 자기 홀로 헤치고 나아가야 한다는 슬픔이요 탄식이다. (…중략…) 우리문학이라 했음은 지나온 고전을 살피는 동시에 앞에 놓여 있는 현대와 미래에 이르는 문학까지를 아울러 하는 말인데 한에 대해서 깊이 사색하고 탐구하는 한풀이를 우리네 멋으로써 인류의 공명을 얻고 통사정이 될 만큼 멋지게 해 봄직하다. 한을 푼다는 것은 곧 인생을 해명한다는 것과 같다.[131]

이동주의 시를 고찰하는 자리에서 한 연구자는[132] 그의 시에 표출되는 '한'을 허무주의의 극복으로 보고 있다. 오세영은 한을 프로이트가 사용하고 있는 '비애'와 비교하여 다루고 있는데[133] 적어도 이동주의 경우는 한의 정서가 "슬픔의 정서"와 동격인 것은 아니다.

이동주는 위 글에서 "우리네 고전 문학의 바탕이 내용은 한이요, 형식은 여운에 있었다"고 지적한다. 그는 한풀이에 대해서는 "한을 푼다는 것은 곧 인생을 해명한다는 것과 같다"고 말한다. 그는 위 글을 통해 자신의 시세계를 함축하고 있는데, 한과 여운은 우리문학의 특질

---

131) 이동주, 「한과 여운과 우리문학」, 앞의 수상집, pp.232~233 참조.
132) 임명섭, 앞의 글 참조.
133) 오세영, 「한의 논리와 그 역설적 의미」, 《문학사상》, 1976. 12 참조.

이며 이를 지향하려고 노력하는 자세에서 그 스스로도 상당부분 한국적인 시인이기를 갈망하였음을 짐작할 수 있다. 그는 이처럼 분명한 전통시론을 갖고 시작(詩作)에 임한 것이다. 이동주에게 있어 '한'은 바로 시의 내적 구조이며 '한풀이'(흥)는 시인의 삶 자체를 포용하는 것으로 중요한 위치를 차지한다.

이동주 시에 나타나는 한의 정서를 구체적으로 세목화하면 몇 가지로 나눌 수 있다. 우선, 누이, 새댁(아내), 어머니 등 여성적 삶의 한을 들 수 있다.

천이두는 한의 감정 상태에 대한 설명과정에서 한은 서정적이기 때문에 여성적이라고 언급한다. 소월 시는 이러한 특성을 지닌 대표적인 시인으로 볼 수 있을 것이다. 이는 소월의 시가 여성적인 어조를 주조로 하여 설움의 깊이를 토로한데 연유한다. 그러나 이동주는 한의 정조를 다루되 시적 화자를 여성으로 삼지 않는다. 그는 남성의 시선(혹은 시인 자신)으로 여성의 삶을 통찰한다. 그의 시는 여성의 삶이 남성화자에 의해 관조적이며 비판적으로 묘사되는 특징이 있다.

① 琴瑟은 구구 비둘기……

열두 屛風
疊疊 山谷인데
七寶 황홀이 오롯한 나의 방석
오오 어느 나라 公主오니까
다소곳 내 앞에 받들었소이다

어른일사 圓衫을 입었는데
수실 단 부전 좀이 애릿해라

黃燭 갈고 갈아
첫닭이 우는데
깨알같은 情話가 스스로워
눈으로 당기면 고즈너기 끌려와 혀끝에 떨어지는 이름
사르르 온 몸에 휘감기는 비단이라
내사 스스로 義의 長劍을 찬 王子

어느새 늙어 버린 누님같은 아내여.
쇠갈퀴 손을 잡고 세월이 원통해 눈을 감으면

살포시 찾아오는
그대 아직 新婦고녀

琴瑟은 구구 비둘기

―「婚夜」 전문

② 새댁은 고스란히 말을 잃었다

친정에 가서는 자랑이 꽃처럼 피다가도
돌아오면 입 봉하고 나붓이 절만 하는 胡蝶

눈물은 깨물어 옷고름에 접고
웃음일랑 살며시 돌아서서 손 등에 흘리는 것
(…중략…)
머리가 무릇같이 단정하던 새댁
지금은 풀어진 은실을 이고 바늘 귀를 헛보시는 어머니

아들은 뜬 구름인데도
바라고 바람은 태산이라

조용한 임종처럼

　　　탓없이 기다리는 새댁

－「새댁」 부분

위 인용시들은 등단시라는 공통점 외에도 그 시적 발상이 비슷하
다. 수줍고 사랑스러운 새댁이었던 아내는 어느새 늙어 버린 누님의
모습 혹은 내 어머니의 모습을 띠고 있다. 인용시 ①은 우선 수미상
관의 기법을 사용하여 시 형태가 안정적이다. 시간의 흐름이 속도감
있게 진행되어 세월의 무상함이 잘 드러나 있다. 채규판[134]은 이동주
의 시 해설에서 「혼야」를 비롯한 그의 시적 행보가 지극히 한국적인
이야기를 다룸으로서 보편적인 세계성과 합류하고 있다고 말한다. 예
컨대 병풍, 칠보, 원삼, 향장, 황촉, 비단 등의 낱말은 한국적인 혼례
의 모습을 기억시키는 것들이다. 시간의 경과는 비둘기의 금슬처럼 오
롯한 신혼의 새댁이 어느새 층층시하 인고의 세월 속에 늙어버린 누
님의 모습으로 변하게 한다. "어느새 늙어버린 누님같은 아내여"라는
표현은 서정주의 "내 누님같은 꽃이여"(「국화 옆에서」)와 매우 유사한
표현이다.

인용시 ①의 새댁이 세월을 거처 화자보다 늙은 '누님'의 형상으로
표출되어 비애미를 자아내고 있는데 반해, 인용시 ②의 새댁은 어느새
숭고한 '어머니'의 모습으로 변모된다. 바늘귀를 헛보시고 아들의 입
신양명을 학수고대하시며 뒷바라지를 하지만, 조용히 운명할 때의 빈
마음처럼 원망을 모르시는 어머니의 모습은 시적 화자의 연민을 자아
내는 여성인 것이다. 이러한 성향은 장시(長詩) 「思母曲」[135]에서 보다
극명하게 드러나고 있다.

---

134) 채규판,「감각의 보편화 작업」(해설), 이동주,『이동주 시집』, 범우문고, 1987 참조.
135) 「사모곡」은 시가 아닌 산문으로 보는 평자도 있다.『강강술래』가 시와 산문을
　　함께 수록하고 있다는 점을 고려할 때 산문을 시집에 영입하였을 가능성도 있
　　기는 하다. 그러나 필자는 시로 보았다. 황인원, 앞의 논문 참조.

산문형식의 장시 「사모곡」은 어머니에 대한 연민의 정이 서술형식으로 나타난 시이다. 「사모곡」에는 여성적 삶의 고단함이 밀도 있게 그려지고 있는데, 이는 "층층탑 밑에 더디 피는 꽃"으로 묘사된 부분과도 관련된다. 이처럼 이동주에 있어 시집살이는 각별한 의미가 있는 것으로 보인다. 그의 초기시 「혼야」, 「새댁」 등이 결혼한 여성의 삶을 소재로 삼고 있다는 점이 그러하다. 이동주는 갓 결혼한 '새댁'으로부터, 인고의 세월을 거친 강인하면서도 내면의 향기를 지닌 어머니상을 제시하고 있다. 이에 반해 남성에 대한 시각은 매우 비판적인데, 「새댁」에서는 금슬 좋은 부부상을 보여준 남성의 모습이 「사모곡」에서는 늘 방을 비우는 바람같은 모습의 무심한 아버지로 형상화되어 있다.(「사모곡-3」) 이에 기댈 곳도 안길 곳도 없는 어머니는 "법에 가까운 시집살이란 오솔길"을 묵묵히 인내하며 지내시다가 '학'의 모습같이 백발이 되어 버린다.(「사모곡-4」) 그러나 여전히 새댁처럼 '향긋' 냄새가 나는 모습으로 되돌아오시는 어머니는, 나(화자)에게는 어머니의 한평생이 "손 씻고 펼쳐보는 화첩"처럼 경건한 것이다.(「사모곡-5」) 이처럼 새댁, 아내, 어머니로 표상된 여성적 삶의 모습은 이동주 시의 회한(悔恨)을 잘 드러나게 하는 요소로 작용한다.

둘째, 그의 시는 고향을 통한 민족적 한의 정서를 드러내고 있다. 이동주 시의 특질은 남도가락의 악과 창에서 구현되는 청각적, 촉각적 이미지를 잘 살려 '한'의 정서를 표현한다는 점인데, 특히 리듬감을 통해 한을 흥취로써 극복하고 있다.

앞서 살펴보았던 「산조」 연작은 남도가락이 잘 살아 있는 시였다. 그 가운데 「산조2」와 「산조3」에는 고향의 모습이 훼손되고 황폐화되어 나타나 있다. 그는 고향에 대한 한스러움을 토로하고, 남도창의 경쾌한 율격을 통해 흥취를 고취시킴으로써 이를 극복하고자 한다. 특히 「산조3」은 문명의 혜택을 전혀 누리지 못한 고향의 모습이 묘사되어

있다. 즉, 그의 고향은 '한겨울 내내 / 길이 막'히고, '얽혀진 칡넝쿨에 /
눈이 쌓'여 있는 오지로 묘사된다. 「산조2」를 통해 고향의 반문명적
모습은 더욱 적나라하게 묘사된 것이다. 그러나 '거덜난 쑥대밭'에 불
과한 고향에서 화자는 '예사로 정을 트'고자 한다. 고향(전통이라는 이
름으로 불릴 수 있는)은 이제 '거덜난 쑥대밭'에 불과해진 것이다. 그런
데, 대지적 이미지를 내포하는 향토, 전원, 고향 등 자연에 대한 향수
는 개인사적인 체험을 바탕으로 하는 것이며, 과거를 기억하는 것이기
도 하다.

　　첫째, 古風性의 지평이다. '고향'의 '故'는 '예' 내지 '오래됨'을 뜻하므
　로, 고향은 급변하는 시대에 따라 변모한 그런 새로움의 세계가 아니라
　'예스러운 모습'을 가리킨다. 둘째, 回想性의 지평이다. '고향'의 '故'는
　또 '떠나보낸' '떠나온'의 의미가 있으므로, 고향은 늘상 '추억' 및 '동심'
　과 결부되어 있다. 셋째, 隱匿性과 純粹性의 지평이다. 고향은 일반적으
　로 '시골'과 바꾸어 쓸 수도 있을 정도로 도회지처럼 노출되는 때묻은
　공간이 아니라 감춰지고 숨겨진 영역이다. 넷째, 風景性과 風物性의 지평
　이다. 고향은 어떤 곳이든지가네 대개 어린 시절 뛰어놀던 들녘과 강,
　산과 바다가 있으며, 또 고유의 풍물이 있는 곳이다. 그래서 그것은 인
　위적 문화의 저편에 있는 천연적 자연을 지니고 있으며, 그 나름의 고유
　성을 지니고 있다. 이러한 네가지 지평은 우리에게서 '고향'이 무엇을 뜻
　하는지 그 의미를 드러내주는 요소가 된다고 할 수 있다.[136]

　인용문은 고향에 대한 특질을 명시적으로 구분하고 있는 글이다.
그 가운데 고향이 '오래됨'과 '떠나온'의 의미를 지니고 있다는 구절
은 매우 시사적이다. '고향'은 '시골'과 바꾸어 쓸 수 있을 만큼 은닉
성과 순수성이 강한 곳이다. 아울러 '풍경성'과 '풍물성'의 지평으로
규정할 수 있는 고향의 들녘과 강, 산, 바다 등은 '고향'을 보편적인

---

136) 전광식, 『고향』, 문학과지성사, 1999, p.26 참조.

향토적 공간으로 인식하는 요인으로 작용한다. '고향'은 단순한 지리적인 공간이 아니라 인간의 '제자리'이고, 따라서 고향에의 동경과 회귀는 인간의 '원초적 갈망'에 해당한다. 이러한 원초적 동경의 대상인 고향은 그 자체로 '유토피아'를 상정할 수 있는 것이다. 그러므로 고향은 '뿌리'로서가 아닌 '열매'의 의미로, '회상'의 개념이 아닌 '희망'의 개념으로 작용한다. 이렇듯이 고향으로 상정된 자연과 자연으로 돌아가고자 하는 회귀적인 인식체계는 이미 지난 것, 떠나온 것을 넘어, 앞으로의 터전을 제공하는 원천으로서의 자연을 인식하도록 만든다.

셋째, 그의 전 생애를 시에 바친, 즉 인생론적인 차원에서의 한이 그것이다. 이러한 특성은 이동주 시가 종국(終局)에 도달하는 한의 인식방법으로, 인생을 푸는 한풀이의 과정을 통해 제시된다. 시인 자신이 "이승에서 저승으로 뻗어가는 아득하고 먼 숙명이 한이다. 한은 생존의 의욕이 아니라 보다 나은 인생의 열원(熱願)이다. 껑충 뛰어서 가장 당당하고 착한 휴머니티다. 한을 품지 않는다는 것은 곧 인생을 부정하는 것이다"[137] 라고 말한 바 있다. 「한」은 이러한 시론을 시적으로 형상화시킨 작품으로 보인다.

나의 길은
저승보다 머언 눈물.

나의 기다림은 또,
어리석은 永遠!?

서리 먹은 하늘에
달이 영글어

---

137) 이동주, 「한과 멋」, 박인환 외 저, 앞의 시집, pp.396~397 참조.

泰山이 풀리는
외기러기 실울음.

바다가 아니면
얼음 밑의 미나리순.
이 빠진 웃음으로 손을 잡으면
꿈결같을라, 스쳐간 바람.

-「恨」전문

이동주는 시인으로서의 자세나 염원을 '한'이란 말로 규정하고 있
다. 말하자면 시인으로서의 간절한 소망인 '시'는 한풀이로서의 시가
된다. 인용시의 '나의 길', '나의 기다림'은 시인의 창조적 작업에 대
한 간절한 염원인 것이다. 시인이 지향하는 시의 세계는 너무나 멀고
아득하여 "저승보다 머언 눈물"이 되고 "어리석은 영원"이 된다. 이
작품에서 한의 비유는 '태산'에 해당한다. 화자는 "태산이 풀리"듯 한
풀이를 이루고자 하지만 "외기러기의 실울음"만큼이나 미세하여 "스
쳐간 바람"에 불과해진다. 이처럼 미비하지만 한을 해소하려는 의지는
'얼음 밑의 미나리 순'으로 여리지만 질기게 그의 시 속에 스며있는
것이다. 이동주는 한의 대상을 그리움이나 사랑하는 사람과의 이별에
서 오는 설움, 즉 비애로서가 아닌, 삶의 동력을 제공하는 보다 강한
지향점으로의 한풀이로 인식하고 있다. 이것은 김소월 이래 박재삼에
이르기까지 별리에서 오는 '설움'으로서의 한의 영향과 변주를 동시에
내포하는 것으로 볼 수 있다.[138]

흔히 김소월의 시에서 한의 정서를 확인, 검토하는 일은 정석이 되
어 왔다. 잘 알려진 「진달래꽃」은 사랑하면서도 보내야 했던, 보낼 수
밖에 없었던, 그러면서도 마음속으로는 끝내 보내지지 않는 마음의 갈

---

138) '한'의 정서에 대한 자세한 언급은 각주 90)을 참조할 것.

등이 잘 나타난 시이다. "나보기가 역겨워 / 가실 때에는 / 말없이 고이 보내드리우리다"에서 드러나고 있는 사랑의 정한은 체념에서 비롯되는 것이다. 물론, "죽어도 눈물 아니 흘리오리다"란 구절을 통해 님과의 이별은 절대불가한 것으로, 역설적 의지를 관철시키고자 한다. 그러나 여전히 시의 도입부엔 체념의 정서가 깃들어 있다. 이별의 슬픔과 아픔을 고스란히 마음으로 삭혀야 하는 사랑의 아픔은 가슴 속에 한이 되어 남는다.

박재삼의 경우는 이승과 저승을 넘나드는 자유공간 안에 '감나무'란 매개물을 통하여 "이것은 제대로 벋을데는 저승밖에 없는 것 같고 / 그것도 내 생각하던 사람의 등 뒤로 벋어가서 / 그 사람의 머리 위에서나 마지막으로 휘드려질까"하는, 인간이 자연의 일부가 되어 생득의 그리움과 사랑을 이루고자 함이 드러난다. 자신에게 있어 '숯생애의 설움'이자 '숯소망'이기도 하였던 님에 대한 사랑은 저승을 관류할 만큼 간절하여 더한층 한스럽게 여겨진다. 이처럼 박재삼 '한'의 기저 역시 이별에서 생겨난 '설움'으로 보인다. 이점은 소월의 그것과 같은 맥락을 띤다.

그러나 이동주는 박재삼의 한(恨)의 표출과는 다른 양상을 보이고 있다. 천이두는 이동주와 박재삼의 시를 짧게 비교 분석하면서 이들의 시가 "양자가 다 같이 설움이나 좌절을 바탕으로 하고 있으면서도, 다른 한편으로는 그러한 설움, 좌절의 농도에 비례할 만큼의 간절한 소망을 아울러 간직하고 있다는 점에서 완전히 궤를 같이하고 있"[139]다고 말한다. 그러나 이는 재고의 여지가 있는 것이다. 왜냐하면, 박재삼의 경우는 못다 이룬 사랑의 소망을 저승까지라도 가서 이루겠다는 적극적인 의지를 지닌 '한'이기 때문이다. 즉 간절한 '소망'이 깃들여

---

139) 천이두, 「한의 어두운 면과 밝은 면」, 『한의 구조연구』, 문학과지성사, 1993, p.46 참조.

있는 한인 것이다. 이동주의 '한'은 소망이라기보다는 회한의 표출이
다. 다만 이동주의 '한'은 흥취와의 시적인 융합을 거쳐서 관조적인
태도를 견지하고 있다. 그 중 휘파람을 부는 행위는 설움을 극복하려
는 시인의 의지로 볼 수 있다.

> 사나이란
> 상처가 있어야지
>
> 손을 턴
> 휘파람 소리에
>
> 구름이 흘러간다
>
> —「휘파람」전문

　인용시는 최소한의 언어를 사용하여 많은 의미를 함축한 시이다.
삶의 역정과 그것을 달관하고 있는 사나이의 태도가 휘파람을 부는
행위로 드러나고 있다. 덧없음을 표상하는 '구름'은 삶의 허무를 일깨
우듯이 무심하게 흐르고 있다. 위 시는 생략과 압축의 기법을 통해
시간의 이동과 그 기능을 효과적으로 살려내고 있다. 위 시가 보여주
는 관조적인 자세는 이동주의 한이 비애로 머무르지 않고 그것을 초
극하려는 자세를 동시에 보여준다. 그것은 바로 '휘파람'을 흥얼거리
는 흥취적인 삶의 자세를 통하여 한을 풀어내는 것이다.

3) 민속적 소재와 공동체적 동화 : 의례적(儀禮的) 삶의 전통

　이동주의 시 가운데 적지 않은 시편이 전통적인 민속과 관련된 것
들이다. 즉 「강강술래」와 「달아」는 정월 대보름과 8월 한가위의 놀이

를, 「기우제」는 농경사회의 오랜 토착적 제례의 방식을, 「숲」은 숨바
꼭질 놀이를, 「혼야」는 관혼상제(冠婚喪祭) 중 "혼(婚)"의 의식을 시 작
품으로 형상화한 것이다. 그는 우리 시의 율격과 민속놀이의 전통을
새롭게 변용하려는 강한 의욕을 지닌 시인이다. 이 같은 전통적인 놀
이와 풍속에 대한 관심은 그의 다른 시에서 중시된 판소리, 민요의
리듬체계와도 무관하지 않은 것이다.

이동주의 시 가운데 비교적 잘 알려진 시 「강강술래」는 손을 잡고
원을 그리며 돌면서 노래를 부르는 민속놀이를 소재로 한 것인데, 강
강술래는 천천히 돌다가 급박하게 빠른 템포로 변환하는 역동적 놀이
중의 하나이다.

여울에 몰린 은어떼

가웅 가웅 수워얼래에

목을 빼면 시름이 솟고
백장미밭에
공작이 취했다
뛰자 뛰자 뛰어나보자
강강술래

뉘누리에 테프가 감긴다
열두발 상모가 마구 돈다

달빛이 배이면
술보다 독한 것

갈대가 스러진다
기폭이 찢어진다.

강강술래
강강술래

-「강강술래」 전문140)

주지하듯이 '강강술래'는 임진왜란 때 아군의 군사가 많은 것으로
가장하기 위해 부녀자들로 하여금 어울려 춤을 추게 한 데서 유래한
것으로 알려져 있지만, 신라시대부터 행해진 우리 고유의 민속춤 가운
데 하나인 것이다. 지금은 민속적인 행사로 전국에 널리 퍼져 있으며
남도지방에서 주로 행해진다. 즉, 강강술래는 고대농경시대의 파종과
수확 때의 공동축제에서 노래 부르며 춤을 추던 놀이 형태가 계속 이
어져 내려오면서 점차 강강술래 놀이와 같은 모습으로 발전되어 온
것이다. 그러다가 임진왜란 때 충무공이 이 놀이를 의병술로 이용하여
왜적을 물리친 후 더욱 세상에 널리 알려져 당시의 격전지인 전라도
남해안 일대에 성행하여 온 것으로 추측된다. 주로 한가위 날 밤에
행해졌지만 지방에 따라서는 정월 대보름을 비롯하여 달 밝은 밤에
수시로 행해지던 것이다.141)

인용시는 1연에서 손에 손을 잡고 원을 그리는 부녀자들을 "여울에
몰린 은어떼"로 비유하고 있다. '가웅 가웅 수워얼래에'로 느리게 원
을 그리던 것이 차츰 리듬의 변화를 주어 '강강술래'로 빠르게 회전하
고 있는 모습이 묘사되어 있다. 목을 빼고 진양조로 "가웅가웅 수워얼

---

140) 신경림과 정희성이 함께 엮은 『한국 현대시의 이해』(진문출판사, 1981)에는 「강
    강술래」의 1연과 2연 사이에 "삐비꽃 손들이 둘레를 짜면 / 달무리가 비잉빙 돈
    다"라는 한 연이 삽입되어 있다. 그 출전이 『강강술래』 1955년판으로 밝혀져
    있으나 필자가 살펴본 바로는 이러한 구절은 확인할 수 없었다.
141) 강강술래는 주로 남해안 지방에서 분포되어 전승되고 있다. 전라도 해안지방을
    중심으로 하여 경상도 영일, 의성, 북쪽으로는 황해도의 연백까지 분포되어 있
    었다. 현재에는 전라남도 해안, 완도, 무안, 진도 등지에서 행해지고 있다. 심우
    성, 『한국의 민속놀이』, 삼일각, 1975, pp.79~80 참조.

래"를 부를 때마다 한('시름')이 솟구치는 것이다. 4연의 '백장미 밭에 /
공작이 취했다'는 매우 함축적이고도 긴밀한 상징적 표현으로 보인다.
백장미 밭과 공작의 이미지를 나누어 보면, 원형을 그리고 있는 소녀
들의 모습이 백장미밭일 수도 있으며 공작으로 여겨지기도 한다. 그러
나 하나의 이미지, 즉 백장미 밭에 공작이 취한 모습 자체가 강강술
래를 놀고 있는 소녀들의 모습에 비견될 수도 있을 것이다.

　5연에 이르면 이제 춤은 천천히 비잉 빙 돌아가는 것이 아니라 뛰
듯이 빠르게 진행된다. 진양조에서 중몰이로 바뀐 후 다시 휘몰이로
조급해진 것이다. 6연의 정경은 강강술래의 흥을 돋우는 꽹가리, 징
등 전통 악기의 동원과 열두발 상모가 마구 돌고 있는 풍경이 떠오르
는 장면이다. 7, 8연에 이르면 시인은 독한 술에 취한 것처럼 달빛에,
노래 소리에, 춤에, 농악에 빠져든다. 9연은 강강술래의 반복으로 춤의
열기가 지속되고 있음을 생동감 있게 표현하고 있다. 이처럼 이동주의
「강강술래」는 매우 섬세하고도 감각적인 언어를 사용하고 있으며, 흥
겨움의 제례적인 삶의 방식을 담고 있는 것으로 보인다.

　　강강술래야 기쁜 명절에 아직 슬픔을 모를 나이들끼리 들뜬 마음으로
　노는 유희지만 이것을 보는 이는 슬픈 감정에서 미를 느끼게 되니 이것
　도 우리들의 운명이라면 운명이 아닌가 싶다. 강강술래는 아리랑과 마찬
　가지로 민족의 현실이 반영되는 아직까지는 슬픔과 애수가 어렸지만 먼
　후일까지야 그렇지 않으리라.[142)

　이동주가 민속적 소재를 주로 채택한 이유는 단순히 제례적인 것의
회귀를 통해 흥을 유발하고자 하는 것이 아니라, 전통적인 삶의 방식
을 시로 형상화하여 민족 공동체의 동질감을 일깨우고, 이를 통해 결

---

142) 이동주, 「잔물결에 흔들리는 달무리같이」, 『그 두려운 영원에서』, 태창문화사,
　　 1982, p.72 참조.

속과 애착을 유도하려는 것이었음을 알 수 있다. 그는 지배층도, 피지
배층도 남성도, 여성도, 어른도, 아이도 상관없는 하나됨의 공동체적
정서를 표출하고자 한다. 민족적인 공감대를 불러일으키는 강강술래를
통해 유희적인 행위 이면의 슬픔과 애수를 포착하고 있는 것이다.

> 달아
> 초가을 여문 달아
>
> 송편 빚는
> 보름달아
>
> 거울같이
> 맑은 달아
>
> 언덕 위에 치솟으면
> 멍석만 하고
>
> 소나무 가지에 걸리니
> 모란송이만하다
>
> 가아웅 가아웅
> 수위얼래에
>
> 쟁반에 놓인 구슬이
> 어쩌자고 저리 슬프다냐
>
> 뛰자 뛰자
> 뛰어나 보자
>
> 시름이 칭칭 감기네

달아
어여삐 자란 달아

-「달아」전문

인용시는 「강강술래」와 유사한 소재를 다루고 있으나 시인이 대상을 바라보는 관점이 「강강술래」와는 다르게 표출되어 있다. 「강강술래」는 원무를 그리며 노는 사람들에게 주목하고 있으나 인용시는 분위기를 연출하는 배경으로서의 '달'을 주된 시적 대상으로 삼고 있다. 전승되어온 민속놀이 가운데 '달맞이'는 정월 대보름과 8월 한가위에 행해져왔다. 예로부터 보름달은 어둠을 몰아내는 밝음, 밝은 세상을 약속하는 기원의 대상물로 숭상되었다. 새해가 밝아오면 가득 찬 둥근달을 만끽하면서 민중들은 갖가지 놀이를 통하여 그들의 공동체 의식을 일깨우고 복된 앞날을 다짐하는 놀이를 벌인다.143) 달은 소망과 풍요의 상징으로 사용되었던 것이다.

인용시는 화자의 감정이 달에 이입되어 있다. 달의 비유가 '거울', '명석', '구슬', '모란송이'로 변이되면서 슬픔의 결정체로 화한다. 강강술래의 원을 그리며 도는 행위는 바로 "시름을 칭칭 감"는 행위로 묘사된다. '달아'의 반복적인 배치나 대구는 시의 운율감을 더해주는 장치로 쓰인다.

이처럼, 풍농과 풍어를 목적으로 하는 집단적 민속놀이는 종교적, 유희적인 공동체의 유대를 위한 방식으로 존립해 온 것이다. 이러한 놀이는 문화적, 사회적인 동질성을 밝히는 유용한 것으로 인식된다.144) 민속놀이를 통해 형성된 공동체의식은 시화(詩化)의 과정을 거쳐 미학적, 상징적인 인식체계를 함축적으로 드러내게 된다. 모든 축

---

143) 심우성, 앞의 책, p.146 참조.
144) 김선풍, 「한국민속놀이론」, 김선풍 외, 『민속론』, 집문당, 1989, pp.86~87 참조.

제행사는 인식론적이면서도 정서적인 반응을 동시에 보이는 것이다. 이러한 축제놀이의 이중구조는 통과의례적인 의식과 무속신앙을 통해 공동체적인 유대감을 보여준다. 이동주 시의 소재가 이러한 민속놀이를 소재로 다루고 있다는 사실은 공동체적인 유대감의 형성에 기여하는 것이다. 한편, '기우제'는 우리의 원시종교 풍습인 제례 방식으로, 농경사회에서는 절대적인 '비'를 기원하는 주술적인 의식이다.

비! 비! 비! 비! 비!
우러러 목이 쟁긴 소쩍새

돌아보아야
무갯불을 올릴 풀 한 포기 없고
청동(靑銅) 불화로가 이글대는 모래밭에
소피를 뿌려 쇠도록 징을 울립니다

이 실날같은 사연 구천(九天)에 서리오면
미릿네(銀河)의 봇물을 트옵소서
이제 말끔히 머리를 빗고 사나운 발톱을 밀어
저마다 제자리에 들어 허물을 벗사오니
神明은 어여 노염을 거두시압

진즉 형제의 메마른 핏줄에는
눈물과 애정이 滔滔이 흐르고
초록빛 그늘에 닥아앉아
흐린 窓門을 닦게 하옵소서

ㅡ「祈雨祭」 전문

농경사회의 보편적인 제의(祭儀) 모습인 '기우제'는 하지(夏至)가 지나도 비가 오지 않으면 행하던, 오래된 관습의 하나이다. 농경사회에

서의 자연재해인 가뭄은 천신의 노여움에 의한 것이며 이를 풀어줘야
만 풍년이 든다고 믿어온 것이다. 이러한 주술적인 제의방식은 집단적
으로 행해지던 것으로, 마을의 인근주민이 모두 참여한다. 기우제를
지내는 동안에는 집집마다 금줄을 치고 버들가지를 물병에 꽂아둔다.
인근 주민들은 불을 피우며 공동체적 연대의식을 보인다.[145] 이 같은
제례의 관습은 농경사회의 제도와 문화, 고대인의 사고방식과 세계관
의 답습을 보여주는 것으로, 우리 민족의 삶을 담보하는 가장 현실적
이고 직접적인 생존의 방식을 담고 있다.

　인용시는 기우제의 제식과정이 순차적으로 제시되어 있다. 1연은
'비'의 반복적 나열로 비에 대한 간절한 염원을 드러내고 있다.[146] 2연
은 가뭄의 실상이 "풀 한포기 없"는 모습으로 형상화되어 있으며, 3연
은 전통적인 민간주술의 행위 과정이 묘사된다. 4, 5연은 제식의 모습
이 제사장의 언술을 빌어 생동감 있게 표출되고 있다. 6연은 민중들이
눈물로써 호소하는 모습을 드러낸다. 민족 토템사상이 반영된 구체적인
부분은 "청동 불화로가 이글대는 모래밭에 / 소피를 뿌려 쇠도록 징을
울리"는 장면의 묘사이다. 소의 피를 뿌려 가뭄의 액운을 거두려는 민
간의식이 구체적으로 드러나 있다. 특히 "신명은 어여 노염을 거두시
압"의 시구는 제사장의 언사가 그대로 삽입된 것으로 볼 수 있다. '풀
한 포기 없'는 피폐된 상황과 '불화로가 이글대는 모래밭'의 묘사는 50
년대의 가뭄으로 피폐한 농촌 경험을 회상하고 있는 시인의 시적 표현
으로 보인다. 이러한 민속의 재발견과 그 영향은 전통시가 과거로부터

---

145) 임동권, 『한국민속문화론』, 집문당, 1983, pp.304~305 참조.
146) 김병호는 "비!비!비!비!비!"의 반복적 느낌표(!)의 사용은 비가 내리는 정경을 시
　　각적으로 극대화시킨 것이라는 지적을 한다. 그러나 이러한 견해는 지나친 시
　　각화의 부각으로 다소 의심쩍다. 왜냐하면 1연은 전체 구조상 아직 비가 오기
　　이전의 상황으로 설정된 것으로 보이기 때문이다. 오히려 간절한 염원의 표상
　　정도로 이해하는 것이 타당할 것이다. 김병호, 앞의 논문 참조.

의 삶의 방식을 통해 현실을 극복하려는 의지와 공동체적인 하나됨을
보여주는 것이다. 이처럼 이동주 시의 전통지향성은 민족성을 고취시키
고, 혼란기를 단결과 극복의 의지로 이겨내자는 기원이 내재된 것으로
여겨진다.

　　꼬옥 꼬옥 숨었냐
　　다앙 다앙 멀었네

　　천년 묵은 아름에
　　고운 年輪을 감으면

　　너와 나는
　　숨이 찬 나비 한쌍

　　싱싱한 날잎으로 눈을 닦아
　　푸른 塔 푸른 하늘이 새로운데

　　이제는
　　메아리에 묻어 올 웃음도 없이

　　꼬옥 꼬옥 숨었냐
　　꼬옥 꼬옥 숨었냐

　　바람에 절로 우는 빈 항아리

　　　　　　　　　　　　　　　　　　　　　－「숲」 전문

　　인용시는 '숨바꼭질'의 놀이를 소재로 취하고 있다. 숨고 찾는, 민
속놀이의 하나인 '숨바꼭질'은 유년 시절의 그리움이 묻어있는 놀이이
다. 가위, 바위, 보로 술래를 정하고 술래가 수를 세는 동안 나머지

어린이들이 숨게 된다. 숨바꼭질 혹은 술래잡기와 관련된 민요는 지방에 따라 조금씩 다르게 전승되어 온 것이다.147)

위 시의 "천년 묵은 아름에 / 고운 연륜을 감으면 //"에서 드러나는 과거 회상은 유년시절의 순수성 회복을 표방하는 것이다. 그러나 "이제는 / 메아리에 묻어 올 웃음도 없이 //" 유년은 아쉬움만 남긴 채 사라진다. 화자는 소리내어 우는 "빈 항아리"처럼 텅빈 외로움에 빠져 있다. 시제(詩題)로 사용된 '숲'은 "숨어라"의 "숨"과 비슷한 음운을 사용함으로써 동음이의어적인 음감을 살리고 있으며, 또한 유년의 그리움을 "숲"이라는 순수의 자연으로 연상하는 이중의 효과를 주고 있다. 아울러 숨바꼭질의 장소가 숲이었을 것이라는 추측도 가능하다. 1연은 술래의 행위와 역할이 함축적으로 묘사된 구절이다. 술래의 "꼬옥꼬옥 숨었냐"라는 언술에 대해 "다앙다앙 멀었네"로 화답하고 있다. 숨바꼭질의 한 장면이 선명하게 떠오르도록 장치된 것이다. 그런데, 여기서 '꼬옥꼬옥'과 '다앙다앙'이 '꼭꼭'과 '다'의 유아적 장음임을 상기할 때 위 시는 시어의 장단음을 적절히 활용하여 음악적 효과를 한층 배가하고 있음을 알 수 있다.

이상에서 살핀 바와 같이, 이동주 시의 이러한 민속적 소재의 발견과 변용은 우리민족 고유의 삶의 의례에 대한 문학적 관심을 드러내는 것이다. 또한 이것은 민족 풍습의 형태가 심미적 전통의 영역을

---

147) 임동권의 『한국민요집』(집문당, 1980)에 수록되어 있는 각 지방의 「술래찾기요(搖)」를 몇 가지 소개하면 다음과 같다.
- 청양지방 : 솔개비 떴다 / 병아리 숨어라 / 에미날개 밑에 / 애비다리 밑에 / 꼭꼭 숨어라 / 나래 미가 나왔다.
- 예산지방 : 꼭꼭 감춰라 / 머리카락 보인다 / 안경때 파랑때 / 도고라미 찾으러 간다.
- 성진지방 : 꼼꼼숨겨라 / 꼼꼼찾어라 / 벼룩이 물어도 꼼짝 말아라 / 빈대가 물어도 꼼짝 말어라 / 이가 물어도 꼼짝 말어라.
- 부여지방 : 술래야 술래야 / 개－술래야 / 물어라 물어라 / 술래야 물어라.

다각적으로 반영할 뿐만 아니라 다양한 시적 소재를 확보할 수 있는 가능성을 마련하는 것이다. 그러므로 이동주의 시가 보여주고 있는 민속의 발견과 탐구는 다음과 같은 의의를 띤다.

첫째, 농경사회의 오래된 기원인 생산과 풍요에의 열망을 시적 형상화를 통해 표출하고 있다. 이동주는 오래된 민족의 관습인 민속적 의례를 통해 50년대의 피폐된 현실을 공동체적인 단결과 의지로 극복하고, 현실의 상황이 보다 풍요롭고 생산적인 차원으로 구축되기를 열망하면서 잊혀진 과거의 풍습을 각인시킨 것이다.

둘째, 이에 한걸음 나아가 피폐된 현실 상황을 초월하고자 하는 계기를 마련, 삶을 신성시하려는 의의가 평가된다. 이동주가 인식하고 있는 현실의 상황과 그 극복의 방식은 전통적인 삶의 의례방식을 채택하여 삶의 형태를 신성시하는 것이다.

셋째, 의례가 상징하는 축제적인 요소(카니발)를 재현하여 비극적 현실을 평등과 자유를 표상하는 집단적, 민중적 의례를 통해 극복해 보려는 의지가 엿보인다. 부연하면, 카니발이란 사순절 직전의 일주일 동안에 벌어지는 축제를 말한다. 사순절이 금기를 의미한다면 카니발은 모든 금기로부터의 해방을 의미한다. 바흐친에 의하면 카니발은 공적인 것의 저편에 있는 제2의 세계나, 세계를 지배하고 있는 진리와 현실 사회의 지배로부터의 도피를 축하하는 것이다. 카니발은 어떠한 것도 절대화시키지 않는 "유쾌한 상대성"의 원리를 강조하는 이중적이고 상호모순적인 의식을 나타낸다.[148] 이처럼 현실과는 상호모순적

---

148) 김욱동, 『대화적 상상력 : 바흐친의 문학이론』, 문학과지성사, 1994, pp.235~239 참조. 바흐친은 「라블레와 그의 세계」를 통해 카니발과 민속문화의 문제를 그의 문학이론 체계의 일부로 끌어왔다. 그가 카니발의 기본적인 구성요소로 간주하고 있는 개념들은 '다성성', '이어성' 혹은 '다어성'과 같은 개념과 본질적인 소설의 이론, 넓게는 그의 문학이론의 원칙으로 사용되었다. 바흐친은 문화를 크게 고급문화와 하급문화의 두 층위로 나누고 있는데, 이는 그 문화가 공

인 제식, 즉 카니발적인 의식을 통해 시인이 지향하는 것은 누구나가 흥겹게 어울리는 평등과 자유의 순간을 포착하고자 함이다. 이는 획일적인 질서를 강요하는 세력을 약화시키고 모든 계층에게 즐거움과 평등과 긴장의 해소를 경험하게 한다. 이동주 시에서 이러한 카니발적 요소의 발견은 지배층과 피지배층, 남과 여, 어른과 어린이의 어우러짐을 통해 서로간의 소통을 형성하고 현실을 긍정적으로 헤쳐나가고자 하는 의지가 함유된 것으로 볼 수 있다.

요컨대 이동주 시세계의 특징은 전통적 율격의 계승을 실현하면서, 민속의 진정한 의미를 재발견하여 이를 시적 소재로 삼아 의례적인 삶의 방식을 시화하는데 있다. 즉 판소리, 민요의 전통 율격을 현대시에 적절하게 활용하여 시의 리듬감을 되살리고 있으며, 율격을 통해 전통적 한의 정서를 흥의 정서와 융합시킨다. 또한 소재로 즐겨 취한 민속놀이에 대한 관심은 민족적 정체성을 회복하여 시문학에 정립하려는 시인의 의지를 보여주는 것으로 여겨진다. 그는 이처럼 전통적인 율격, 소재, 시어의 사용을 통해 서구지향적인 당대의 시단에 조용히 맞서고 있으며, 의례적인 삶의 전통을 현재화함으로서, 1950년대 전통주의의 한 특성을 보여주고 있다.

식적으로 받아들여지고 있느냐 아니면 비공식적인 것이냐를 기준으로 삼는다. 두 문화 사이의 끊임없는 긴장과 갈등이 카니발의 형식을 통해 해소된다. 카니발의 세계관은 자유와 평등이 지배하는 세계관이다. 바흐친의 말대로 "카니발이 진행되는 동안에는 일상적인 삶, 즉 비카니발적인 삶의 구조와 질서를 결정하는 법률과 금지 그리고 제약이 모두 정지된다. 무엇보다도 여기서는 모든 계급구조 그리고 그것과 관련된 모든 형태의 공포와 존경심과 경건함과 예의─다시 말해서 사회적, 성직, 계급적 불평등이나 혹은 사람들 사이에 그 밖의 다른 형태의 불평등으로부터 비롯되는 모든 것이 정지되는 것이다."

제 4 장

1950년대 시와 전통주의의 의의

1950년대는 동족상잔의 비극인 6·25가 발발했던 시기로, 유사(有史)이래 가장 혹독한 체험을 안겨준 연대(年代)였다. 전쟁 체험은 부조리한 현실과 공포, 죽음, 절망, 허무에 대한 인식을 배태하여 신구(新舊)질서의 변동에 따른 혼란을 더욱 부채질하였다. 이 시기의 시는 이러한 시대적 배경과 실존적 위기의식에 노출되어 있었다. 1950년대의 시단은 전환기적 현실 속에서 어느 시대보다 시적 주체의 인식과 새로운 전환을 요구하게 되었던 것이다. 그러므로 이 시기에 전통주의를 계승한다는 것은 봉건적 잔재를 청산하지 못하는 무비판적 인식의 잔유물로 치부되기에 충분한 것이었다. 이 시기의 시적 주체가 직면한 지속과 변화를 둘러싼 탐색의 과정은 충돌과 단절을 이미 예견한 것이었다.

주지하다시피 1950년대 시단은 전쟁 직후의 침체기를 지나 1955년 이후, 시단 재정비 작업을 가시화하기 시작하였다. 문단 재편성의 기운과 문학 내적 변동이 형성되면서 시단은 새로운 변화와 질서를 모색하는 활발한 기운을 맞이하게 된 것이다. 즉 ≪문예≫의 폐간 이후 공백상태였던 문단에 ≪현대문학≫(1955. 1), ≪문학예술≫(1955. 6), ≪자유문학》(1956. 6) 등의 순문예지와 《사상계》, 《신태양》, 《신군상》 등의 종합지가 연이어 발간되었다. 이러한 문학지들을 통해 추천제가 활성화되었으며, 《동아일보》, 《조선일보》, 《한국일보》 등 언론기관들이 신춘문예 제도를 부활 또는 개시하여 새로운 신인들이 대거 등단하는 등 문단재편성의 변화가 본격화되었다. 또한 이 시기에 한국 시인협회가 결성되며(1957. 2) 기관지 《현대시》가 간행되기도 하였다. 이외에도 《시와 비평》, 《시연구》, 《신시학》, 《시작업》 등 시전문지 내지는 동인지가 다수 발간되었다. 『해 넘어가기 전의 기도』(김관식, 이형기, 이상노, 1955), 『전쟁과 음악과 희망과』(김경린, 김규동, 김수영, 김종문, 1957), 『현대의 온도』, 『신풍토』, 『수정과 장미』 등 각종 동인 사화집의 발간이 진행되었다. 이밖에, 1955년부터 1959년까지 백여 권이 넘는 개인시집들이 상재(上梓)되었으며, 이로써 본격적인 현대시의 출발이 가동되었다. 이처럼 1950년대는 새로운 신인들이 대거 등장하여 폭넓은 시단을 형성하고 있었다는 점이 특기할 만하다.

이러한 시단의 활성화로 인해 1950년대 시는 현실 참여적인 사회시, 전통지향적인 서정시, 주지주의적인 실험시 등 다양하고도 개성적인 시적 부흥이 이루어지게 되었다.[1] 크게는 모더니즘 시와 전통주의 시의 대립 구도를 띠면서 이후의 현대시 흐름을 주도하고 있었다. 그 가운데 모더니즘 시는 박인환, 조향, 김경린, 김수영, 김규동, 김구용, 김종삼 등 일견 새롭고 현대적인 것을 따르는 시인군을 중심으로 전개되었다. 이들은 1930년대의 초현실주의와 주지주의의 입장을 계승하여 사화집 『새로운 도시와 시민들의 합창』을 발간한 후, 인적 구성을 정비하고 후반기 동인을 결성하여 나름의 조직적인 활동을 구축해 나갔다. 그러나 전대와의 단절을 표명하고 새로운 시적 경향을 탐색하려

---

1) 권영민, 『한국현대문학사』, 민음사, 1993. pp.105~108 참조.

는 이들의 의욕은 결과적으로 전후의 허무주의와 서구 모더니즘 시에
대한 관념적 편향에 치우쳐서 공소하고도 부박한 모더니즘을 표출하
고 말았다.

선대의 시적 경향을 이어받고 있던 전통시의 경우는 전후 순수 서
정시의 맥을 잇고 있었다. 문장파, 청록파의 문학적 기질을 계승, 발
전하고자 한 김관식, 박재삼, 이동주, 이원섭, 구자운, 박용래 등이 이
에 속한다. 실제로 이들은 조지훈의 『시의 원리』와 서정주의 시적 경
향에 많은 영향을 받았다. 청록파로 대표되는 자연시, 서정주로 대표
되는 생명시의 성격은 이러한 경향의 신진시인들에게는 문학적 규범
에 해당하는 것이었다.

그런데 1950년대 시를 주도해온 모더니즘 성향과 전통주의 성향의
차이는 전통에 대한 인식의 차이에서 더욱 분명하게 구분되는 것이었
다. 이들은 전통에 대한 재인식과 시적 본질의 자각을 촉구하는 시발
점으로서 그 역할을 강조하거나, 이를 전면적으로 부정하였다. 모더니
스트들은 과거(전통)와의 결별로 새로움의 시학을 창출하고자 기법과
정서의 변화를 기획하고 있었다. '후반기'란 명명도 1950년대 이후를
지칭하는 것으로 시적 변혁의 시작점을 당대이후로 삼고자 하는 의욕
이 내재된 것이었다. 반면에, 한국적인 것에 대한 관심, 문학의 자율
성에 대한 자각은 전통주의 시인들에 의해 계승되었다. 이들은 과거의
가치 있는 유산을 계승, 발전하여 시의 심미적인 영역을 강화하고 전
통적인 것에 대한 인식을 확대하였다. 후반기 동인처럼 뚜렷한 유파를
결성하지는 않았지만 서정주를 중심으로 한 기성 시인들의 영향을 인
정하고 이를 계승하려는 일군의 신진시인들이 활발한 시작 활동을 단
행하고 있었다.

그러나 이러한 기존 방식에 대한 부정의 목소리는 전통 폐기의 기
치와 함께 시의 본질적 요소와 논리를 재인식하지 못한 상태에서 더

욱 격앙되었으며, 맹목적인 서구 추수의 모습으로 진행되었다. 이에
전통의 부정적인 면은 더욱 표면화되고, 전통에 대한 올바른 이해와
해명은 유보된 채 가치의 혼돈 상태만이 초래했다.[2] 미하일 함부르
거[3]가 언급한 바 있는 "전쟁이 문학에 끼치는 영향"은 이 시기를 전
후체험이 만연한 시기이며, 한 시대를 철저한 정치적인 시기로 이해하
도록 만들기에 충분한 것이다. 함부르거에 의하면, 전쟁 이후에는 더
이상 순수문학이 존재할 여지가 없어진다. 그의 주장대로라면 '순수'
라는 것은 지배 이데올로기를 암묵적으로 묵인하는 것이며, 지배 이데
올로기의 실현을 도와주는 또 다른 정치이념의 표현으로 규정된다.

순수문학의 정표(旌表)인 전통시는 이러한 배경에서 자유롭지 못했
다. 전후 복구기의 상황과 근대화를 둘러싼 문화적 구도는 전통주의에
대한 폄훼와 문학에 대한 유토피아적인 논란을 가져왔다. 이들의 의식
에는 낡은 것이 전통이며 새로운 것이 근대라는 고착된 가치관이 만
연하여 전통은 한갓 고고학적인 유물 차원의 것에 불과하며, 전통의
극복만이 변화를 가져올 것이라는 반전통주의가 뿌리를 내렸다.

1950년대에는 전통에 대한 면밀한 문제제기와 논쟁, 분석적인 성찰
이 진행되었다고 말하기는 어렵다. 홉스보옴이 언급한 "인습이나 관습
이 아닌 창출된 전통"[4]이나, 쉴즈가 말한 혼란과 충돌을 거친 "실재

---

2) 이 같은 전통에 대한 관심은 1980년대 말에 이르면 전통이 고정된 불변의 가치라
   는 사고에서 크게 전환한다. 이 시기의 전통에 대한 논의는 계승의 실상을 긍정적
   계승과 부정적 계승으로 이원화하여 살핀다거나, 보편성과 특수성의 양면을 아우
   르려고 하거나 혹은 지속과 변화라는 역동적 측면을 고려하는 것으로 그 방법론
   이 한층 정치해졌다는 점이 진일보한 성과로 보인다. 김대행, 「현대시 전통론을
   위하여」, 김은전 외, 앞의 책, p.49 참조.
3) 미하일 함부르거(Michael Hamburger) 저, 『현대시의 변증법 The Truth of poetry :
   tensions in modern poery from Baudelaire to the 1960s』, 이승욱 역, 지식산업사, 1993,
   p.194 참조.
4) E. 홉스보옴 · T. 랑거(E. Hobsbawm & T. Ranger) 공편, 『전통의 날조와 창조 The
   Invention of Tradition』, 최석영 역, 서경문화사, 1995, p.39 참조.

적 전통"5)에 대한 모색은 이 시기에는 실현되지 못했다. 모더니스트
들에 의해 비판적인 시각으로 '문제화된' 전통은 단절되어야 할 과거
적 유물이거나 극복의 대상에 불과한 것으로 인식되어 당대의 전통주
의를 무비판적이고 안일한 것으로 취급하였다.

그러나 현시점에 이르면, 서구문학이 근대문명의 속성에서 비롯한
정신적 위기와 한계를 노출하며, 전통주의가 그것을 극복하고 있다는
탈서구적인 논의는 팽배해지고 있다.6) 요컨대 한국문학과 전통주의의
관계는 한국문학사 일반에 대한 정체성 회복이라는 문제의 핵심임에
틀림없다. 전통주의에 대한 면밀한 연구는 과거 문학사를 이해하는 열
쇠가 되기도 하지만 문학의 미래를 결정짓는 중요한 요인을 확인하는
작업이 되기 때문이다. 전통은 '살아남은 과거'가 아니라 "지배적이며
헤게모니적인 압력과 제약을 가장 뚜렷이 표현하는" 의미 있는 '현재'
이며, 우리가 문제 삼아야 할 것은 단순한 '전통' 자체가 아니라 "선
별된 전통"7)이다. 이것은 곧 "형성적인 과거와 이미 형성된 현재라는
식의 의도적인 선별성을 지닌 해석으로서, 사회적 문화적 정의와 정체
설정 과정에서 강력한 작용"을 하는 것이다. '혁신' 및 '당대적인 것'
과 대조를 이루는 약한 의미의 '전통들'을 청산하고, "의도적 선별성
을 지닌 연결과정으로서 당대의 질서에 역사적, 문화적 정당성을 부여
하는 것"이 진정한 의미의 전통이란 점을 인식해야 한다. 이때, 로버
트 벨라가 규정한 "신전통주의"는 전통을 둘러싼 다양한 충돌과 변화
를 신축적으로 수용하면서도 진정한 전통의 가치를 상실하지 않는 미

---

5) E. 쉴즈, 앞의 책 참조.
6) 물론 지나치게 전통론에 매몰되면 우리 문학의 정체성이 서구문학과는 이질적인
   것이며 민족적인 특수성만이 가장 중요한 특질로 인식하려는 국수주의가 만연해
   질 우려의 목소리를 배제할 순 없다.
7) 레이몬드 윌리암스(Raymond Williams) 저, 『이념과 문학 Marxism and Literature』,
   이일환 역, 문학과지성사, 1982, pp.145~146 참조.

래적 대안으로 고려해 볼 수 있다. 즉 로버트 벨라가 제기하고 있는
"신전통주의"는 다른 어떤 전통보다도 우수한 것이라고 주장되는 전
통 문화적 가치를 수호하기 위해서 근대적 방법과 관념들을 이용하고
자 한다.[8] "신전통주의"는 전통적 가치를 지키기 위해 근대적인 요소
를 수단으로 삼는 것이다.

1950년대 시의 전통주의는 미약하나마 묵수적인 것이 아니라 새것
을 받아들여 기존의 전통을 더욱 풍요롭게 하는 자기 갱신의 노력이
엿보인다. 예컨대 전통시의 산문화된 시 형태의 사용은 시대적인 흐름
을 받아들인 변화의 구체적인 양상의 하나로 간주된다. 이 시기 장시,
산문시, 연작시가 많이 나타난 현상[9]은 당시의 시대적인 상황과 무관
하지 않다. 짧은 율격의 시로는 더 이상 인간 의식 세계의 탐색을 구
체화할 수 없고 다양한 시적 기법을 수용하기에도 부족하다는 인식이
만연한 것이다. 그러므로 1950년대의 산문화 경향은 과거 김동환의
「국경의 밤」이나 김기림의 「기상도」와는 다른 것으로, 역사의식이나
현실에 기반한 것을 시로 표명하기 위해서라기보다는 시인의 내면 세
계를 좀 더 구체적으로 표출하기 위한 방법으로 사용되었다. 이러한

---

8) 로버트 벨라(Robert N. Bellah) 저, 『사회변동의 상징구조 Beyond belief : essatys on religion in a post-traditional world에서 발췌 번역』, 박영신 역, 삼영사, 1981, p.184 참조. 벨라의 이 글은 아시아의 여러 전통 사회가 지닌 구조적 특성을 다루고 있다. 전통사회 속에서 종교가 차지한 자리, 그것의 형태와 특성, 계층구조를 분석한 글인데, 이러한 바탕 위에서 서구의 충격을 받은 아시아 전통 사회가 벌이는 종교적, 이데올로기적 차원의 응전을 전통주의, 개혁주의, 신전통주의, 자유주의, 민족주의, 사회주의라는 유형으로 구분하였다. 이 가운데 벨라의 '신전통주의'의 개념은 매우 흥미로운 것으로 종교, 이데올로기 뿐만 아니라 문학사에도 적용이 가능할 것이다.

9) 1950년대 시인들은 시적 형태의 고정성을 탈피하여 장시화하는 경향을 띠게 된다. 김종문의 「불안한 土曜日」을 비롯한 「파이프」・「人間造形」 등의 연작시, 송욱의 「何如之鄕」, 민재식의 「贖罪羊」 등의 모던 계열과 박재삼의 「춘향이 마음」 연작, 김관식의 산문적 경향의 시들에 이르기까지 기존의 서정시와는 크게 대조되는 시 형태를 보여준다.

변화된 시형태의 사용을 전통주의 시 역시 받아들이고 있었던 것이다. 이 시기의 전통주의는 율격과 형태의 문제, 시어의 사용, 서정성 등 전통시와 현대시 사이에서 단절이 아닌 재구성 혹은 자기갱신의 모습을 보여주었다. 세 시인의 시적 특질에서 구명(究明)되는 1950년대 시의 전통주의의 의의를 몇 가지로 요약하면 다음과 같다.

첫째, 1950년대 전통주의 시가 구현하고 있는 고전정서의 계승과 변형, 재창조는 서구지향적 모더니즘에 경사(傾斜)되기 시작한 당시의 시단에 자기반성적인 계기를 제공하였다는 점이다. 김관식, 박재삼, 이동주 등 전통주의 시인들이 추구한 것은 조지훈·서정주의 자연관이나 생명에 대한 탐구로 대변되는 시인의식의 전통, 김소월의 섬세하고 부드러운 언어의식의 전통, 농경사회에 뿌리를 둔 민족의 전통적인 삶의 의례 방식에 대한 시적 계승과 변용, 재창조의 과정이었으며 이는 무엇보다도 서양의 근대적 가치를 일방적으로 지향했던 시류에서 벗어나 있었던 것이다.

둘째, 이들은 전후 현실의 급박한 변화의 추세와는 거리를 두면서 시 장르의 심미적 가치를 지속시키려 하였다. 이들의 시세계는 시의 본질이 '서정성'에 뿌리를 두고 있다는 사실을 인식한 것이었다. 이들의 시적 성향이 한국시가에 담긴 전통적 정서를 바탕으로 하면서 전후 현실에서 범람하던 서구 근대 사조의 맹목적인 추수를 거부했다는 점은 결코 과소평가될 수 없는 의의이다. 전후의 고통과 좌절당한 심성이 위로받는 소박한 일상으로의 복귀는 정신적 가치의 중요성을 인식함은 물론 자연회귀와 인간중심적인 민족 정서의 복원으로 표출된 것이다.

셋째, 1950년대 시의 전통주의는 민족의 정서와 감정을 전승, 지속시키려는 전통적인 순수문학에의 열망을 표명한 것이다. 이들의 시는 음악적 가락과 토속성, 민족의 정서를 마련하되, 구태의연한 기법을 고수하려는 태도를 보이지는 않았다. 이들의 시세계는 지속의 가운데 변화를 수용한, 즉 지속과 변화가 배타적으로 존재하는 것이 아니라 공존하고 있다는 사실을 일깨워 주고 있으며, 전통과 변혁은 상대적인 인식의 차이에서 비롯하는 것임을 보여 주었다. 뿐만 아니라 1950년대 시의 전통주의는 순수한 서정의 세계를 환기하고 있었으며, 시의 특성이 정서 본위에 기인하고 있음을 강조하였다. 이들의 시적 성과는 시 장르가 여전히 객관성보다는 주관성을, 이성보다는 감성을, 산문성보다는 함축적인 운문성(음악성)을, 논리보다는 체험이 더욱 심화될 수밖에 없는 서정장르임을 각인시키는 것이다.

그러므로 전통적 소재의 친밀감과 시적 언어의 원형을 간직한 음악적 가락, 순수를 지향하는 시적 자의식은, 전통주의 시의 한계로 지적되어온 세계와의 '거리두기'가 현실로부터의 퇴각이나 시적 결함으로 취급될 것이 아니라, 핍절된 시의 자율성을 되찾는 척도로서 그 의미가 재구(再構)되어야 할 것이다. 1950년대 시의 전통주의는 시의 원형질로서의 생명, 또는 서정에 대한 탐구를 심미적이면서 참신한 상상의 힘으로 발휘하여 현실의 질곡을 벗어나는 한 방법으로 구축된 것이라고 할 수 있다.

제 5 장

마무리 : 시의 전통과 전통주의 시의 미래를 위하여

지금까지의 논의에서 이 글은 1950년대 시에 나타난 전통주의의 특질을 '시적 영향'이라는 관계망 안에서 살펴보고자 하였다.

선대(先代)의 영향이 후대(後代)에 미치는 관계는 1950년대 전통시의 경우 상당한 유사성을 확보하고 있었다. 일정한 패턴과 시적 관습, 정서의 유사성에 주목해보면, 새로운 시인이 과거의 시인들에게서 물려받은 직접적인 유산이라고 할 수 있다. 그러나 새로운 시인들의 시적 형상화가 고답적이지 않고 개성적인 면모를 발휘할 수 있느냐의 문제는 시적 영향을 어떤 방식으로 흡수하고 극복하느냐에 달린 것이다. 해럴드 블룸은 이 문제를 해명하기 위해 시인을 "강한 시인"과 "약한 시인"으로 분류하고, 시적 영향관계에서 발생하는 신진시인의 '불안'에 주목했다. 블룸에 의하면, "강한 시인"은 이러한 영향의 문제를 수용, 재변용하여 자신의 시세계를 보다 넓게 확장시킨다. 이 글에서 연구대상이 된 김관식, 박재삼, 이동주는 1950년대 시의 전통주의를 유감없이 발휘할 뿐만 아니라 선대(先代)의 영향을 수용, 발전시켜 독특한 자신의 시적 영역을 개척한 "강한" 시인들이다.

지금까지의 논의 전개과정을 정리하면 다음과 같다.

우선, 2장에서는 1950년대의 주된 관심사였던 전통과 서정을 둘러 싼 이론적인 논의들을 검토하였다. 1절에서는 전통에 대한 비판적인 문제제기가 모더니스트들에 의해 이루어졌다는 점에 주목하여 이들의 전통에 대한 부정적인 태도를 살펴보았다. 이봉래, 이어령, 유종호는 과거를 청산하고 현대를 새롭게 건설하자는 강도 높은 전통 단절론을 표명하였으며, 최일수, 고석규 등은 과거의 안일한 서정성에 경종을 울리고 새로운 지성을 발견하여 합일을 이루자는 절충적 태도를 견지 하였다. 다만, 이들 주장의 공통점은 전통에 대해 비판적 입장을 견지 하면서도 시의 서정에 대한 새로운 모색을 강구하였다는 데 있다. 이 들이 인식한 전통은 근대에 반하는 것으로, 극복되어야 할 대상으로 간주되었다. 2절은 전통주의가 지닌 세계인식의 저류가 무엇인지 살펴 보고 이러한 특성이 1950년대 전통주의 시인들에게 미친 시적 영향의 상관성을 제시하고자 하였다. 앞선 세대인 청록파, 특히 조지훈의 자 연관은 1950년대 시의 전통주의와 매우 관련이 깊은 것으로 보았다. 또한 서정주의 시정신은 이 시기의 전통주의적인 신진시인들의 정신 세계를 지배해온 것으로, 검토의 대상이 되었다. 서정주의 신라정신은 당시에도 많은 논란을 불러왔던 것인데 서정주는 '신라'라는 과거 역 사의 한 지점을 포착하여 민족 공동의 공감대를 형성하고 이를 통해 민족의 정체성을 구현하고자 하였다. 긍정과 부정의 입장이 첨예하게 대립한 서정주의 시정신 역시 1950년대 전통주의 시의 특질에 많은 부분 영향을 끼쳤다. 즉 김관식의 초기시에서 드러나는 관능적인 생명 탐구, 박재삼의 시어 및 소재의 채택과 어조의 재변용 등은 서정주 시의 영향관계를 확인케 한다. 이처럼 영향력 있는 선대(先代) 시인의 시적 영향을 1950년대 신진 시인들이 어떤 방식으로 흡수하고 극복하 느냐의 문제를 보다 구체적으로 살펴보는 것이 이 글의 주된 내용이 었다.

3장에서는 이러한 특질을 좀 더 세밀하게 고찰하기 위해 작품을 중심으로 논의를 심화시켰다. 해당시인으로는 김관식, 박재삼, 이동주 가 선정되었다. 이들의 시세계를 살펴보는 가운데 전통주의로 규정할 수 있는 요소는 크게 세 가지로 분류되었다. 즉 시인의식, 언어의식, 삶의 의례(儀禮) 등이 제시되었다. 이 같은 요소들은 선대(先代)의 영향 관계와 무관하지 않은 전통적 요소들로, 1950년대 신진시인들이 어떤 방식으로 전통적 요소를 계승하고 변화시키면서 지속적으로 구현하여 왔는지를 규명하고자 한 것이다. 이 글은 김관식, 박재삼, 이동주의 시가 자신의 시세계를 구축하는 과정에서 필연적으로 겪게 되는 선대 와의 영향관계를 시인의 전통적 요소에 대한 관심 분야, 매체의 선택, 수용의 방식, 재창조의 과정에 따라 분류하였다.

김관식은 전통적인 자연관의 시적 형상화에 관심을 가진 채, 동양 고전과 한시, 한문학의 매체를 수용하였다. 이를 통해 동양고전과 한 시와의 장르교체를 시적 변용의 과정에서 활용하게 되었던 것이다. 김 관식은 한문학적 전통 하에 형성된, 시적 자기정립이 전통적 자연관과 한시 규범의 현대적 변용으로 표출되었다. 그는 동양고전의 영향을 가 장 많이 받은 시인이며 이러한 특질은 그의 독서체험에서 비롯한 것 이었다. 김관식의 한학적 교양은 동양학에 심취한 그의 독서체험과 서 정주, 조지훈의 영향을 입은 결과이다. 그의 시는 노·장자적인 자연 의식이 시의 저변을 이루면서 한시와의 소통을 보여 주었다. 실제로, 한 시구를 시의 내부에 그대로 활용한다든지, 한문학의 하위 장르인 부(賦), 송(頌), 명(銘), 서(書) 등의 명칭을 시제(詩題)로 삼았다. 김관식의 시에서 초기시의 관능미는 이후의 시적 행보와 다소 변별되지만 서정 주『화사집』의 영향이 밀착된 경우로 본고에서 분석되었다. 시적 분위 기, 시어의 채택이『화사집』의 것과 매우 유사하였다.

박재삼은 고전의 현대적 변용에 관심을 두고, 고전 속의 인물을 포착하여 수용하였다. 그는 이를 재창조하는 과정에서 한국적 언어의 발견과 민족적 정서를 경험하게 되는데, 이러한 시적 영향을 거쳐 선대에서 곧잘 사용하던 여성적 어조와 화자를 독창적으로 변용하는 등 자신의 시세계를 확보하였다. 요컨대, 박재삼의 시는 김소월 이래 향유되어 온 섬세하고 결 고운 여성적 어조를 보다 공고히 한다. 다시 말해 박재삼의 시는 김소월 이래로 사용되던 여성적 어조의 미학적 요소를 재발견하고 이를 창조적으로 활용한 것이다. 박재삼의 시세계는 '이별'과 '한'의 정조를 담은, 특유의 여성적 어조를 창출하였다. 또한 '춘향'이란 고전설화의 여성 화자를 취택하여 보편적 '임'으로 끌어올리고 있으며, 해피엔딩의 『춘향전』 서사구조를 살려 '한'의 정서를 설움에서 끝내는 것이 아니라 발랄하고 정겨운 어조로써 승화시켰다. 그는 우리 문학의 전통주의가 여성적인 사유체계에서 기반하고 있음을 인식하여 효과적으로 활용한 것이다. 박재삼의 첫 시집 『춘향이 마음』과 대표적 고전인 『춘향전』과의 관련성은 주목을 요하는 것인데, 이 같은 구비설화적 소재의 포착은 김소월, 김영랑, 서정주로 소급되는 전통주의 시의 계보를 잇고 있는 것이었다.

이동주는 판소리, 민요 등 재래장르와 민속적 의례에 관심을 가진 시인이었다. 이동주의 시세계는 공동체적 농경사회의 의례(儀禮) 방식을 시의 소재로 삼아 시적 형상화를 이루었다. 그는 "혼야(婚夜)"와 같은 관혼상제의 제식(祭式)과 강강술래, 달맞이, 기우제 같은 민속의 재발견을 통해 전통적 삶과 정서를 구현하였다. 이러한 특질은 판소리, 민요의 율격을 수용하여 시의 리듬감을 한층 배가시키는데 활용되었다. 그는 3·4음보의 율격미를 살려 한의 정서를 흥취로 극복, 승화시켰다. 이동주의 시적 성향은 남도지방의 판소리와 민요와의 영향관계에 놓이는 것으로, 그의 시세계는 판소리, 민요의 단조로우나 경쾌하고 변칙적인 요소를 잘 활용하여, 애절하지만 흥겨운 3·4음보의 율격미를 보여준다.

이처럼, 1950년대 시문학사에서 김관식, 박재삼, 이동주 등의 시세계는 선대(先代)시인인 김소월, 서정주, 조지훈 등의 전통주의 시인들이 내장하고 있는 시적 특성 가운데 언어의식과 민족적 정체성, 전통적 자연관의 영향을 입고 있었으며, 한시, 민요, 판소리 등 전통적 문학 양식을 두루 수용하는 한편, 이를 재변용, 계승하여 각기 다른 독창적인 시적 영역을 개척한 것을 알 수 있다. 이들의 공통점은 전통주의에 대한 가치와 정서, 율격, 소재 및 친밀한 시적 대상을 시화하여 민족 공동의 서정을 살려내었으며, 이러한 고전 정서와 전통적 가락을 현대적으로 변용하여 전통주의 시의 새로운 가능성을 확인케 하였다는 점이다. 그러므로 세 시인의 시적 성향은 매우 변별적이면서도 동질의 사유체계를 지향하는 것이며, 전후 전통주의의 주도적인 흐름을 생성해 온 것이라고 할 수 있다.

이제 자연시나 전원시, 산수시로 줄곧 이해되어온 전통시에 대한 편협한 이해와 개념 규정은 변화를 맞이하게 되었다. 복고주의와 동일한 것으로 치부되었던 1950년대 시의 전통주의는 서구추수적인 시적 성향에 대한 반성적 입장을 표명하면서 '전통적' 혹은 '한국적' 의미의 재성찰을 촉구한다. 우리의 문학사는 종래의 근대에 대한 맹신에서 방향전환하여 문학사 전반에 내장된 주체적이면서 발전적인 전통주의에 대한 재검토를 수행할 때가 된 것이다. 향후 보다 분석적이고 다양한 성과물이 이어져야 할 것이다.

참고문헌 ■■■

1. 기본 자료

김관식, 『낙화집』, 창조사, 1952.

_____, 『김관식 시선』, 자유세계사, 1956.

_____, 『다시 광야에』, 창작과비평사, 1976.

_____ ・ 이형기 ・ 이상노 공저, 『해 넘어가기 전의 기도(祈禱)』, 현대문학사, 1955.

박재삼, 『춘향이 마음』, 신구문화사, 1962.

_____, 『햇빛 속에서』, 문원사, 1970.

_____, 『천년의 바람』, 민음사, 1975.

_____, 『어린 것들 옆에서』, 현현각, 1976.

_____, 『뜨거운 달』, 근역서재, 1979.

_____, 『비듣는 가을 나무』, 동화출판공사, 1980.

_____, 『추억에서』, 현대문학, 1983.

_____, 『아득하면 되리라』, 정음사, 1984 : 시선집.

_____, 『대관령 근처』, 정음사, 1985.

_____, 『내 사랑은』, 영언문화사, 1985 : 시조집.

_____, 『찬란한 미지수』, 오상출판사, 1986.

_____, 『사랑이여』, 실천문학사, 1987.

_____, 『바다 위 별들이 하는 짓』, 문학사상사, 1987 : 시선집.

_____, 『박재삼 시집』, 범우사, 1987 : 시선집.

_____, 『해와 달의 궤적』, 신원문화사, 1990.

_____, 『꽃은 푸른 빛을 피하고』, 민음사, 1991.

_____, 『울음이 타는 강』, 미래사, 1991 : 시선집.

_____, 『허무에 갇혀』, 시와시학사, 1993.

_____, 『친구여 너는 가고』, 미래문화사, 1993 : 시선집.

_____, 『다시 그리움으로』, 실천문학사, 1996.

_____, 『박재삼 시전집』(1권), 민음사, 1998 : 시선집.

서정주, 『서정주 문학 전집』 1~5권, 일지사, 1972.

_____, 『미당시전집』 1~3권, 민음사, 1991.
_____, 『서정주 시선』, 정음사, 1955.
이동주, 『혼야』, 호남공론사, 1951.
_____, 『강강술레』, 호남출판사, 1955.
_____, 『산조』, 우일문화사, 1969 : 시선집.
_____, 『산조여록』, 서래헌, 1980.
_____, 『이동주 시집』, 범우문고, 1987.
_____, 『그 두려운 영원에서』, 태창문화사, 1982 : 수상집.
_____, 「한과 멋」, 박인환 외 저, 『한국전후문제시집』(세계전후문학전집 8), 신구문
    화사, 1962.
고 원 외, 『52인 시집』(현대한국문학전집 18), 신구문화사, 1967.
박인환 외, 『한국전후문제시집』(세계전후문학전집 8), 신구문화사, 1962.
이어령, 『저항의 문학』, 예문관, 1965.
조지훈, 『조지훈 전집』 1~3권, 나남, 1996.

2. 국내 단행본

강홍기, 『현대시 운율 구조론』, 태학사, 1999.
고 은, 『대한민국 김관식』(평전), 청년사, 1976.
_____, 『1950년대』, 청하, 1989.
고석규, 『여백의 존재성』, 지평, 1990.
구모룡, 『문학과 근대성의 경험』, 좋은 날, 1998.
_____, 『제유의 시학』, 좋은 날, 2001.
구인환, 『한국전후문학연구』, 삼지원, 1995.
구중서, 『분단시대의 문학』, 전예원, 1981.
권영민, 『한국현대문학사』, 민음사, 1993.
_____ 편, 『한국문학 50년』, 문학사상사, 1995.
권영민·이남호, 『한국문학이란 무엇인가』, 민음사, 1995.
김대행, 『한국시가구조연구』, 삼영사, 1976.
_____, 『한국시의 전통연구』, 개문사, 1980.

_____, 『우리 시의 틀』, 문학과비평사, 1989.

김동리, 『문학과 인간』(전집 7), 민음사, 1997.

김득만・장윤수 공저, 『중국철학의 이해』, 예문서관, 2000.

김범부, 『풍류정신』, 정음사, 1986.

김병욱 외, 『문학과 신화』, 대람출판사, 1981.

김선풍 외, 『민속론』, 집문당, 1989.

김열규, 『한국의 신화』, 일조각, 1976.

_____, 『시적 체험과 그 형상』, 대방출판사, 1984.

김영민, 『한국 현대 문학 비평사 연구』, 소명출판사, 2000.

김용직 , 『한국근대시사』(상・하), 학연사, 1986.

김용직 외, 『한국현대시사연구』, 일지사, 1983.

김우종, 『순수문학비판』, 자유문학사, 1989.

김우창, 『궁핍한 시대의 시인』, 민음사, 1977.

김욱동, 『대화적 상상력 : 바흐친의 문학이론』, 문학과지성사, 1994.

김윤식, 『한국현대문학사』, 일지사, 1976.

_____, 『한국현대시론 비판』, 일지사, 1986.

_____, 『한국문학의 근대성과 이데올로기 비판』, 서울대 출판부, 1987.

_____, 『해방공간의 문학사론』, 서울대 출판부, 1989.

_____, 『동양정신과의 감각적 만남』, 고려대 출판부, 1997.

김윤식・김현 공저, 『한국문학사』, 민음사, 1973.

김은전 외, 『한국현대시사의 쟁점』, 시와시학사, 1992.

김인환, 『상상력과 원근법』, 문학과지성사, 1993.

김재용 외, 『한국문학의 이해』, 소명출판사, 2000.

김재홍, 『한국전쟁과 현대시의 응전력』, 평민사, 1978.

_____, 『현대시와 역사의식』, 인하대 출판부, 1988.

_____, 『한국 현대시의 사적 탐구』, 일지사, 1998.

김준오, 『시론』, 삼지원, 1982 / 1997, 4판.

_____, 『문학사와 장르』, 문학과지성사, 2000.

_____, 『한국문학의 양식론』, 한양출판, 1997.

김준오 외 저, 『한국현대시와 패러디』, 현대미학사, 1996.

김창원, 『시텍스트의 해석원리』, 서울대 출판부, 1995.

김춘수, 『시론』(전집 2), 문장사, 1982.

김학주, 『중국문학사』, 신아사, 1989.

문학사와비평연구회, 『1950년대의 문학』, 예하, 1992.

민병기 외, 『한국의 영상문학』, 문예마당, 1998.

박경수, 『한국근대민요시연구』, 한국문화사, 1998.

박노준 외, 『현대시의 전통과 창조』, 열화당, 1998.

방옥례, 『대한민국 김관식』, 동문출판사, 1983.

사회과학연구소 편, 『사회과학사전』, 풀빛, 1980.

설성경, 『춘향전』, 시인사, 1986 / 1994, 재판.

성기조, 『한국문학과 전통논의』, 신원문화사, 1989.

성병희 외, 『민속놀이와 민중의식』, 집문당, 1996.

송기한, 『한국전후시의 시간의식』, 태학사, 1996.

송하춘·이남호 공편, 『1950년대의 시인들』, 나남, 1994.

신경림·정희성 공편, 『한국 현대시의 이해』, 진문출판사, 1981.

신동욱 외, 『신화와 원형』, 고려원, 1992.

신상철, 『현대시의 연구와 비평』, 경남대 출판부, 1996.

신은경, 『풍류』, 보고사, 2000.

신현락, 『한국 현대시와 동양의 자연관』, 한국문화사, 1998.

심우성, 『한국의 민속놀이』, 삼일각, 1975.

역사문제연구소 편, 『전통과 서구의 충돌』, 역사비평사, 2001.

오세영, 『20세기 한국시 연구』, 새문사, 1989.

_____, 『문학연구방법론』, 시와시학사, 1993.

_____, 『한국낭만주의 시연구』, 일지사, 1997.

오세영 외, 『한국현대시론사』, 모음사, 1992.

유종호, 『사회 역사적 상상력』, 민음사, 1987.

_____, 『현실주의 상상력』, 나남, 1991.

윤재웅, 『미당 서정주』, 태학사, 1998.

윤호병, 『비교문학』, 민음사, 1994.

이강수, 『노자와 장자』, 길, 1997.

이몽희, 『한국현대시의 무속적 연구』, 집문당, 1990.

이병주, 『한국 한시의 이해』, 민음사, 1991.

이상섭, 『언어와 상상』, 문학과지성사, 1980.

_____, 『문학비평용어사전』, 민음사, 1984.

이숭원, 『근대시의 내면구조』, 새문사, 1988.

———, 『현대시와 현실의식』, 한신문화사, 1990.

이승복, 『우리 시의 운율체계와 기능』, 보고사, 1995.

이융희, 『한국 현대시의 무속적 연구』, 집문당, 1990.

이혜순 편, 『비교문학 논문선』, 중앙출판인쇄, 1980.

임 화 저, 임규찬·한진일 공편, 『임화 신문학사』, 한길사, 1993.

임동권, 『한국민요집』, 집문당, 1980.

———, 『한국민속문화론』, 집문당, 1983.

임재해, 『한국의 민속예술』, 문학과지성사, 1998.

장덕순, 『구비문학개설』, 일조각, 1990.

전광식, 『고향』, 문학과지성사, 1999.

전규태, 『비교문학—그 국문학적 연구』, 이우출판사, 1981.

전기철, 『한국전후문예비평연구』, 도서출판 서울, 1994.

전봉건, 『춘향연가』, 성문각, 1967.

정대현, 『한국어의 철학적 분석』, 이화여대 출판부, 1985.

정병욱, 『한국의 판소리』, 집문당, 1981.

정효구, 『20세기 한국시와 비평정신』, 새미, 1997.

조건상 편저, 『한국전후문학연구』, 성균관대 출판부, 1993.

——— 편, 『1950년대 문학의 이해』, 성균관대 출판부, 1996.

조동일, 『한국 시가의 전통과 율격』, 한길사, 1982.

———, 『국문학과 전통사상』, 경기대 출판부, 1995.

———, 『한국민요의 전통과 율격』, 지식산업사, 1998.

조연현 외저, 『미당 연구』, 민음사, 1994.

조창환, 『한국 현대시의 운율론적 연구』, 일지사, 1986.

지순임, 『산수화의 이해』, 일지사, 1991.

———, 『예술과 자연』, 미술문화, 1997.

천이두, 『한의 구조연구』, 문학과지성사, 1993.

———, 『우리 시대의 문학』, 문학동네, 1998.

최상수, 『한국민속놀이의 연구』, 성문각, 1985.

최승호, 『한국 현대시와 동양적 생명사상』, 다운샘, 1995.

———, 『한국적 서정의 본질 탐구』, 다운샘, 1998.

최재서, 『문학원론』, 신원도서, 1978.

최진원,『국문학과 자연』, 성균관대 출판부, 1977.

최현배선생 환갑기념논문집간행회 편,『최현배선생 환갑기념 논문집』, 사상계사, 1954.

한국문학연구회,『1950년대 남북한 문학』, 평민사, 1991.

_____,『1950년대 남북한 시인 연구』, 국학자료원, 1996.

한국현대문학연구회,『한국의 전후문학』, 태학사, 1990.

_____ 편,『한국현대시론사』, 모음사, 1992.

한수영,『문학과 현실의 변증법』, 새미, 1997.

현종호,『국어고전시가사연구』, 보고사, 1996.

홍기삼,『문학사와 문학비평』, 해냄, 1996.

홍문표,『한국문학과 이데올로기』, 양문각, 1995.

홍신선,『현실과 언어』, 평민사, 1982.

_____,『우리문학의 논쟁사』, 어문각, 1985.

_____,『한국시의 논리』, 동학사, 1994.

황동규 편,『엘리어트』, 문학과지성사, 1978 / 1986, 재판.

황패강,『신화와 원형』, 고려원, 1992.

황희영,『운율연구』, 형설출판사, 1969.

3. 국내 석·박사 학위 논문

고현철,「한국 현대시의 장르 패러디 연구─담론 양상을 중심으로」, 부산대 박사학위 논문, 1995.

권순섭,「한국 현대시의 전통성 연구」, 공주대 석사학위논문, 1990.

김병호,「이동주 시 연구」, 중앙대 석사학위논문, 1999.

김석준,「서정주 초기시 연구」, 서울대 석사학위논문, 1994.

김양희,「박재삼 시 연구─초기시의 이미지를 중심으로」, 한양대 석사학위논문, 1996.

김은영,「1950년대 시의 유형과 특성에 관한 연구」, 아주대 석사학위논문, 1995.

김혜경,「소월시의 율격에 관한 연구」, 명지대 석사학위논문, 1995.

남기혁,「1950년대 시의 전통지향성 연구」, 서울대 박사학위논문, 1998.

문영수,「판소리율격과 장단의 상관성」, 안동대 석사학위논문, 1999.

문혜원, 「한국전후시의 실존의식 연구」, 서울대 박사학위논문, 1996.

박윤우, 「1950년대 한국 모더니즘 시 연구」, 서울대 박사학위논문, 1998.

박지영, 「1950년대 후기시 연구」, 성균관대 석사학위논문, 1994.

백미경, 「박재삼 시 연구-이미지와 주제를 중심으로」, 중앙대 석사학위논문, 1998.

백승현, 「심호 이동주의 시세계 연구」, 호남대 석사학위논문, 1996.

서해원, 「김관식 연구」, 공주사범대 석사학위논문, 1983.

양금섭, 「심호 이동주 연구」, 고려대 석사학위논문, 1986.

_____, 「미당서정주 시연구」, 고려대 박사학위논문, 1996.

여지선, 「1950년대 시의 전통성 연구」, 건국대 석사학위논문, 1998.

윤정룡, 「1950년대 한국 모더니즘 시연구」, 서울대 박사학위논문, 1992.

이경영, 「한국 전쟁시 연구」, 성균관대 박사학위논문, 1993.

이경희, 「서정주 시의 전통성 연구」, 경희대 석사학위논문, 2000.

이광호, 「박재삼 시연구-초기시의 어조와 운율 분석」, 고려대 석사학위논문, 1987.

이상숙, 「박재삼 시의 이미지 연구-초기시에 나타난 물을 중심으로」, 고려대 석사학
위논문, 1993.

이연희, 「김관식 시연구」, 강릉대 석사학위논문, 1997.

임문혁, 「한국 현대시의 전통 연구」, 한국교원대 박사학위논문, 1992.

전기철, 「한국전후문예비평의 전개양상에 대한 고찰」, 서울대 박사학위논문, 1992.

조영복, 「1950년대 모더니즘시에 있어서 내적체험의 기호화연구」, 서울대 석사학위논
문, 1992.

최승호, 「1930년대 후반기 시의 전통지향적 미의식 연구」, 서울대 박사학위논문,
1994.

최진송, 「1950년대 전후 한국 현대시의 전개양상」, 동아대 박사학위논문, 1994.

하희정, 「1950년대 시에 나타난 부재의식의 형상화 연구」, 서울대 석사학위논문,
1995.

한수영, 「1950년대 한국 문예 비평론 연구」, 연세대 박사학위논문, 1995.

황인원, 「1950년대 시의 자연성 연구」, 성균관대 박사학위논문, 1998.

황정산, 「한국 현대시의 운율론적 연구」, 고려대 박사학위논문, 1997.

황종연, 「한국문학의 근대와 반근대」, 동국대 박사학위논문, 1991.

4. 국내 일반연구논문 등

강희근, 「서정주 시의 서술성에 대하여」, ≪월간문학≫, 1984. 1.

고 은, 「실내작가론(10)」, ≪월간문학≫, 1970. 1.

고석규, 「현대시의 심연」, ≪예술집단≫, 1955. 12.

구 상, 「우리 시의 이념과 방법」, ≪문학예술≫, 1955. 7.

구중서, 「서정주와 현실도치」, ≪청맥≫, 1965. 11.

권택영, 「카니발의 의미」, ≪현대문학≫, 1987. 9.

김 현, 「시와 시인을 찾아서(2)-박재삼 편」, ≪심상≫, 1974. 3.

김광수, 「영랑 사행시의 미학」, ≪논문집≫ 4집, 경원대, 1986.

김규동, 「현대시와 서정-낡은 세대와 교체되는 신세대」, ≪조선일보≫, 1956. 6. 4.

김기중·고형진·박재삼(대담), 「오, 아름다운 것에 끝내 노래한다는 이 망망함이여」,
       ≪문학정신≫, 1992. 1.

김대행, 「현대시 전통론을 위하여」, 김은전 외, 『한국현대시사의 쟁점』, 시와시학사,
       1992.

김동리, 「문학하는 것에 대한 사고」, 『문학과 인간』(전집 7), 민음사, 1997.

_____, 「청산과의 거리(김소월론)」, 『문학과 인간』(전집 7), 민음사, 1997.

김석연, 「시조 운율의 과학적 연구」, ≪아세아연구≫ XI-4, 고려대 아세아문제연구소,
       1968.

김선풍 외, 「한국민속놀이론」, 『민속론』, 집문당, 1989.

김영민, 「서정시의 새로움을 위한 구도」, ≪문학사상≫, 1988. 6.

김용성, 「김관식」, 『현대문학사 탐방』, 현암사, 1984.

김우창, 「한국시의 형이상」, 『궁핍한 시대의 시인』, 민음사, 1977.

김윤식, 「역사의 예술화-신라정신이란 괴물(怪物)을 폭로(暴露)한다」, ≪현대문학≫,
       1963. 10.

김재홍, 「미당 서정주-대지적 삶과 생명에의 비상」, 조연현 외 저, 『미당 연구』, 민음
       사, 1994.

_____, 「순간과 영원의 사이에서」, ≪서평문화≫ 31, 1998. 9.

_____, 「미당시의 전통성과 영원주의」, 『생명, 사랑, 자유의 시학』, 시와시학사,
       1999.

김종철, 「도덕적 관점과 시적 구체성-김관식, 박봉우, 최하림의 세 권의 근간 시집에

대하여」,《창작과비평》, 1976. 가을.

김주연, 「자연과 서정」, 고원 외 저, 『52인 시집』(현대한국문학전집 18), 신구문화사, 1967.

김준오, 「문학사와 패러디 시학」, 김준오 외 저, 『한국현대시와 패러디』, 현대미학사, 1996.

_____, 「서술시의 서사학」, 『한국문학의 양식론』, 한양출판, 1997.

김진권, 「상호텍스트성－챠우더의 거시텍스트이론을 중심으로 하여」,《텍스트언어학》 4, 텍스트언어학회, 1997.

김차영, 「현대시의 경위」,《문예》, 1953. 10.

김춘수, 「소재와 감상」,《사상계》, 1959. 3.

_____, 「전후 15년의 한국시」, 박인환 외 저, 『한국전후문제시집』(세계전후문학전집 8), 신구문화사, 1962.

김학동, 「신라의 영원주의」,《어문학》, 1974. 4.

김화영, 「한국인의 미의식」, 조연현 외 저, 『미당 연구』, 민음사, 1994.

김효중, 「자아인식과 전통적 서정시」,《영남어문학》, 영남어문학회, 1988. 8.

김홍규, 「춘향, 천의 얼굴」,《현대시학》, 1971. 4.

_____, 「한국시가율격의 이론」,《민족문화연구》 13호, 고려대 민족문화연구소, 1978.

류근조, 「이동주론－절제와 회오와 균형의 미」,《현대문학》, 1992. 11.

문덕수, 「신라정신에 있어서의 영원성과 현실성」,《현대문학》, 1963. 4.

민병욱, 「박재삼의 서사정신과 서사갈래 체계」,《현대시학》, 1985. 9.

박두진, 「모색과 전통과 답보의 1년」,《현대문학》, 1956. 1.

박호영, 「현대시에 나타난 고전 수용의 양상」, 『한국시문학의 비평적 탐구』, 삼지원, 1985.

백운복, 「서정적 한의 형상」,《비평문학》 2호, 한국비평문학회, 1988.

서정주, 「한국 시문학의 전통」,《국어국문학보》 1호, 동국대, 1958.

_____, 「글제목」,《한국일보》, 1959. 2. 15.

_____, 「고대 그리스적 육체성」, 『육자배기 가락에 타는 진달래』, 서문당, 1984.

성기조, 「김관식론－동양정신을 중심으로」,《청람어문논집》, 청람어문학회, 1991.

성춘복, 「시의 모국과 참회의 길」,《월간문학》, 1979. 4.

신경림, 「김관식－인간과 문학」,《월간문학》, 1970. 10.

신상철, 「한국적인 서정과 思鄕, 그리고 현실인식」, 『현대시의 연구와 비평』, 경남대 출판부, 1996.

예창해, 「한국시가운율구조연구」, 《성대문학》 19집, 성균관대, 1976.

오세영, 「한의 논리와 그 역설적 의미」, 《문학사상》, 1976. 12.

유근조, 「이동주론」, 《논문집》, 중앙대, 1992.

유종호, 「현대시의 50년」, 《사상계》, 1962. 5.

_____, 「변두리 형식의 주류화」, 『사회 역사적 상상력』, 민음사, 1987.

윤재근, 「박재삼론」, 《현대문학》, 1977. 5.

_____, 「이동주론」, 《현대문학》, 1979. 6.

이경수, 「서정주와 박재삼의 춘향 모티프 시 비교 연구」, 《민족문화연구》 29호, 고
        려대 민족문화연구소, 1996.

이광수, 「文學이란 何오」, 《매일신보》, 1916. 11. 10~11. 23 : 『이광수전집』 1권,
        삼중당, 1962.

_____, 「시조와 자연율」, 《동아일보》, 1929. 11. 1~1929. 11. 7.

이남호, 「교과서에 실린 문학 작품을 어떻게 가르칠 것인가—20. 서정주 「추천사」」,
        《현대문학》, 2000. 6.

이병기, 「율격과 시조」, 《동아일보》, 1928. 11. 28~1928. 12. 1.

이봉래, 「서정의 변혁」, 《조선일보》, 1953. 3. 8.

_____, 「전통의 정체」, 《문학예술》, 1956. 8.

이승원, 「민족의 시련과 서정시의 맥락」, 권영민 편, 『한국문학 50년』, 문학사상사,
        1995.

이승철, 「일제하 모더니즘 문학에 나타난 전통성과 근대성에 대한 연구」, 《인문과학
        논총》 19집, 청주대 인문과학 연구소, 1999.

이어령, 「전후시에 대한 노트2장」, 박인환 외 저, 『한국전후문제시집』(세계전후문학전
        집 8), 신구문화사, 1962.

이원섭, 「정의 응어리를 안고 살았다」, 《현대문학》, 1979. 6.

이철범, 「신라정신과 한국전통론비판」, 《자유문학》, 1959. 8.

이헌석, 「시어의 다원화를 위하여—박재삼 시의 어미 활용 一考」, 《월간 문학》,
        1985. 6.

임명섭, 「허무주의의 극복」, 송하춘 · 이남호 공편, 『1950년대의 시인들』, 나남,
        1994.

정 광, 「한국시가운율연구시론」, 《응용언어학》 7권 2호, 서울대 어학연구소, 1975.

정병욱, 「고시가 운율론 서설」, 최현배선생 환갑기념논문집간행회 편, 『최현배선생 환

갑기념 논문집』, 사상계사, 1954.

정봉래, 「정한의 시인-이동주론」, 《문학과의식》, 1996. 10.

정창범, 「현대시의 두 경향」, 《현대문학》, 1955. 7.

_____, 「의식적인 아나트로니즘-박재삼의 풍토」, 《세대》, 1974. 9.

정한모, 「광복 30년의 한국시 개관」, 『한국현대시의 정수』, 서울대 출판부, 1979.

정효구, 「김관식 시에 나타난 정신세계」, 『20세기 한국시와 비평정신』, 새미, 1997.

조남익, 「박재삼, 김관식의 시」, 《현대시학》, 1987. 4.

조동일, 「한국시가율격과 정형시」, 《계명대학보》, 1975. 9. 16.

_____, 「민요의 형식을 통해 본 시가사」, 『한국민요의 전통과 율격』, 지식산업사, 1998.

조연현, 「민족적 특성과 인류적 보편성-서정주와 김동리의 전통에 대한 태도를 중심으로」, 《문학예술》, 1957. 8.

조윤제, 「시조자수고」, 《신흥》 4호, 1930.

조지훈, 「순수시의 지향-민족시를 위하여」, 《백민》, 1947. 3.

조창환, 「소월시의 율격구조」, 『한국 현대시의 운율론적 연구』, 일지사, 1986.

지순임, 「무위자연의 미」, 『예술과 자연』, 미술문화, 1997.

채규판, 「이동주의 시」, 《시문학》, 1982. 5.

_____, 「감각의 보편화 작업」, 이동주, 『이동주 시집』, 범우문고, 1987 : 시집 해설.

천상병, 「젊은 동양 시인의 운명-김관식의 귀천을 슬퍼하면서」, 《창작과 비평》, 1970. 겨울.

천이두, 「한의 미학적 윤리적 위상」, 《한국문학》, 1984. 12.

최동호, 「1950년대 시적 흐름과 정신사적 의의」, 『한국현대문학사』, 현대문학사, 1989.

최승범, 「청자 항아리 같은 시」, 《월간문학》, 1979. 4.

최승호, 「조지훈 서정시학 연구」, 『한국적 서정의 본질 탐구』, 다운샘, 1998.

최원규, 「서정주 연구」, 《국어국문학》 49호, 국어국문학회, 1970.

최일수, 「현대의 순수감각 비판」, 《문학예술》, 1956. 4.

_____, 「노래하는 시와 생각하는 시」, 《현대문학》, 1956. 4.

_____, 「이동주의 곰삭은 시학」, 《시문학》, 1989. 2.

최하림, 「세계의 심화와 질서화-시집 『다시 광야에』(김관식 저), 『황야의 풀잎』(박봉우 저), 『한겨울 산책』(김광림 저), 《문학과지성》, 1977. 봄 : 서평.

한채화, 「춘향전의 생산적 수용 연구」, 《한국문예비평연구》 7집, 2000.

허형만, 「이동주의 시에 나타난 남도성」, ≪현대시학≫, 1995. 12.

홍기삼, 「경덕왕 충담사 표훈대덕 연구」, ≪동악어문논집≫ 29집, 동악어문학회, 1991.

＿＿＿, 「한국문학 전통과 현대적 계승」, ≪한국문학연구≫ 20집, 동국대 한국문학연구소, 1998.

홍사중, 「리리시즘의 영토」, ≪현대문학≫, 1957. 2.

홍신선, 「순수문학론 고찰」, 『국어국문학논총』, 와우, 1994.

＿＿＿, 「조지훈 시론 연구」, ≪한국문학연구≫ 18집, 동국대 한국문학연구소, 1996.

＿＿＿, 「생의 구경적 의의를 찾았던 몸부림」, ≪문학사상≫, 2001. 2.

황패강, 「한국 고대 서사문학의 원형」, 『신화와 원형』, 고려원, 1992.

5. 국외 번역서

노 자 저, 『노자도덕경』, 황병국 역, 범우사, 1976 / 1999, 재판.

유 협 저, 『문심조룡』, 최동호 편역, 민음사, 1994.

장 자 저, 『장자』, 김학주 역, 을유문화사, 2000.

방동미 저, 『중국인의 인생철학』, 정인재 역, 탐구당, 1992, 5판.

方立天 저, 『중국철학과 이상적 삶의 문제』, 이홍용 역, 예문서원, 1998.

모로하시 데츠지 저, 『공자, 노자, 석가』, 심우성 역, 동아시아, 2001.

사마알란 저, 『공자와 노자 그들은 물에서 무엇을 보았는가』, 오만종 역, 예문서원, 1999.

山田慶兒 저, 『주자의 자연학』, 김석근 역, 통나무, 1991.

샤를르 P. 보들레르(Charles P. Baudelaire) 저, 『악의 꽃 Les Fleurs du Mal』, 정기수 역, 정음사, 1978.

E. 홉스보옴 · T. 랑거(E. Hobsbawm & T. Ranger) 공편, 『전통의 날조와 창조 The Invention of Tradition』, 최석영 역, 서경문화사, 1995.

E. 쉴즈(E. shils) 저, 『전통 Tradition』, 김병서 역, 민음사, 1992.

해럴드 블룸(Harold Bloom) 저, 『시적 영향에 대한 불안 The Anxiety of Influence : A Theory of Poetry』, 윤호병 역, 고려원, 1991.

화이트 헤드(A. N. Whitehead) 저, 『상징작용 그 의미와 효과 Symbolism : Its

Meanting and Effect 』, 정연홍 역, 서광사, 1989.

줄리아 크리스테바(Julia Kristeva) 저, 『시적 언어의 혁명 *La Révolution du Langage Poétique*』, 김인환 역, 동문선, 2001.

유리 로트만(Juri Lotman) 저, 『시 텍스트의 분석 : 시의 구조』, 유재천 역, 가나, 1987.

린다 허천(Linda Hutcheon) 저, 『패러디 이론 *A Theory of Parody : The Teachings of Twentieth-Century Art Forms*』, 김상구 · 윤여복 공역, 문예출판사, 1992.

M. F. 기야르(M. F. Guyard) 저, 『비교문학 *La Littérature comparée*』, 전규태 역, 정음사, 1974.

미하일 함부르거(Michael Hamburger) 저, 『현대시의 변증법 *The Truth of poetry : tensions in modern poetry from Baudelaire to the 1960s*』, 이승욱 역, 지식산업사, 1993.

레이몬드 윌리암스(Raymond Williams) 저, 『이념과 문학 *Marxism and Literature*』, 이일환 역, 문학과지성사, 1982.

페터 지마(Peter V. Zima) 저, 『텍스트 사회학 *Textsoziologie*』, 허창운 역, 민음사, 1991.

폴 헤르나디(Paul Hernadi) 저, 『장르론 *Beyond genre*』, 김준오 역, 문장, 1983.

르네 웰렉 · 오스틴 워렌(René Wellek & Austin Warren) 공저, 『문학의 이론 *Theory of Literature*』, 이경수 역, 문예출판사, 1987.

로버트 벨라(Robert N. Bellah) 저, 『사회변동의 상징구조 Beyond belief : essatys on religion in a post-traditional world에서 발췌 번역』, 박영신 역, 삼영사, 1981.

S. 프로이트(S. Freud) 저, 『성욕에 관한 세 편의 에세이』(전집 9), 김정일 역, 열린책들, 1996.

U. 바이스슈타인(U. Weisstein), 『비교문학론 *Comparative Literature and Literary Theory*』, 이유영 역, 홍성신서, 1981.

방 티겜(Van Tieghem) 저, 『비교문학 *La Littérature comparée*』, 김동욱 역, 신양사, 1959(재판 : 김종원 역, 예림기획, 1999).

저자소개 ■ ■ ■

전 해 수(全海綏, 본명 전영주)

1968년 생.
문학박사(동국대학교).
문학평론가.
현재 동국대학교 한국어교육센터 및 수원여대 출강.

1950년대 시와 전통주의

인 쇄	2006년 12월 5일
발 행	2006년 12월 12일
지은이	전해수
펴낸이	이대현
편 집	이소희
펴낸곳	도서출판 역락
	서울 성동구 성수2가 3동 301-80
	(주)지시코 별관 3층
	전화 3409-2058, 3409-2060
	FAX 3409-2059
	홈페이지 http://www.youkrack.com
	이메일 youkrack@hanmail.net
	등록 1999년 4월 19일 제303-2002-000014호

ISBN	89-5556-522-4-93810
정 가	8,000원